社科博士论文文库
Social Sciences Doctoral Dissertation Library

The Theory of Virtue
in the Book of Songs

《诗经》美德论

李营营　著

上海社会科学院出版社

社科博士论文文库
总　序

博士研究生培养是一个人做学问的重要阶段。有着初生牛犊不怕虎的精神和经邦济世雄心的博士研究生,在读博期间倾注大量时间、心血学习,接触了广泛的前沿理论,其殚精竭虑写就的博士论文,经导师悉心指导,并在专家和答辩委员会修改意见下进一步完善,最终以学术性、创新性和规范性成就其学术生涯的首部精品。每一位有志于从事哲学社会科学研究的青年科研人员,都应将其博士学位论文公开出版;有信心将博士论文公开出版,是其今后能做好学问的底气。

正因如此,上海社会科学院同其他高校科研机构一样,早在十多年前,就鼓励科研人员出版其博士论文,连续出版了"新进博士文库""博士后文库"等,为学术新人的成长提供了滋养的土壤。基于此,本社拟以文库形式推出全国地方社会科学院及高校社科领域的青年学者的博士论文,这一办法将有助于哲学社会科学领域的优秀成果脱颖而出。根据出版策划方案,本文库收录的作品具有以下三个特点:

第一,较高程度掌握学科前沿动态。入选文库的作者以近3年内毕业的博士为主,这些青年学子都接受过严格的学术训练,不仅在概念体系、研究方法和研究框架上具有相当的规范性,而且对研究领域的国内外最新学术成果有较为全面的认知和了解。

第二,立足中国实际开展学术研究。这些论文对中国国情有相当程度的把握,立足中国改革开放过程中的重大问题,进行深入理论建构和学术研究。既体现理论创新特色,又提出应用对策建议,彰显了作者扎实的理论功底和把论文写在祖国大地上的信心。对构建中国学术话语体系,增强文化自信和道路自信起到了积极的推进作用。

第三,涵盖社科和人文领域。虽是社科博士论文文库,但也收录了不少人文学科的博士论文。根据策划方案,入选论文类别包括当代马克思主义、经济、社会、政治、法律、历史、哲学、文学、新闻、管理以及跨学科综合等,从文库中得以窥见新时代中国哲学社会科学研究的巨大进步。

这套文库的出版,将为理论界学术新人的成长和向理论界推荐人才提供机会。我们将以此为契机,成立学术委员会,对文库中在学科前沿理论或方法上有创新、研究成果处于国内领先水平、有重要理论意义和现实意义、具有较好的社会效益或应用价值前景的博士论文予以奖励。同时,建设上海社会科学院出版社学者库,不断提升出版物品质。

对文库中属全国优秀博士论文、省部级优秀博士论文、校级优秀博士论文和答辩委员会评定的优秀博士论文及获奖的论文,将通过新媒体和新书发布会等形式,向学术界和社会加大推介力度,扩大学术影响力。

是为序!

上海社会科学院出版社社长、研究员

2024年1月

传统美德铸民魂　礼乐文明风雅颂

序

习近平总书记曾指出:"中华文明具有突出的连续性。中华文明是世界上唯一绵延不断且以国家形态发展至今的伟大文明。这充分证明了中华文明具有自我发展、回应挑战、开创新局的文化主体性与旺盛生命力。深厚的家国情怀与深沉的历史意识,为中华民族打下了维护大一统的人心根基,成为中华民族历经千难万险而不断复兴的精神支撑。"那么,中华文明为什么会具有突出的连续性呢? 这自然离不开中华民族人民的自觉传承发展,另外,与中华民族具有独具特色的文字系统(比如古汉语)和文化经典有着紧密的联系。

由儒家学派传承的"五经"即《诗》《书》《礼》《易》《春秋》,实际上是中华文明上古社会的集体智慧结晶,虽然大多由儒家的创始人孔子编定,但都是在前人既有文献基础上编定的(《春秋》除外)。孔子不仅创立了儒家学派有开创未来之功,实际上,他对中国文化的承先传承之功至伟。经典承载保留了中华文明,凝聚着中华民族的核心价值观,也以文明和文化的力量培育着中华民族的生活方式、价值观念和道德品质。我们常说的"腹有诗书气自华"这句话就鲜明体现出文化塑造人格的作用,而这里所谓的"诗书"就是指《诗经》与《尚书》。

《诗经》是我国第一部诗歌总集,它体现着中华礼乐文明的创始者周人的生活、生活方式、价值观和传统美德,对儒家学派和中国人后世的生活也产生了巨大的影响,是儒家传承尊奉的几部重要经典之一。后世儒家的著作均常常引证《诗经》的语句以论证自己的思想,比如不到两千字的《大学》就引证《诗经》达十余次。虽然是以诗的语言记录生活、抒发情感,但同样包含着丰富的思想智慧、价值取向与传统美德。

在传统中国,学术是综合的,文史哲不分家,但在现代学术与学科体系中,文史哲常常是分科的,因此,《诗经》大多被以文学或者诗歌经典加以对待和研究,很少有人从哲学、思想、精神、伦理的角度加以研究。从这个角度看,李营营博士的《〈诗经〉美德论》一书的选题和角度是很独特的。

该书在李营营博士论文的基础上撰写而成。李营营在中国人民大学哲学院读博士时,我是她的导师,当其著作出版之际,邀我为其著作写个序言,这既是义不容辞,也是乐意为之。纵观这部著作,我觉得有如下几个方面值得肯定和推荐。

第一,本书具有面向经典、问题意识独特的特点。如前所述,因为现代学术的分科意识越来越强,一般从事哲学研究的人很少碰或者说很少有人敢碰《诗经》,它毕竟是上古的经典且又是诗的简约比兴的语言,很多人都不曾读过它或者说也很难读懂它,也不愿意花很大的工夫在这部经典上。但李营营博士认真研读,并以自己作为一名伦理学博士生的专业视角去诠释这部中华文明和儒家文化的源头性经典。

第二,提出了诸多学术创见,取得重要成果。本书既从狭义伦理的角度分别从家庭伦理、政治伦理、社会伦理甚至生态伦理诸方面,提炼概括了《诗经》文本中所体现的伦理生活、伦理规范、价值观念和生活方式,而且从广义伦理的角度对《诗经》所凝聚的中华礼乐文明、中华民族精神比如崇德的社会风气,理想人格、文德之风、尚武精神等提出了独特看法和深入分析,发前人之所未发,令人耳目一新,颇受启发。其部分成果也以学术论文的形式公之于学术界,发表于一些重要报刊。

第三,本书的出版发行具有重要意义。作为一部学术专著公开出版,系统地公之于世,这本身是一种学术积累。人们通过阅读此书,可以从另一个向度来理解《诗经》这部经典,可以如钱穆先生所说对本国历史和文化产生"温情的同情"与敬意。另外,在时下中华民族的文化自觉、文化自信日益增强,强调要把"马克思主义普遍原理同中华优秀传统文化相结合"的形势下,这本书的出版推动并深化了对中华文化基本经典的研究,对于溯源民族精神的起源,理解传统美德的精神,感知礼乐文明的风雅,从而实现传统文化的创造性转化与创造性发展,汲取传统文化的丰富营养,建设中国现代文明,产生了积极的推动作用并作出自己的学术贡献。

是为序。

肖群忠
2024 年 7 月 21 日于北京

目 录

总　序 …………………………………………………… 1

序 ……………………………………………………… 3

第一章 ｜ 诗经学史 ……………………………………… 1

　　一、先秦诗学 ……………………………………… 3

　　二、诗经汉学 ……………………………………… 10

　　三、诗经宋学 ……………………………………… 16

　　四、诗经清学 ……………………………………… 17

　　五、现代诗学 ……………………………………… 18

第二章 ｜《诗经》诞生的社会背景 …………………… 25

　　一、宗教变革，修德配命 ………………………… 27

　　二、宗法分封，德服万邦 ………………………… 28

　　三、文明进步，制礼作乐 ………………………… 30

第三章 ｜《诗经》美德思想概要 ……………………… 35

　　一、《诗经》德字含义分析 ……………………… 37

二、《诗经》中的道德语汇 ………………………… 43
　　三、《诗经》教化机制分析 ……………………… 48

第四章 《诗经》之民族精神 …………………… 53
　　一、文德精神 ……………………………………… 55
　　二、尚武精神 ……………………………………… 61
　　三、允文允武 ……………………………………… 77

第五章 《诗经》之理想人格 …………………… 83
　　一、君子人格 ……………………………………… 85
　　二、淑女人格 ……………………………………… 91

第六章 《诗经》之家庭美德 …………………… 109
　　一、孝德思想 ……………………………………… 111
　　二、弟德思想 ……………………………………… 123
　　三、婚恋伦理 ……………………………………… 127

第七章 《诗经》之政治美德 …………………… 141
　　一、敬德保民 ……………………………………… 143
　　二、爱国情怀 ……………………………………… 156
　　三、笃行实干 ……………………………………… 161
　　四、勤政思想 ……………………………………… 166
　　五、明辨是非 ……………………………………… 170
　　六、追求平等 ……………………………………… 180

第八章 | 《诗经》之普适德性 ·················· 187

  一、仁爱精神 ························ 189

  二、友爱精神 ························ 196

  三、报德思想 ························ 201

  四、和谐理念 ························ 204

结语 ································ 219

参考文献 ···························· 221

第一章 | 诗经学史

- 一、先秦诗学
- 二、诗经汉学
- 三、诗经宋学
- 四、诗经清学
- 五、现代诗学

第一章 | 诗经学史

诗者志之所之也。温柔敦厚，《诗》教也。周初制礼作乐，文风起，《诗》道兴，颂德弘善，养成君子，乃中华民族礼仪之源、道德之基。春秋以降礼崩乐坏，周文疲敝。迨及孔子整编，子夏、孟子、荀子以降，薪火相传。

汉兴，经学始昌。《诗》分齐、鲁、韩、毛四家。今文三家立学官，授博士，诱以利禄，通经致用，颇多穿凿。及至察举消亡，三家遂衰。毛诗兴起，训诂考究，释词精当，渊源有自，品格高超。又有郑玄作笺，体系彰明，逻辑严谨。唐代孔颖达整编《正义》，疏解毛郑，汲取汉魏训诂之精华，包罗历代诠释之高义，堪为大成。及至宋代疑经、改经，《诗》学革新。《诗序》存废，莫衷一是。众学之中朱子脱颖而出，释诗简洁明了，近于日用，元明诗学颇多受益。诗经清学复归于汉，王先谦《诗三家义集疏》等今文经学成果繁盛。另有姚际恒、方玉润之思辨学派独立思考，能量极大。清代尤擅考据之学，文字、音韵、名物各自成风。

近代西学舶来，国人以激进之情绪、否定之态度推倒经学。此著以伦理学视角，结合历代诗学成就，推究《诗经》崇德弘善之本事。

一、先秦诗学

历代《诗经》研究阐释汗牛充栋，有"诗经学"之称。在中国，诗经学有两千多年的历史，可分为先秦诗学、诗经汉学、诗经宋学、诗经清学、现代诗学五期。先秦诗学重应用，诗经汉学重训诂，诗经宋学重义理，诗经清学重考据，现代诗学重文学。

(一)《诗》的集结

《诗》辑录了西周初年到春秋中叶五百多年的诗歌。有国风160篇,雅105篇,颂40篇,共305篇。另有笙诗①6篇,共计311篇。《风》是十五个诸侯国和地区②用地方乐调演唱的歌诗,男女婚爱诗占三分之一以上。《雅》出自贵族公卿列士,涉及周族兴起发展、种族战争、农业畜牧、宴饮酬答等内容。《颂》是用于宗庙祭祀的贵族乐歌,主要是对上天、祖先等神灵的颂祷,内容有歌颂祖先建国功勋、战争胜利、农业丰收、畜牧发展等。

《诗》的产生有两种说法。一为采诗。《汉书·艺文志》云:"古有采诗之官,王者所以观风俗,知得失,自考正也。"但除此一条记录之外,先秦典籍对采诗官的记载阙如。因此,周代到底有无采诗制度,尚不能确定。二为献诗。贵族文人有目的地作诗以献,揭露时弊、抒发愤懑。采诗与献诗均属于政府行为,是王朝天子了解臣意民风的重要途径。因此,《诗》从乡间里巷到庙堂圣殿的过程,从一开始就打上了社会政教需求的烙印。另外,《诗》成之后到底有没有经过孔子删定,是《诗经》学一大公案③,各家见仁见智。司马迁最早提出孔子删诗之说。《史记·孔子世家》云:"古

---

① 笙诗,只有篇名而无文辞的诗。为《小雅》中的《南陔》《白华》《华黍》《由庚》《崇丘》《由仪》六篇。至于为什么有目无辞,一种看法是它们用笙演奏,本就无辞;另一种看法是"亡佚"。
② "十五国风"只是习惯说法,并不严谨。周召邶鄘卫王郑齐魏唐秦陈桧曹豳"十五国风"中属于国的,只有郑、齐、秦、陈、桧、曹。周、召在楚国;邶、鄘、卫在卫国;王为王畿;魏、唐在晋国;豳为周的发祥地区。
③ 夏传才在《诗经学四大公案的现代进展》一文中指出,两千多年来诗经学形成长期聚讼纷纭的公案。有的公案已经解决,如诗全部入乐问题;有的公案随着时代的变迁已没有研究价值,如四始问题;近几十年研究比较集中的是四大公案,即孔子删诗问题、《毛诗序》的作者和尊废问题、《商颂》的时代问题、《国风》作者与民歌的问题。

者诗三千余篇,及至孔子,去其重,取可施于礼义。"东汉班固也在《汉书·艺文志》中说:"古有采诗之官,王者所以观风俗,知得失,自考正也。孔子纯取周诗,上采殷,下取鲁,凡三百五篇。遭秦而全者,以其诵讽,不独在竹帛故也。"然而除了《史记》《汉书》之外,别无史料证明孔子删诗。后人多因袭司马迁之说。直到唐代,孔颖达编纂《毛诗正义》,开始提出不同看法。"案《书传》所引之诗,见在者多,亡逸者少,则孔子所录,不容十分去九。马迁言古诗三千余篇,未可信也。"(《诗谱序疏》)此后,孔子删诗问题引起学界注意,分为赞同、反对两派。赞同者,有宋代欧阳修、邵雍、程灏、王应麟,元代马端临,清代顾炎武、范家相等;反对者,有宋代郑樵、朱熹、吕祖谦,明代黄淳耀,清代崔述、魏源、皮锡瑞、方玉润,近代胡适、梁启超、顾颉刚、钱玄同等。反对派的论据,如"见在者多,亡逸者少"(《诗谱序疏》);三百篇中有大量淫诗,不符合孔子按礼义删诗的标准;①《左传·襄公二十九年》所载季札观乐时,《诗》的规模已与《诗三百》无差,而当时孔子年方八岁,如此年幼不可能删诗;《论语》有"诗三百""诵诗三百"之说,莫非早已有诗三百,否则孔子不能用得如此现成,等等。但这个历史公案至今仍未有定论。

《诗》的结集分为《周颂》《大雅》、《商颂》《小雅》《风》《鲁颂》四个阶段。第一阶段,西周前期《周颂》《大雅》结集。武王灭商,天下未定,成王继位,平乱管蔡,东伐淮夷,巩固政权。成王晚年稍有闲暇,开始进行礼乐建设,《史记·周本纪》云:"兴正礼乐,度制于是改,而民和睦,颂声兴。"但是制礼作乐的工作刚刚起步,成王就撒手人寰,康王继之。今本《竹书纪年》记载:"(康王)三年,定乐歌。"此时广开献诗之路,出于士大夫之手的许多乐歌汇集于周太师之手,编辑成书。第一阶段结集的诗歌不叫《周颂》而只称《颂》。因为此时《商颂》《鲁颂》尚未集结,后来两者出现,才加

---

① 此为朱熹一派所持观点。

上"周"字以作区分。第二阶段，西周后期至春秋初期《商颂》结集。《国语·鲁语下·闵马父笑子服景伯》云："昔正考父校商之名颂十二篇于周太师，以《那》为首。"可惜如今《商颂》只剩五篇。那时《周颂》之称取代原来的《颂》之称。第三阶段，春秋中期《小雅》《国风》结集。春秋时代礼崩乐坏，政不由王出，于是变雅作，国风兴，《小雅》《国风》入《诗》。第四阶段，春秋中后期鲁国没落，鲁僖公追随齐桓公尊王攘夷，鲁国地位回升，产生了对鲁僖公歌功颂德的诗《鲁颂》。

关于《诗》产生的地域，《风》产生于以黄河流域为主的中原地带。十五国风多作于王室东迁之后，因此十五个地区环绕东都。《周南》《召南》出于楚国，在《禹贡》荆州，位于湖北以及河南南部。《豳风》出于王畿，在《禹贡》雍州，位于今天的陕西、甘肃，以及河南、湖北部分地区。《邶风》《鄘风》《卫风》同出卫国，在《禹贡》冀州，位于今天的河北、山西地区。《王风》出自东都洛邑，位于今天的河南洛阳、孟县、沁阳、偃师、巩县、温县一带。《郑风》出自郑国，位于今天的河南开封地方。《齐风》出自齐国，《禹贡》青州，位于今天的山东一带。《魏风》《唐风》都出于晋国，在《禹贡》冀州，位于今天的山西地区。《秦风》出自秦国，在《禹贡》雍州，位于今天的陕西、甘肃等地区。《陈风》《郐风》同出豫州，位于今天的河南、湖北等地区。《曹风》出自《禹贡》兖州，位于今天的河北、山东部分地区。总之，《风》西起陕甘，东到齐鲁，北到河南、河北交界地带，南到长江以北，汉水流域，是当时周王朝势力范围所及之地。其中，河南占据了《周南》《召南》《豳风》《王风》《郑风》《陈风》《郐风》七风，诗歌最盛。《雅》产生于两都镐京、洛邑。镐京的具体位置，《辞源》记载为西安市东南镐京镇。经夏传才考证，发现《辞源》记载有误，应是"西安市西南，过阿房宫遗址西行不到2公里的镐京村"[①]。洛邑是今天的河南洛阳一带。《周

---

① 夏传才：《不学诗何以言》，鹭江出版社2015年版，第44页。

颂》产生于镐京，《鲁颂》产生于鲁国国都曲阜，《商颂》产生于宋国国都商丘。

（二）先秦时期《诗》的应用

先秦时期《诗》的应用有歌诗、赋诗、引诗、说诗四种形式。

歌诗，"三百五篇，孔子皆弦歌之"（《史记·孔子世家》），《诗》的作品都可配乐演唱，如《颂》中的祭祀诗、《雅》中的宴饮诗、《风》中的贺婚诗等，都是郊庙祭祀、朝会燕飨、婚嫁仪式等场合的配乐。

赋诗，是春秋时代在政治、外交等场合唱诵诗歌，以表达思想情感的用诗方式。赋诗与歌诗不同，歌诗多由乐工完成，赋诗多由赋诗者自己完成；歌诗多配乐演奏，赋诗多随口唱诵；歌诗与礼严密配合为一个整体，赋诗呈现出与礼相疏离的趋势。赋诗具有很强的政治、外交实用性。春秋时人提出"赋诗断章，余取所求焉"（《左传·襄公二十八年》）的赋诗原则，根据自己的需求断章取义。有的取全诗之义，有的取一章或数章之义。如《左传·定公四年》记"申包胥哭秦庭"。楚昭王十五年，伍子胥用计助吴攻楚。申包胥赴秦求救，哭秦庭七日，秦哀公被感动，赋《无衣》，取诗"与子同仇""与子偕作""与子偕行"句，表明己意。申包胥通于《诗》，闻之九顿其首，达到了预期的外交效果。可见，春秋赋《诗》，是时人立身处世的必备知识和交际手段。《左传》引《诗》有130余处。或为外交辞令，或为官僚之间赞美、讽刺、规劝，或为揭发、控诉统治阶层，显示出春秋时人赋诗的政治功用。

引诗，是在言辞、著述中引《诗》的一种方式。战国时期礼崩乐坏，诸侯连表面上的礼都不遵循，一切被赤裸裸的追求利益和公开表白所替代。歌唱形式的歌诗、赋诗逐渐消退，出现了完全脱离音乐性的"引诗"，它是一种与乐完全分离的纯粹的文辞。《诗》本身所具有的历史、文化、哲理价值,是引诗形式得以出现的根本原因。这一时期,《孟子》引诗 30 首,为辩说服务;《韩非子》5 次引诗 3 首,用于论证问题;《吕氏春秋》引诗 15 首;《晏子春秋》引诗 19 首;《战国策》5 次引诗 4 首;《荀子》引诗最多,32 篇中有 27 篇 76 次引诗。从赋诗到引诗的变化,标志着《诗》与礼乐的渐趋分离。

说诗,是对《诗》文本文体的阐发与研究。如孔子"不学诗,无以言"对《诗》的重要性的阐发;"兴、观、群、怨"对《诗》的功能的阐发;"兴于诗,立于礼,成于乐"对诗教作用的阐发等。说诗理论首次正式见于文本,是《孟子·万章上》"故说诗者,不以文害辞,不以辞害志;以意逆志,是为得之"。

先秦时代,从歌诗、赋诗,到引诗、说诗的交替,表明随着礼乐制度的解体,《诗》依附于礼仪文化的乐章义在一定程度上淡出了人们的视野,而一直被遮蔽的文本义得到凸显,大大推动了《诗》的经典化进程。

(三) 孔孟荀与《诗》

孔子时期正值乐诗存亡之交。礼乐开始被僭越①;新声②流行,雅乐③败坏。孔子好古且通乐律,因而得以正乐,"吾自卫返鲁,然后乐正,《雅》《颂》各得其所"(《论语·子罕》)。"三百五篇孔子皆弦歌之,以求合《韶》《武》《雅》《颂》之音。"(《史记·孔子世家》)孔子提出了"思无邪""兴观群怨""温柔敦厚"的《诗》教理论,"《诗三百》,一言以蔽之,曰'思无邪'"(《论语·为政》),将《诗》定为纯正无邪之作。《诗》"可以兴,可以

---

① 如《论语·八佾》记载孔子云:"季氏八佾舞于庭,是可忍也,孰不可忍也!"
② 如《论语·卫灵公》云:"郑声淫",所谓"郑声"就属于新声。《礼记·乐记》云:"郑卫之音,乱世之音也……桑间濮上之音,亡国之音也。"所谓"郑卫之音""桑间濮上之音",也是新声。新声乐器多用丝竹。
③ 雅乐,中国古代传统宫廷音乐,多用于祭祀、飨射以及朝廷典礼,以钟磬为主要乐器,属金石之乐。《诗经》中的雅乐歌词主要集中于《雅》《颂》,少数属于《南》。

观,可以群,可以怨;迩之事父,远之事君;多识于鸟兽草木之名"(《论语·阳货》)。兴,使人们精神感动奋发,领悟到人生社会的道理。观,观察了解社会,观风俗之盛衰。群,发挥《诗》艺文娱乐、赋诗言志、培养人格等作用,使人们学会与他人相处,上下、内外关系融洽。怨,对暴政、邪恶等表达怨刺。"迩之事父,远之事君"之"父"代指家庭伦理,"君"代指社会、国家伦理,"事父""事君"概括了所有的人伦之道。《诗》涉及自然界的鸟、兽、草、木等名物,使人认识自然界。学诗可以抒发情感、观察社会、和谐人际、抒发愤懑、事父事君,以及增长自然知识。《礼记·经解》托名孔子云:"其为人也温柔敦厚,《诗》教也。"

《孟子》涉及《诗》有39处,本人引诗30处。孟子正式提出"说诗"理论。《孟子·万章上》云:"故说诗者,不以文害辞,不以辞害志;以意逆志,是为得之。"说诗原则是"以意逆志",也就是不因字词文句而曲解诗义,用真切的体会去揣测。孟子还提出"知人论世"的说诗理论,《孟子·万章下》云:"颂其诗,读其书,不知其人,可乎?"正确地解诗,首先要了解诗人的生平事迹与相关的历史背景。

《荀子》涉及《诗》有96次,引诗82次,本人引诗76次。至此,孔门引诗之风达到极盛。《荀子》引诗,常在一段议论之后作证断之用。荀子从理论上将《诗》作为"圣王之道"进行全面阐释。他系统阐述《诗》与"礼"的联系,"礼"是圣王之道的重要载体,《诗》是圣王之道的呈现。荀子提出"明道征圣宗经"的学术文化观。荀子引诗多为《雅》《颂》,以政治内容为主。荀子认为成功的政治应该具有西周时期"君明臣贤""重民"的特征。《儒效》云:"隆礼义,杀《诗》《书》",《诗》《书》需要以"礼义"为前提,否则就会沦为人的性情描述。可见,荀子对《诗》的理解与"礼"紧密相连,与国家意识形态联系更为紧密。自此诗学进一步儒学化。

根据记载,《鲁诗》《韩诗》《毛诗》均有荀子的传授。《汉书·楚元王交传》云:"少时尝与鲁穆生、白生、申公同受诗于浮丘伯。伯者,孙卿之门人。"《鲁诗》出于申公，申公受诗于荀子门人，因此《鲁诗》为荀子所传。皮锡瑞《经学历史》谓"《韩诗》今有《外传》，引《荀子》以说《诗》者四十有四"，则《韩诗》与《荀子》相合。陆玑《毛诗草木鸟兽虫鱼疏》云："孔子删《诗》，授卜商(子夏)，商为之《序》，以授鲁人曾申，申授魏人李克，克授鲁人孟仲子，仲子授根牟子，根牟子授赵人荀卿，荀卿授鲁国毛亨，亨作《诂训传》，以授赵国毛苌。时人谓亨为大毛公、苌为小毛公。"据此则《毛诗》亦为荀子所传。但由于文献资料稀缺，今古文诗是否确实由荀子所传，尚无定论。

孔孟荀时期《诗》渐渐脱离乐教的形式，建立在分析义理基础上的"经"的地位初步显现。朱自清说："孔子时代，《诗》与乐开始分家。从前是《诗》以声为用，孔子论《诗》才偏重在《诗》义上去。到了孟子，《诗》与乐已完全分了家，他论《诗》便简直以义为用了。从荀子起，直到汉人的引《诗》，也都继承这个传统，以义为用。"①《诗》最初被称为"经"也从荀子开始，后及《礼记》《史记》。《荀子·劝学》云："其数则始乎诵经，终乎读《礼》。"杨倞注："经谓《诗》《书》。"《礼记·经解》云："其为人也温柔敦厚，《诗》教也；疏通知远，《书》教也；广博易良，《乐》教也；絜静精致，《易》教也。恭俭庄敬，《礼》教也；属辞比事，《春秋》教也。"将《诗》《书》《乐》《易》《礼》《春秋》列入《经解》，即是从实际上视其为经。《史记·儒林传·申公传》云："申公独以《诗经》为训以教。"

二、诗经汉学

"诗经汉学"指汉至唐长达一千年的古文诗经学派。西汉时期确立了

---

① 朱自清：《诗言志辨》，安徽师范大学出版社2016年版，第122页。

儒家思想的绝对权威地位，《诗》被神圣化。汉代诗学有官学与私学、今文与古文之别。《鲁》《齐》《韩》三家为今文经学，是官学，西汉文景时就已立学官①、设博士②。三家诗大多诱以利禄，讲究通经致用。但发展到后期内容逐渐空虚，走向衰微。《毛诗》为古文经学，其出尚早，未立学官，在民间流传，为私学。《毛诗》讲究文字训诂，学术研究颇为翔实。以《毛序》《毛传》《郑笺》三者为代表的毛诗学派，可谓诗经汉学的杰出代表。魏晋至唐三家衰亡，独尊毛郑，古文学派一家独大。唐代孔颖达奉诏编订《毛诗正义》，是诗经汉学的集大成之作。另外，这一时期出现了《诗经》的名物、读音、礼俗研究，以陆玑《毛诗草木鸟兽虫鱼疏》最为典型。

（一）《鲁》《齐》《韩》三家诗

《鲁诗》为申培公所传，申公为鲁人，故其诗被称为《鲁诗》。三家诗中《鲁诗》流传最早、影响最大。申培公曾任楚元王太子傅，文帝时又立为博士，其弟子多任朝廷大官或地方要职，所以《鲁诗》最为盛行。《鲁诗》亡于西晋。《齐诗》为辕固生所传，固为齐人，故其诗称为《齐诗》。汉代，阴阳家产生于齐，因此《齐诗》的阴阳家色彩极为浓厚，常用阴阳学说阐发诗义。《齐诗》流传过程中阴阳谶纬成分日益增多，学术价值愈低，故其在三家诗中衰亡最早，东汉末年已失传。《韩诗》为燕人韩生所传，著作有《内传》《外传》《韩故》《韩说》《韩诗薛君章句》《侯包韩诗翼要》等，今存者仅《韩诗外传》。《韩诗外传》的体例通常是先举事实，后引一两句诗文为断。

---

① 立于学官，相当于朝廷审定的教本。
② 博士是一种"官师"性质的专门职务。

(二)《毛诗》

毛诗学派代表作有《诗序》《毛传》《郑笺》《诗谱》《毛诗正义》等。

《诗序》有大小之分,《大序》论全诗之义,《小序》论一诗之义。对《诗序》作者的讨论,聚讼纷纭。尊序者以为是孔子、子夏,诋序者以为是"村野妄人"。综合前人论述大约有十六种说法。十六种说法为:孔子所作(持该论者如郑玄);子夏所作;卫宏所作;子夏、毛公合作;子夏、毛公、卫宏合作;汉之学者所作(持该论者如韩愈);诗人之所自作(持该论者如王安石);国史孔子所作;毛公、卫宏所作(持该论者如苏辙);孔子、毛公所作;村野妄人所作(持该论者如郑樵);山东学究所作(持该论者如朱子);毛公门人记师说者;秦汉经师所作(持该论者如范家相);经师所传、弟子所附者;刘歆、卫宏所作(持该论者如康有为)。

自孔子"温柔敦厚"诗教理论后,《诗序》扩大了诗教的规模并自成体系。《大序》是汉代诗学的理论精髓与核心,设定了毛诗一派进行诗学阐释的基本理路,它指出《诗经》的政教功能是"经夫妇,成孝敬,厚人伦,美教化,移风俗"。详细阐释《风》《雅》《颂》,将原为民俗歌谣的《风》定为"上以风化下,下以风刺上"的"风教";将原为中原正声的《雅》定为"雅者正也,言王政之所由废兴";将原为庙堂乐章的《颂》定为"美盛德之形容"。《诗经》因此成了教化人伦、美刺时政的经典读本。《小序》则进一步发挥了《大序》的诗教理论。《小序》以美刺说诗,合于礼的为美,不合于礼的为刺。如《小序·汉广》云:"德广所及也。文王化道,被于南国,美化行乎江、汉之域,无思犯礼,求而不可得也。"《小序·载驱》云:"齐人刺襄公也。无礼义,故盛其车服,疾驱于通都大道,与文姜淫,播其恶于万民焉。"《小序》崇尚君王、后妃之德。如《小序·灵台》云:"民始附也。文王受命,而民乐其有灵德,以及鸟兽昆虫焉。"《小序·关雎》云:"后妃之德也。"

《毛传》全称《毛诗故训传》,西汉毛亨①所撰。《毛传》训诂名物,不信奇谈怪论,释词精确恰当。于微言之中阐发大义,尤擅诗义演绎。常常借古讽今,讲究朴实致用,表现出深刻的意识形态倾向性。如《周南·关雎》一诗,孔子云"乐而不淫,哀而不伤",强调君子之中庸品格;《毛序》云"后妃之德""乐得淑女以配君子";《毛传》则云"后妃悦乐君子之德,无不和谐,又不淫其色,慎固幽深,若关雎之有别焉,然后可以风化天下。夫妇有别则父子亲,父子亲则君臣敬,君臣敬则朝廷正,朝廷正则王化成",从一首爱情诗中解读出现实生活与政治的夫妇、父子、君臣三纲,其政教特点可窥一斑。

郑玄为《毛诗》作笺、谱。笺称《毛诗传笺》,简称《郑笺》;谱称《毛诗谱》,简称《诗谱》。《郑笺》在古文经基础上兼采今文之说,其问世使《毛诗》流行,三家诗衰微。今古文《诗》学交替有深层的社会原因,即三家诗与汉朝取士制度绑得太紧。三家诗早在汉武帝时期就被立于学官,招收博士,艺成授官,其中不乏朝廷重臣。三家诗学派占据西汉诗学的正统地位,后出的毛诗一派一时难以匹敌。西汉哀帝时刘歆曾与学官争立古文博士包括《毛诗》,但是以失败告终。通经致用的仕途晋升渠道推进了今文经学的传播,但是也限制了其学术品格的发展。古文经学渐渐受到学人关注,今古文双修逐渐成为东汉时期流行的学风。进入魏晋南北朝时期,九品官人法取代了汉代的察举制,门第出身成为士人入仕的条件,迅速取消经学取士的影响,阻断了推进今文经学传播的政治力量,今文经学式微,毛诗一派兴起。魏晋时期的士人钟爱分析名理的玄学,偏爱知识的探讨而厌恶政治事务的纠缠。三家诗以美刺为宗旨,强调与时事政治相联系,在知识解释上有很多敷衍之处,被魏晋名士鄙视。而毛诗讲解训诂、分析章句,重视文本与知识的客观性,得到名士们的青睐。因此魏晋时期三家诗湮没,毛诗

---

① 毛亨,生卒年不详,一说鲁(山东曲阜)人,一说河间(河北献县)人。

学派一枝独秀。

  《郑笺》强调施行教化，君王以德教化，则天下皆治；反之则世道混乱。如《小雅·角弓》"毋教猱升木，如涂涂附"一句，《笺》云："猱之性善登木，若教使其为之，必也。"①《诗谱》强调"德"的重要。如《周南召南谱》云："周之先公曰大王者，避狄难，自豳始迁焉，而修德建王业。……施先公之教于己所职之国。……其得圣人之化者谓之《周南》，得贤人之化者谓之《召南》，言二公之德教自岐而行于南国也。"②

  《毛诗正义》是唐代贞观十六年孔颖达奉唐太宗诏编订的《五经正义》之一。它坚持"疏不破注"的原则，全部保留了《毛传》《郑笺》的注文。说解全部统一在孔颖达《疏》中。文字必须符合颜师古《五经定本》。音训以陆德明《毛诗释文》为依据。这样实现了说解、文字、音训的三统一。《毛诗正义》由《诗序》《毛传》《郑笺》《诗谱》《孔疏》五个部分组成。《诗序》解诗旨，兼及世次；《毛传》以文字训诂为主，兼有阐发诗义；《郑笺》发挥毛传之说，时有驳正；《诗谱》专论三百篇之世次；《孔疏》则对《传》《笺》详加疏证，阐发诗义，辨析毛郑异同，以调和为主。所有唐代以前《毛诗》学的传、笺、注、疏，全都包含在内，《毛诗正义》是唐以前毛诗学的文献库。《正义》虽无诉诸文字的理论体系说明，但它具有明确的体系构建意识。《大序》《小序》本为合编，《诗谱序》和《风》《雅》《颂》之《谱》本来是一个整体。孔颖达将《大序》置于起始，将《小序》打散放在每首诗的开头。将《诗谱》分置于《风》《雅》《颂》各类之前。如此举一纲而万目张，解一卷而众篇明，以《毛序》《诗谱》构建起严密的诗教理论。《正义》认为诗之功用是使人向善。例如在《诗》的作者问题上，《正义》主张"诗人救世"，君子

---

① 十三经注疏整理委员会：《十三经注疏·毛诗正义》，北京大学出版社1999年版，第907页。
② 同上书，第10—12页。

作诗以匡正世风。即便是那些淫诗,《正义》也认为是诗人锐心医治、直言切谏。相反,朱熹不认为《诗》的作者都是君子,认为淫诗的作者就是小人。而孔子未曾删去淫诗,即吟咏好诗使人兴发善心,吟咏恶诗使人起羞恶之心,皆为使人"思无邪"。如此便有孔颖达、朱熹关于《诗》作者的君子小人之争。

(三) 文学说《诗》

魏晋隋唐时期诗家巨匠群星丽天,出现了从文学方面说《诗》的文论家与大诗人。刘勰认为文学要反映现实。《文心雕龙·情采》云:"若诗人篇什,为情而造文,辞人赋颂,为文而造情……而后之作者采滥忽真,远弃《风》《雅》,近师辞赋,故体情之制日疏,逐文之篇愈盛",主张"为情造文",反对"为文造情"。李白提倡恢复古代诗歌传统,"将复古道,非我而谁"(孟棨《本事诗》引),恢复《诗经》的风雅比兴精神,克服形式主义倾向。杜甫推崇《风》《雅》,重视"汉魏风骨"[①]。主张不论古今广泛借鉴,"不薄今人爱古人,清词丽句必为邻……别裁伪体亲《风》《雅》,转益多师是汝师"(《戏为六绝句》)。论诗不必区别古今,若是清词丽句,都可吸收借鉴,除去那些虚假的、没有生命力的东西,无所不师,最终归依于反映现实的《风》《雅》。白居易大力赞扬《诗经》的现实主义传统,提出"文章合为时而著,歌诗合为事而作"(《与元九书》)、"风雅比兴外,未尝著空文"(《读张籍古乐府》)的现实主义创作理论。

[①] 刘勰《文心雕龙·风骨》云:"怊怅述情,必始乎风;沉吟铺辞,莫先于骨。故辞之待骨,如体之树骸;情之含风,犹形之包气。结言端直,则文骨成焉;意气骏爽,则文风生焉。"风指文章具有打动人心的情感力量,骨指具有准确、简练、明晰的语言表达,从而使文章具有刚健的表现力。

三、诗经宋学

诗经宋学指宋至明的诗经学。北宋初至南宋末兴起疑经、改经活动，遍及《诗》《书》《易》《论语》《孟子》诸经，参与者多达百余人，形成全社会规模的学术运动，为中国经学史上的空前一例。宋人疑经、改经的目的是使经书纯洁，以维护儒家经典的尊严。宋代诗学革新的一个焦点是《诗序》的存废问题。攻《序》的有欧阳修、郑樵、朱熹、王质、杨简等；宗《序》的有二程、范处义、吕祖谦、严粲、陈傅良等。诗经宋学影响较大的有欧阳修《毛诗本义》、王安石《诗经新义》、苏辙《诗集传》、郑樵《诗辨妄》、王质《诗总闻》、朱熹《诗集传》《诗序辨说》、程大昌《诗论》、王柏《诗疑》等十余家。

朱熹的《诗集传》是诗经宋学的权威著作，它有四个创建。第一，提出"养心劝惩"说。《诗集传》于《关雎》篇云："学者姑即其辞而玩其理以养心焉，则亦可以得学《诗》之本矣。"①《诗集传序》云："而因有以劝惩之……使夫学者即是而有以考其得失，善者师之，而恶者改焉。"②朱熹于《读吕氏诗记桑中高》篇云："孔子之称'思无邪'也，以为'诗三百'劝善惩恶，虽其要归无不出于正，然未有若此言之约而尽者耳，非以作诗之人所思皆无邪也。"将孔子的"思无邪"认定为劝善惩恶。第二，破《序》立新旨。朱熹将《诗序》正变美刺致误、附会史实致误、指实其人致误、随文生义致误等多种错误层层批驳，另立新旨。第三，博采众长。《诗集传》广泛采纳齐、鲁、韩三家诗的观点；多用同时代诸家论《诗》之说，如欧阳修、张载、二程、苏辙、郑樵、吕祖谦等。第四，新解六义。《大序》、郑玄、孔颖达等都曾对"六义"③作过解释，但大多牵强附会。比如，《大序》所云"风"为

---

① ［宋］朱熹：《诗集传》，中华书局 2011 年版，第 3 页。
② 同上书，第 1 页。
③ 六义为风、雅、颂、赋、比、兴。首见于《诗序》："诗有六义焉，一曰风，二曰赋，三曰比，四曰兴，五曰雅，六曰颂。"

"上以风化下,下以风刺上,主文而谲谏,言之者无罪,闻之者足戒,故曰'风'"①。根据这个说法,好像《风》诗全都是为讽谏朝政而作。又如郑玄所说赋"赋之言铺,直铺陈今之政教善恶也"。根据这个说法,好像《赋》诗全是上陈君主的颂词和谏书。《诗集传》为六义下了新的定义。风者,民俗歌谣之诗也。雅者,正也,正乐之歌也。颂者,宗庙之乐也。赋者,敷陈其事而直言之者也。比者,以彼物比此物也。兴者,先言他物以引起所咏之辞。朱熹对六义的定义颇为经典。《诗集传》成书之后在学界影响巨大,元明两代的诗经学也基本上以其为尊。清代姚际恒、方玉润等"独立思考派"深受它的影响。20世纪二三十年代兴起的注重文学阐释的现代诗学也极大地受到《诗集传》的影响。

四、诗经清学

诗经清学,朱子之学式微,诗经汉学复兴。

诗经清学分为前、中、后三期。前期是清初至乾隆前期,诗经学杂采汉宋。如钱澄之《田间诗学》、贺贻孙《诗触》、姜炳璋《诗序补义》等。杂采汉宋预示着汉学的复兴迹象。在这种趋势下,康熙末年至乾隆前期清朝政府陆续颁布了《钦定诗经传说汇纂》《钦定诗义折中》两部大书。《钦定诗经传说汇纂》尚以朱熹诗学为采选标准;而《诗义折中》公然提倡汉学,诗经宋学从此式微,诗经清学逐渐萌芽。中期,"诗经清学"以研讨"诗本音"为发轫,注重考据、训诂,形成以乾嘉学派为代表的古文经学派。它不包含晚清今文经学,更不包括清代研究《诗经》的各派。诗经清

---

① 十三经注疏整理委员会:《十三经注疏·毛诗正义》,北京大学出版社1999年版,第13页。

学中,注重训诂的考据学派是主流,反对传统的思辨学派是支流。考据学派在音韵、文字、辑佚、地理、名物等方面都成果丰硕。思辨学派作家虽少,但大多独立思考、能量极大。如王夫之《诗绎》、姚际恒《诗经通论》、崔述《读风偶识》、方玉润《诗经原始》。清后期,自乾隆初期到清末两百年间,今文诗学成就卓著,如王先谦《诗三家义集疏》、皮锡瑞《诗经通论》、魏源《诗古微》等。留存至今的《三家诗》典籍除宋代王应麟《诗考》一种外,几乎全是清人成果,可见其今文诗学之盛。

五、现代诗学

(一) 现代诗经学的文学定位

传统诗经学将《诗经》奉为圣经,推重道德之义、王化之教,将《诗经》作为国家教育的校本。《孔子诗论》被认为是孔子教《诗》的记录;汉代三家诗与毛诗先后被授予官学;隋唐科举制度建立后《诗经》成为科考内容,直至清代解除科举制。从先秦至清末,自天子至庶民,都以《诗》为修身教化的经典,形成了传统诗经学特有的诗教传统。

现代诗经学与传统诗经学迥然有别,将《诗经》定位为文学而非经学。

鸦片战争以后经学失尊,传统诗经学开始向现代诗经学过渡。章太炎把《诗经》作为历史文献资料,认为《风》记录各国之事,《雅》记录王室之事。鲁迅否定两千年来的《诗经》诠释和"思无邪"的诗歌创作理论,批评它束缚思想、桎梏创作,呼吁回归人性自然。王国维开始用西方文学理论和美学思想进行《诗经》的文学研究,在《屈子之文学精神》《人间词话》《文学小言》等著作中展开了对《诗经》艺术特色与意境的分析。语言研究方面,他继承朴学学风,借鉴西方实证主义和思维科学,提出"二重证据法",将出土文献与传世文献比证,以求得真正的意义。

"五四"之后真正进入现代诗经学阶段,否定《诗经》的圣经地位,在文学定位的基础上进行研究。胡适是现代诗经学的开山人,他认为《诗经》是中国第一部诗歌总集,具有较大的文学艺术价值;《诗经》保留了上古社会的很多史料,具有较大的历史文献价值;《诗经》是先秦规范语言的代表,是研究上古汉语词汇、语法、音韵的重要资料,具有较大的语言学价值。胡适从文学、历史学、语言学角度进行《诗经》研究的方法,被学界普遍认可。这标志着《诗经》研究正式进入现代诗经学阶段。郭沫若将马克思主义的相关理论引入《诗经》研究,用历史唯物论观点阐释《诗经》中的历史材料,研究周代社会结构形态。反对传统诗经学解读,认为"我们当今的急务,是在从古诗中直接去感受它的真美,不在与迂腐的古儒作无聊的争辩"[①]。要求摆脱传统诗学研究套路,完全凭借个人感受来解诗。以此观念出发创作《卷耳集》,开创《诗经》今译之先河。古史辨派考辨《诗经》,认为它是一部歌诗总集,而非圣经。顾颉刚认为两千年来的诗经学解读是《诗经》的"厄运",终于显出文学的真相是其"幸运"。"古史"只能称其为"古史",而不应成为今日的伦理教科书。闻一多主张把《诗经》当文学作品看,还《诗经》以文学的本来面目。他改革传统训诂学只着眼于字词注解的研究方法,在整体把握诗歌内容的基础上综合运用社会学、民俗学、文化人类学等观点阐发作品内涵,开创现代《诗经》诠释学。

新中国成立至"文化大革命"时期,学术受到当时国家总路线的干预,"阶级斗争""反剥削反压迫"等成为《诗经》论著中的高频词。高亨的《诗经引论》用阶级分析方法进行研究,露出机械唯物论的痕迹。他的《诗经今注》也以阶级分析和斗争观念进行解说。孙作云的《诗经与周代社会研究》把《诗经》和周代历史、社会民俗结合起来进行研究,分析周代封建领

[①] 郭沫若:《郭沫若全集》,人民文学出版社1984年版,第208页。

主压迫与农奴反抗。"文革"时期《诗经》被定性为"奴隶主贵族文学",相关学术研究彻底停滞。

随着改革开放的深入,学术得以与政治相划分。现代诗学进入新时期,呈现出多元化、多学科、多层面、全方位的研究特点,成果丰硕。译注有余冠英《诗经选》、高亨《诗经今注》、程俊英《诗经译注》《诗经注析》等。诗经学史研究有夏传才《诗经研究史概要》《二十世纪诗经学》、刘毓庆《从文学到经学》《从经学到文学》、洪湛侯《诗经学史》、扬之水《先秦诗文史》、赵沛霖《现代学术文化思潮与诗经研究》、马银琴《两周诗史》等。语言研究有王力《诗经韵读》、于省吾《泽螺居诗经新证》、向熹《诗经词典》等。文化研究有廖群《诗经与中国文化》、李山《诗经的文化精神》等。鉴赏研究有金启华《诗经鉴赏辞典》、赵逵夫《诗经三百篇鉴赏辞典》等。名物研究有潘富俊《诗经植物图鉴》、扬之水《诗经名物新证》等。另外,新时期出现了《诗经》研究的两个专门性机构,中国诗经学会和山西大学文学院《诗经》研究信息中心,大大促进了诗经学的集中研究和国内外学术交流。

总之,过去的一百年现代诗经学对传统诗经学的经学定位进行了矫枉过正的批判,《诗经》的经学阐释几近失声。

(二) 纠正片面文学研究的偏失

近年来学界开始认识到现代诗经学片面文学研究的偏失。2018年刘毓庆在《百年来诗经研究的偏失》一文中指出,20世纪《诗经》研究的最大偏失是,"忽略了《诗经》对于建构中国文化及至东方文化的意义"①。正是《诗经》的道德教化作用奠定了中国乃至东亚伦理道德与文化的基

---

① 刘毓庆:《百年来〈诗经〉研究的偏失》,《诗经研究丛刊》2018年。

础,这是单纯的文学作品无法做到的。2015年马银琴在《诗经:中国诗歌不祧之祖》一文中,从"礼乐之文""德义之府""心灵之歌"三个方面阐发《诗经》具备经学、文学的双重性质。早在《中国文化史导论》中,钱穆先生也认为《诗经》是一部中国伦理的歌咏集,人们借助《诗经》歌唱伦理观念。要认识中国人对于世界的思考,首先要参考《诗经》。他认为《诗经》是文学和伦理的"凝合一致"。《诗经》是中国文学的发端,也是中国伦理的重要发端。《诗经》是人们为阐发人生伦理观念而用诗歌形式表达出来的作品,其形式是文学的,实质却是伦理的,它是"文学与伦理之凝合一致"。

《诗经》的伦理性体现在创作初衷、内容、情感表达等方面。第一,西周制定礼乐制度,礼以别尊卑,乐以合民心。乐以诗、歌、舞三者为一体,《诗》是当时乐教的一部分,在制定之初就具有明确的德育目的。第二,《诗》的来源有采诗、献诗等。采诗的目的之一,是使天子观风俗、察民心。献诗,是公卿本人所作或采于民间,献于天子,诗作内容一般是颂美和讽谏。颂美诗赞颂统治者治理有方,以期继续施行德治;讽谏诗批评天子昏庸。采诗与献诗体现出"上以风化下,下以风刺上"的双向道德教化功能。能够进入采诗、献诗流程的诗,必然蕴含着大量的道德内容。《诗》文本蕴含系统的伦理思想和丰富的美德德目,如文、武、和、仁、友、信、温、淑、孝、弟、敬、笃、勤等。第三,从情感表达来看,《诗》"言志"体现出"发乎情,止乎礼义"的特点,情感流露无不笼罩在浓厚的伦理氛围中。"《诗》三百,一言以蔽之,曰思无邪","邪"即周王朝所规定的伦理道德规范的对立面,"无邪"即诗作尽合于周礼,这样的中正无邪之作能够塑造不偏不倚的性格。

对《诗经》的伦理性研究,传统诗经学曾取得了巨大成绩,但也不乏夸大和为封建统治服务之处。现代诗经学的伦理性研究则是一个断裂。如何推陈出新、继承发展?以研究道德问题为己任的伦理学是新时期《诗经》伦理性研究的一个重要落脚点。

中国的伦理学始创于20世纪初,目前尚处于发展初期,有许多待开发领域。前孔子时期的伦理思想研究就是一个空白。在《中国伦理思想史》一书中,罗国杰先生将中国伦理思想史划分为八个阶段。第一,前孔子时期,中国道德观念和伦理思想的发端期;第二,春秋战国至秦,中国封建伦理思想奠基形成期;第三,两汉时期,中国封建思想的系统化与统治地位进一步确立期;第四,魏晋至隋唐,中国封建伦理思想的演变时期;第五,北宋至明中叶,封建伦理思想的深化和成熟时期;第六,明中叶至鸦片战争,中国封建思想的衰落和近代早期启蒙伦理思想的萌芽期;第七,鸦片战争至五四运动,中国近代资产阶级伦理思想形成和发展期;第八,五四运动至中华人民共和国成立,马克思主义伦理思想传播发展期。其中,后七个阶段的研究已较为成熟;但对于前孔子时期,罗国杰先生说,"目前对这个时期的伦理思想还研究得很不够"①。前孔子时期的伦理思想研究可从《易经》《尚书》《诗经》《国语》《左传》等诸多文本入手。相较而言,《诗经》具备百科全书式的包容性,全面反映了周人政治、经济、文化、社会等各个方面。它本身又是周代礼乐制度的重要组成部分。因而,它对道德现象的反映极为全面,对道德的弘扬极为明显,可以作为研究前孔子时期伦理思想的首选文本。

夏传才先生在海峡两岸国学论坛第三届国学高端研讨会上发表报告《当代诗经研究转型和海峡两岸诗经学的交流合作》,指出《诗经》在传统中国一直被当作修身立德的教科书,今天我们进行精神文明建设依然可以从《诗经》当中吸取营养。《诗经》中控诉不均、反对暴虐、讽喻贪腐、提倡和平、婚恋自由等思想在今天仍有巨大的理论指导意义。目前,我们应做的工作是用现代观念诠释三百篇,普及《诗经》作品,努力完成一部"民

---

① 罗国杰:《中国伦理思想史》,中国人民大学出版社2007年版,第5页。

族化、科学化、大众化"的普及读本,使它真正成为人民喜闻乐见的精神食粮。

总之,传统诗学将《诗经》奉为"经夫妇、成孝敬、厚人伦、美教化、移风俗"的经书。孔子首开诗教理论,三百篇,思无邪,兴观群怨,以成温柔敦厚之性。《诗序》以礼说诗,褒贬美刺,推重君王后妃之德。郑玄重在阐释君子之教、圣人之化。《正义》解说诗之功用,在匡正世风,使人向善。朱子提出"养心劝惩"之说,注重《诗经》于个人之内在陶冶。诗经汉学是传统诗经学的黄金时代;诗经宋学对诗经汉学既有延续,又有批评与革新;诗经清学标榜汉学复兴。现代诗学在对传统诗学较长时间的背弃之后,必将重新认识其厚重的道德价值。

第二章 |《诗经》诞生的社会背景

- 一、宗教变革,修德配命
- 二、宗法分封,德服万邦
- 三、文明进步,制礼作乐

第二章 │ 《诗经》诞生的社会背景

《诗》诞生于东周初之春秋时期。与前代相比,这一时期最重要的特征是社会文明进步,宗教变革,人的自我意识觉醒,在理性的道路上大大前进。

一、宗教变革,修德配命

殷商天命论认为君王的统治权是由上天赋予的,君王代替上天在人间进行统治,统治者的一切行为都是天意的体现,天意是永远都不会改变的。殷商的信仰体系属于自然宗教,尚未发展到伦理宗教的阶段。上帝拥有无限权威,全能而非全善,没有道德属性,可以赐福于人,也可以降祸于人,是为天命。殷人极其信仰天命,甚至在西伯起兵的危急情况下,纣王依然坚信天命的决定作用,说"呜呼!我生不有命在天"(《尚书·西伯戡黎》)。

周代天命论发生了变化。《尚书·多士》云:"非我一人奉德不康宁,惟天之命。"《尚书·酒诰》云:"兹亦惟天若元德。"道德与天命紧密联系在一起,天命流转的依据是道德,道德是天命意志的重要内涵之一。道德既是天命流转的依据和准则,也是人承载上天意志的精神努力。天命不再是神秘不可知的,它可以从统治者的德行和民心向背中得出。"皇天无亲,惟德是辅"(《尚书·蔡仲之命》),上天只选择有德的人来统治天下,统治者有德就会拥有天命,无德就会失天命。王国维曾在《殷周制度论》中说,"殷周之兴亡,乃有德与无德之兴亡"。统治者要"聿修厥德""永言配命",修养自己的德行以便能够拥有天命,德的重要性由此确立。

"德"的甲骨文写作"𢔃",象征顺道直行而目视前方,意为得到。它的中心结构是"👁","目",眼睛,有明察之义。"德"即在明察的基础上有所获得。获得,最初指占有奴隶、财富,获得天下。"德"字的商周金文写作"𢛳",右下部分"心"为金文的"心"。"心"的增加表明德的含义除了获得天下之外,还有获得据有天下的才能、品德、方法等主观因素,标志着人类理性的发展。

《诗经》"天"字出现170处,其含义有两类。第一类指自然之天,如"溥天之下,莫非王土"(《小雅·北山》),"鹤鸣于九皋,声闻于天"(《小雅·鹤鸣》)。第二类指主宰万物的神力之天,如"天命玄鸟,降而生商"(《商颂·玄鸟》),"天生烝民,有物有则"(《大雅·烝民》)。《诗经》"帝"字出现43处,"神"字出现22处,与天同义。

周代天命观念下的"天"有如下属性:第一是具有人格性。天有味觉、嗅觉、听觉、视觉等感官,悔、怒、憎等人格情感,可以享受人们供奉的美食、欣赏音乐舞蹈、监察人间万事。第二是具有万能性。周人认为包括人类自身、山川河流在内的世间万物都由上帝所创造。农业丰收、姻缘确定、战争获胜、君命予夺等事情也都由上天决定。《诗经》中的相关诗文例证,比如"天生烝民""天作高山""文王初载,天作之合""有命在天,命此文王"等。第三是具有伦理性。《大雅·皇矣》云:"皇矣上帝,临下有赫。监观四方,求民之莫。维此二国,其政不获。维彼四国,爰究爰度。上帝耆之,憎其式廓。乃眷西顾,此维与宅。"上帝监视天下,赏善罚恶,夏商无道,唯周有德,因而周人能够受命于天。这些特征体现出殷周之际宗教变革的伦理性转向。

二、宗法分封,德服万邦

西周政权建立之后意识到无法以暴力手段将众多的异己人群变成自

己绝对的奴仆,于是让渡权益,封邦建国。王室能直接管理的地方只限于王畿之内,王畿之外的诸侯享有相当的自主权,只在名义上尊奉周王室的共主地位。商之旧党与边远诸侯未必心悦诚服。周王室意识到现实条件下军事征服的局限性,不得不采取温和有礼的策略,用德行感化众国使其悦服于周。这种策略虽然理想化色彩浓重,但实在没有更好的办法。

分封制也就是"分疆土,建诸侯",将天下的土地一块一块地划分出去。把中间那部分能够稳定控制的核心区域留给自己,把生活着各种土著居民和边缘地区分给亲族、功臣等在王朝统治格局中占有重要地位的人。分封的诸侯分为同姓诸侯、异姓诸侯两类。第一类为同姓诸侯。武王有同母兄弟共十人,除伯邑考早逝以外,其余八人都是武王之弟,他们是管叔鲜、周公旦、蔡叔度、曹叔振铎、成叔武、霍叔处、康叔封、冉季载。根据《史记·管蔡世家》记载,只有"康叔封、冉季载皆少,未得封",其余六人都有封国。武王另有异母弟八人,封在毛、郜、雍、滕、毕、原、酆、郇(《左传·僖公二十四年》)。第二类为异姓诸侯。异姓诸侯又包括三种,第一种是先代之后,比如虞舜的后代满被封于陈(今河南淮阳);第二种是有功的异姓贵族,比如姜尚被封于齐(今山东省北部、东部以及河北省东南部);第三种是殷商贵族遗民,比如殷贵族微子被封于宋(今河南商丘一带)。经过两次大规模分封,西周形成"封建亲戚以蕃屏周"(《左传·僖公二十四年》)的姬姓统治。

周天子分封同姓、异姓诸侯,诸侯分封同姓、异姓卿大夫。在贵族阶层中实行同姓不婚制度和等级内婚制度。异姓贵族因此得以成为姬姓贵族的姻亲。周天子与诸侯之间、诸侯与卿大夫之间既有政治组织的关系,又有宗法姻亲的关系。

宗法制是根据血缘关系的远近来安排相关角色以及明确相应义务和待遇的政策。它在周代是一种建立在父系血缘关系基础之上的权力和财产的继承制度。这种秩序强调血缘关系,尊重祖先,特别是父系一脉的祖先。以血缘为纽带维系亲族关系,在宗族内部明确角色责任和尊卑长幼的秩序,明确继承顺序以及不同地位宗族成员所享有的相应权利和义务。

在宗法分封制度下,西周春秋时期形成了以天子为中心的姬姓贵族联合异姓贵族的统治网络,整个国家以血缘为纽带联系起来。柔性的"德"对维护这种亲缘关系密切的政治统治起着至关重要的作用。正如李山所说:"分封制之所以取得历史性的成功,关键在于它将一种崭新的以'尚德'为其内涵的精神原则,摄入传统的血缘关系法则中。"[1]实际上,不仅道德是为了巩固宗法分封制度,宗法分封制度也是为了提升道德,进而维持"尊尊""亲亲"的统治秩序。王国维在《殷周制度论》中指出,周之制度"其旨则在纳上下于道德,而合天子、诸侯、卿、大夫、士、庶民以成一道德之团体……周之制度典礼,实指为道德而设"。因此宗法分封制度与道德建设互为必需。

三、文明进步,制礼作乐

殷商时期的先民尚未摆脱野蛮状态,鲜少考虑对人格、精神的提升。到了周代,则注重以礼乐制度来发掘人的价值,力求高雅与文明。周武王建立西周政权以后开创了一系列史无前例的伟大措施,其核心思想是"敬天保民"。政治组织中的分封制,社会组织中的宗法制,经济组织中的井田制,文化思想中的礼乐制,影响中国长达三千多年,从此西周成为中华文明的奠基者。礼乐制度包括礼和乐两个部分。礼主要通过礼仪制度典范等,划分人的身份角色和等级地位,最终形成相应的秩序。乐主要是在礼的等级制度的基础上,运用音乐艺术缓和社会矛盾。礼是乐运行的前

---

[1] 李山:《诗经的文化精神》,安徽教育出版社2016年版,第24页。

提和制度基础,乐是礼运行的形式和重要保障。周礼严格区分了社会中每一个个体所处的地位,从国家制度层面对国民进行强制性约束,建立起既井然有序又等级森严的社会。在如此差异化的社会中,需要弥合人们之间因为差异而造成的隔阂,因此统治者利用音乐艺术的感召力作为沟通情感的重要方式,化解因为礼的制度化、等级化而带来的种种隔阂与对立。正如孔子所说"周监于二代,郁郁乎文哉!吾从周"(《论语·八佾》)。周代的文德之风外显为有形的制度、典礼,内化为人的美德与威仪。

礼节仪式确立了人伦相处之道。《吕氏春秋·慎势》云:"故先王立法:立天子,不使诸侯疑焉;立诸侯,不使大夫疑焉;立嫡子,不使庶孽疑焉。疑则生争,争则乱。是故诸侯失位则天下乱;大夫无等则朝廷乱;妻妾不分则家室乱;嫡孽无别则宗族乱。"严谨的周礼面面俱到地区分了君臣、长幼、尊卑、亲疏、男女的差别与次序,成为宗法关系的形式化表达。

礼节仪式促进了美德的培养。《礼记·曲礼上》云:"道德仁义,非礼不成。"不同的礼节仪式分别落实相应的道德原则,朝觐之礼、聘问之礼、丧祭之礼、乡饮酒礼、婚礼等都是为了落实相应的道德原则而设置。《礼记·经解》云:"朝觐之礼,所以明君臣之义也;聘问之礼,所以使诸侯相尊敬也;丧祭之礼,所以明臣子之恩也;乡饮酒之礼,所以明长幼之序也;昏姻之礼,所以明男女之别也……故昏姻之礼废,则夫妇之道苦,而淫辟之罪多矣;乡饮酒之礼废,则长幼之序失,而争斗之狱繁矣;丧祭之礼废,则臣子之恩薄,而倍死忘生者众矣;聘觐之礼废,则君臣之位失,诸侯之行恶,而倍畔侵陵之败起矣。故礼之教化也微,其止邪也于未形,使人日徙善远罪而不自知也。"

《诗经》记载和体现了周代的礼制。比如《小雅》之《南有嘉鱼》《南山有台》《宾之初筵》的燕礼、《召南·驺虞》春日畋猎的春蒐之礼、《小雅·车攻》《小雅·吉日》的畋猎之礼、《小雅·楚茨》《小雅·甫田》《小雅·大田》《周颂·丰年》《周颂·载芟》的祭祀之礼、《小雅·鸳鸯》婚礼、《小雅·瞻彼洛矣》周王检阅六军的军礼……这些礼节仪式促进了君臣之义、长幼之序、男女之别等道德观念的形成。

礼节仪式深入生活细节,力求以一丝不苟的方式把自然人改造为文明人。《左传·成公二年》云:"器以藏礼。""藏"就是把整饬有序的礼具体化在衣饰、器物、钟鼎、车马、宫室等器物中。器物的一切尺寸、颜色、数量、组合、质地都能体现尊卑与权威。《左传·桓公二年》云:"衮、冕、黻、珽,带、裳、幅、舄,衡、紞、纮、綖,昭其度也。藻率、鞞、鞛、鞶、厉、游、缨,昭其数也。"在祭祀中君臣上下所使用的服饰各不相同,以体现尊卑;车马兵器的装饰各不相同,以显示命数。器物的度和数,昭示着无处不在的秩序。《大雅·韩奕》记载韩侯入朝受赐,"王锡韩侯,淑旂绥章,簟茀错衡,玄衮赤舄,钩膺镂钖,鞹鞃浅幭,鞗革金厄",交龙日月图案的黑龙袍、红色木底高靴、特定规格的精美车辆都是特供诸侯阶层使用的,可以看到器物与身份的严格对应。社会以"礼"对个体进行规范,个体以"礼"为媒介进入社会生活。

在各种典章制度、礼节仪式中,人的威仪成为礼的一部分,言语有章、行步有仪、举止有度,以合于礼。礼无形中塑造了人的威仪。威仪是人的容貌、服饰、姿态、言语、举止等因素综合表现出来的精神气度。"人而无仪,不死何为"(《鄘风·相鼠》),周人认为威仪是人的重要修养。《左传·襄公三十一年》云:"君子在位可畏,施舍可爱,进退可度,周旋可则,容止可观,作事可法,德行可象,声气可乐。动作有文,言语有章,以临其下,谓之有威仪也。""威仪"是人在德行、举止、言语等方面达到优秀后所体现出来的优雅气度。《诗经》对威仪的强调表现在进退有节、言语有章等方面。《大雅·抑》云:"温温恭人,维德之基。"温文尔雅的君子必须以美德作为根本。"抑抑威仪,维德之隅",庄重的仪态必须以美德作为支撑。《笺》云:"人密审于威仪抑抑然,是其德必严正也。古之贤者,道行心平,可外占而知内。如宫室之制,内有绳直,则外有廉隅。"针对德和仪的关系,郑玄认为德是人的内在修养,仪是道德气质的外化。具备美好的品德,外在仪表才能恭正威严。如果品德败坏,就会使仪表荒诞猥琐。同时,威仪的修养又可以内化为自身的德性。因此《诗经》塑造的理想人格"显允君子,莫不令德""岂弟君子,莫不令仪"(《小雅·湛露》),是内在美德与外在威仪的统一。

可以看到,《诗》的时代较之前代殷商有着极大的道德进步。在天命观念中更加重视道德的作用;在政治领域追求实施德治;在社会生活领域制礼作乐进一步促进了道德的落实。在这样的社会背景下诞生的《诗》无疑有着崇尚道德的时代烙印。

第三章 |《诗经》美德思想概要

- 一、《诗经》德字含义分析
- 二、《诗经》中的道德语汇
- 三、《诗经》教化机制分析

第三章 |《诗经》美德思想概要

有周一代有着崇尚道德的社会风气。王国维在《殷周制度论》中指出,"周之制度典礼,乃道德之器械",周代制礼作乐是为道德而设。周的道德建设一直兢兢业业。郑开先生也曾提出类似观点,他认为诸子百家"诤辩"道的历史背景与思想文化基础,就是"自西周初年以来曾经独领风骚的德的传统"①。而西周初期至春秋中叶结集的作品《诗》,恰恰是周代崇尚道德文化土壤之中开出的花朵,也体现了周代礼乐制度的重要内容。

一、《诗经》德字含义分析

《诗经》"德"字共出现71处,它的含义包括三个方面。第一个含义是道德。比如"淑人君子,其德不回"(《小雅·鼓钟》),"显允君子,莫不令德"(《小雅·湛露》)。道德意义上的"德"字常常单独使用,另外也有"德音""德行""令德""懿德"等语汇的固定表达。第二个含义是恩德、恩惠、施予恩惠。比如"忘我大德,思我小怨"(《小雅·谷风》),"三岁贯女,莫我肯德"(《魏风·硕鼠》)。第三个含义是心意,情意。比如"士也罔极,二三其德"(《卫风·氓》)。其中,《诗经》道德含义的"德"字共出现57处。《诗经》体现了周代崇尚道德的社会风气,对于道德的强调主要体现在施行德政与修养美德两个方面。

---

① 郑开:《德礼之间·前诸子时期的思想史》,生活·读书·新知三联书店2009年版,第1页。

（一）施行德政

殷商时期鬼神文化浓厚，到了周代仍然没有发展出足够发达的理性来否定天命观念，认为君权乃天意所赐，上天赏善罚恶，因此要修德以配天。同时，以暴力革命取得政权的周人也极为重视人的主观能动性的作用。殷商是极为重视天命观念、鬼神思想的族群，如果祖先神灵对子孙后代的保护是绝对的，那么周人就不可能取得胜利，殷商将一直拥有政权，而事实显然并非如此。因此，当时的周人虽然不能跳出天命观念的束缚，但也不再完全把命运交付给神灵，而是更加强调个人自身的努力，因此极为重视个人德行的修养。

周人以暴力革命来获取政权，一旦建立了政权便开始担心有其他的暴力革命来推翻自己的政权。因此周人对为自己带来胜利的"暴力"产生了畏惧意识。在这种情况下，"有觉德行，四国顺之"（《大雅·抑》），强调安分守己的德治思想成为敬惧心理下的必然选择。

宗法分封制实行以后社会结构以"血缘"为纽带，如何处理这种亲情关系浓厚的社会关系，不是只靠武力就能维持稳定的，而更多时候要选择温情脉脉的柔性统治。正如《大雅·板》所云："大邦维屏，大宗维翰，怀德维宁，宗子维城。无俾城坏，无独斯畏。"同族好比栋梁，宗子好比城墙，要团结宗族，以防孤立无援。在这种情况下的"孝""弟""友"等伦理德性成为最好的切入点，德政成为最好的施政方法。德治进而成为西周政治思想的底色。德治思想在《诗经》中有充分体现。《诗经》有很多"史诗"类型的诗篇，主旨是歌颂周族历代统治者的德行与德政行为。如《大雅》中的六首史诗《生民》《公刘》《绵》《皇矣》《文王》《大明》分别赞颂后稷、公刘、公亶父、王季、文王、武王的德治，其中又以文王的德治思想最具代表性。

第三章 《诗经》美德思想概要

文王是周族历代君王当中实施德治的典范,他的治理方案被称为"文王之典"。《史记·周本纪》记载文王"遵后稷、公刘之业,则古公、公季之法,笃仁、敬老、慈少""阴行善"。文王招贤纳士,使吕尚、鬻熊、辛甲等贤士前来效力,伐密伐崇,作邑于丰①,为周族逐渐壮大并最终建立政权建立了雄厚的政治基础。《诗经》对文王德治精神的歌颂主要体现在三个方面。一是文王的高尚美德来自家族的传承。《大雅·皇矣》记载文王的父亲季历"克明克类""克长克君""克顺克比",文王继承了父亲的这些优点。《大雅·思齐》赞美太王之妻周姜、王季之妻大任、文王之妻大姒具有庄敬仁爱的品德,周室三母创造了良好的家庭文化,促进了王德的兴盛。二是文王具有崇高的美德。比如,《大雅·大明》"厥德不回,以受方国"歌颂文王能够修德配命,使四方归附。《大雅·棫朴》歌颂文王善于培养和任用人才,使众多贤才云集于周族。三是文王具有显赫的才能与政治功绩。《大雅·文王有声》《大雅·皇矣》描写文王武功赫赫、去除暴乱,《大雅·文王》描写文王勤勉于政、造福国人,《周颂·维清》描写文王制定国家的典章制度。

《大雅·文王》诗云:

> 文王在上,于昭于天。周虽旧邦,其命维新。
> 有周不显,帝命不时。文王陟降,在帝左右。
> 亹亹文王,令闻不已。陈锡哉周,侯文王孙子。
> 文王孙子,本支百世,凡周之士,不显亦世。
> 世之不显,厥犹翼翼。思皇多士,生此王国。
> 王国克生,维周之桢;济济多士,文王以宁。

---

① 丰,在今西安以西,沣水西岸,客省庄、马王村、西王村一带,其地东以沣水为界,西至灵沼河,北至客省庄、张家坡,南到新旺村、冯村。

穆穆文王，于缉熙敬止。假哉天命。有商孙子。
商之孙子，其丽不亿。上帝既命，侯于周服。
侯服于周，天命靡常。殷士肤敏。祼将于京。
厥作祼将，常服黼冔。王之荩臣。无念尔祖。
无念尔祖，聿修厥德。永言配命，自求多福。
殷之未丧师，克配上帝。宜鉴于殷，骏命不易！
命之不易，无遏尔躬。宣昭义问，有虞殷自天。
上天之载，无声无臭。仪刑文王，万邦作孚。

  《雅》《颂》的重要主题之一就是歌颂文王。《文王》一诗是《大雅》之首，可以看到其重要性和典型性。这首诗表达了文王施行德治的重要政治主题，对周代政治统治具有深远影响和典范意义。作为周王朝最重要的开创者之一，周文王历经五十年的砥砺奋进、励精图治，使偏居于西北一隅的农业小国，逐渐成长为可以与大邦殷相抗衡的实力强国。文王实施文德政治，反对暴政，因此得到各国人民的拥护和爱戴，许多周边小国纷纷前来归附，使本国逐渐积累起强大的实力和号召力。因此当文王去世之后，周武王才能在业已积累的实力之上号令八百诸侯，继承文王的遗志建立周王朝。可以说，虽然周王朝是在周武王时期夺得政权，但是实际上这种夺取政权的实力是在周文王时期真正建立的。诗篇最后描写了周人"以德配天"的天命观念，它的核心内容是，天命并非一成不变，而是变动不居，天命流转的依据就是"德"，只有修德才能拥有天命。以此作为告诫，警示后世子孙应当以文王之德作为榜样，继续施行文德政治才能保住家业。

  因为文王在德治方面的典范作用，他的治理模式被称为"文王之典"，后代君王莫不仪刑文王之典，这在《诗经》中有充分的体现。《周颂·清庙》是周公率领诸侯祭祀文王的诗，祭祀者以极为庄重严肃的态度强调自己将要"秉文之德"，继承发扬文王的德治思想。《大雅·假乐》是为宣王举办冠礼的冠词,主旨是劝告宣王实行德治,"不愆不忘,率由旧章"劝告宣王一丝不苟地遵循和继承文王、武王、成王、康王的典章制度,修养美德,实行德政。《诗经》还批判了纣王、厉王、幽王等昏庸无德之君,从侧面反映出对于德政的追求。

《诗经》赞美统治者修养美德、实行德政,但是并未讲述德政的具体内涵,大部分情况下只讲修德,将修德等同于政治。这种将个体道德修养等同于政治的做法在后世儒家仁学、仁政思想中被继承发扬,并得到了内容上的扩充和哲学层面的理论提升。《大雅·文王》"文王在上,於昭于天""仪刑文王,万邦作孚",与《论语·为政》"为政以德,譬如北辰,居其所而众星拱之"极为相似,可以看到《诗经》德治思想对孔子仁政思想的影响。

(二) 修养美德

《诗经》歌咏的美德包括文(凡59处)、武(45)、温(11)、淑(22)、孝(18)、弟(56)、忠、敬(22)、笃(12)、勤(2)、哲(12)、平(18)、仁(2)、友(23)、报(17)、信(22)、和(12)等德目。《诗经》美德思想虽然没有成为像儒家思想那样系统的哲学阐发,但是却像散金碎玉一般贯穿全书,以诗歌形式被传诵千年,涵养着中华民族重德向善的民族性格。

1. 道德修养的人性论基础

《诗经》道德修养的人性论基础是人性向善,且具有可教化性。《大雅·烝民》云:"天生烝民,有物有则。民之秉彝,好是懿德。""好懿德"也就是向往美德。《诗集传》云:"天生众民,有是物必有是则。盖自百骸、九窍、五藏,而达之君臣、父子、夫妇、长幼、朋友,无非物也,而莫不有法焉。如视之明,听之聪,貌之恭,言之顺,君臣有义,父子有亲之类是也。

是乃民所执之常性,故其情无不好此美德者。"①朱熹认为对君臣有义、父子有亲等美德的向往是人的天性使然。孟子曾引此诗作为其性善论思想的理论依据。《孟子·告子上》云:"恻隐之心,人皆有之;羞恶之心,人皆有之;恭敬之心,人皆有之;是非之心,人皆有之。恻隐之心,仁也;羞恶之心,义也;恭敬之心,礼也;是非之心,智也。仁义礼智,非由外铄我也,我固有之也,弗思耳矣。故曰:'求则得之,舍则失之。'或相倍蓰而无算者,不能尽其才者也。《诗》曰:'天生烝民,有物有则;民之秉彝,好是懿德。'孔子曰:'为此诗者,其知道乎!'故有物必有则;民之秉彝也,故好是懿德。"因为孟子的引用,该诗曾被认为是最早的性善论思想。

《诗经》中还有其他诗文表达了类似的观点,认为对品德之善的向往是人的天性使然。比如《小雅·角弓》云:"毋教猱升木,如涂涂附。君子有徽猷,小人与属。"人对美德的向往就像猿猴擅长攀缘、泥巴擅长黏附一样自然。《小雅·角弓》云:"尔之远矣,民胥然矣。尔之教矣,民胥效矣。"人具有学习效仿的能力,因此可以通过教化改过迁善。

2. 道德修养与教化方法

《诗大序》云:"上以风化下,下以风刺上,主文而谲谏,言之者无罪,闻之者足以戒,故曰风。"②这里指出了《风》诗的教化作用,也就是"上以风化下,下以风刺上"。实际上这种道德教化方法不仅局限于《风》诗,在《风》《雅》《颂》中都能体现出"上以诗化下,下以诗刺上"的道德教化方法,也就是自上而下地以圣贤之道教化大众,以及民众自下而上地反讽劝谏上层统治者。

首先是"王化"。西周天命观认为天命予夺的参照是君王是否具有德

---

① [宋]朱熹:《诗集传》,中华书局2011年版,第284页。
② 十三经注疏整理委员会:《十三经注疏·毛诗正义》,北京大学出版社1999年版,第13页。

行。《小雅·角弓》"尔之教矣,民胥效矣",王德对人民施行教化,民德被王德所化。《大雅·绵》"虞芮质厥成,文王蹶厥生",《史记·周本纪》云:"虞芮之人有狱不能决,乃如周。入界,耕者皆让畔,民俗皆让长。虞芮之人未见西伯,皆惭,相谓曰:'吾所争,周人所耻,何往为,祇取辱耳。'遂还,俱让而去。"虞芮之人因为矛盾纠纷而请求文王进行调节,文王以德服人,国人皆谦让,虞芮之人惊叹于周人的彬彬有礼,自惭形秽,于是消除了争讼。"蹶厥生"也就是文王以美德感化虞芮之人。

其次是主文谲谏。《诗经》所体现的道德教化思想包括双向的教化过程,既有君王对百姓的教化,也有百姓对君王的规谏。《诗经》的集成就包括臣下作诗或采诗献给君王,供其知臣意观民风,从而达到规谏效果。比如,《大雅》中的《板》《荡》等都是警醒统治者顺德而行的诗作。

最后是切磋琢磨、取譬不远的修炼。《卫风·淇奥》云:"有匪君子,如切如磋,如琢如磨。"切、磋、琢、磨本是古代治器的不同工艺,"骨谓之切,象谓之磋,玉谓之琢,石谓之磨"(《尔雅·释器》),后来被作为道德、学问的修养方法,比如《荀子·大略》所云:"人之于文学也,犹玉之于琢磨也。《诗》曰:'如切如磋,如琢如磨'谓学问也。"这就是把切磋琢磨引申为修养的方法。

二、《诗经》中的道德语汇

对"德"的深刻认知使周与前代迥然有别,脱离野蛮,走向文明。周人已经有了对善恶观念的深刻认知与见解。

(一)道德之善的语汇

《诗经》中出现了"令""懿""臧""善""良""类""徽""明""鲜""吊"

"若""好""时""戾""嘉""休""义""倬""昭"等表示道德之善的语汇,"恶""回""否""厉"等表示道德之恶的语汇。

(1)令:共27处。义为善、美好,或事物好的性质。

"显允君子,莫不令德。"(《小雅·湛露》)

"辰彼硕女,令德来教。"(《小雅·车舝》)

(2)懿:共4处。义为美好。"懿德"指美德。

"民之秉彝,好是懿德。"(《大雅·烝民》)

"我求懿德,肆于时夏。"(《周颂·时迈》)

(3)臧:共21处。义为善良、好,或事物好的性质。

"于乎小子,未知臧否。"(《大雅·抑》)

"俾尔寿而臧。"(《鲁颂·閟宫》)

"谋臧不从,不臧复用。"(《小雅·小旻》)

"并驱从两狼兮,揖我谓我臧兮。"(《齐风·还》)

(4)善:共8处。义为善良,或事物好的性质。

"母氏圣善,我无令人。"(《邶风·凯风》)

"禾易长亩,终善且有。"(《小雅·甫田》)

(5)良:共31处。义为善良,或事物好的性质。

"乃如之人兮,德音无良。"(《邶风·日月》)

"之子无良,二三其德。"(《小雅·白华》)

"匪我愆期,子无良媒。"(《卫风·氓》)

"叔善射忌,又良御忌。"(《郑风·大叔于田》)

(6)类:共7处。义为善,好。

"而秉义类,强御多怼。"(《大雅·荡》)

"不吊不祥,威仪不类。"(《大雅·瞻卬》)

(7)徽:共2处。义为美好。

"君子有徽猷,小人与属。"(《小雅·角弓》)

"大姒嗣徽音,则百斯男。"(《大雅·思齐》)

（8）明：共 52 处。义为光明。

"帝谓文王,予怀明德。"(《大雅·皇矣》)

"帝迁明德,串夷载路。"(《大雅·皇矣》)

（9）鲜：共 12 次。其中多处指事物好的性质。

"燕婉之求,蘧篨不鲜。"(《邶风·新台》)

"嘉我未老,鲜我方将。"(《小雅·北山》)

（10）吊：共 5 处。义为善。

"不吊昊天。"(《小雅·节南山》)

（11）若：共 10 处。义为善,好。

"邦国若否,仲山甫明之。"(《大雅·烝民》)

"孔曼且硕,万民是若。"(《鲁颂·閟宫》)

（12）好：共 46 处。皆指事物好的性质。

"窈窕淑女,君子好逑。"(《周南·关雎》)

"实发实秀,实坚实好。"(《大雅·生民》)

"琴瑟在御,莫不静好。"(《郑风·女曰鸡鸣》)

（13）时：共 45 处。通"是",好。

"匪上帝不时,殷不用旧。"(《大雅·荡》)

"孔惠孔时,维其尽之。"(《小雅·楚茨》)

（14）宜：共 35 处。义为善,相处得宜,或应当、应该。

"宜尔室家,乐尔妻帑。"(《小雅·常棣》)

"宜兄宜弟,令德寿岂。"(《小雅·蓼萧》)

"黾勉同心,不宜有怒。"(《邶风·谷风》)

"宜鉴于殷,骏命不易。"(《大雅·文王》)

（15）嘉：共 39 处。义为善,美,好。

"辟尔为德,俾臧俾嘉。"(《大雅·抑》)

"我有嘉宾,鼓瑟吹笙。"(《小雅·鹿鸣》)

"仲山甫之德,柔嘉维则。"(《大雅·烝民》)

(16) 休:共 18 处。义为美,善。

"受小球大球,为下国缀旒,何天之休。"(《商颂·长发》)

"虎拜稽首,对扬王休。"(《大雅·江汉》)

(17) 义:共 3 处。义为善,美。

"宣昭义问,有虞殷自天。"(《大雅·文王》)

"天不湎尔以酒,不义从式。"(《大雅·荡》)

(18) 倬:共 5 处。义为广大,光明。

"倬彼昊天,宁不我矜。"(《大雅·桑柔》)

"有倬其道,韩侯受命。"(《大雅·韩奕》)

(19) 昭:共 22 处,形容德之光明。

"我有嘉宾,德音孔昭。"(《小雅·鹿鸣》)

(二) 道德之恶的语汇

(1) 恶:共 6 处。义为罪恶,与"善"相对。

"方茂尔恶。"(《小雅·节南山》)

"庶曰式臧,覆出为恶。"(《小雅·雨无正》)

(2) 回:共 10 处。义为邪僻。

"淑人君子,其德不回。"(《小雅·鼓钟》)

"赫赫姜嫄,其德不回。"(《鲁颂·閟宫》)

(3) 否:共 9 处。义为恶,坏。

"于乎小子,未知臧否。"(《大雅·抑》)

"邦国若否,仲山甫明之。"(《大雅·烝民》)

(4) 戾:共 15 处。义为戾,乖戾,暴虐。

"昊天不惠,降此大戾。"(《小雅·节南山》)

(三) 道德名誉语汇

(1)"音"指名誉。"德音""徽音"指美好声誉。
"其马跻跻,其音昭昭。"(《鲁颂·泮水》)
"大姒嗣徽音,则百斯男。"(《大雅·思齐》)
"厌厌良人,秩秩德音。"(《秦风·小戎》)
"貊其德音,其德克明。"(《大雅·皇矣》)
(2)"声"有"名声"之义。
"文王有声,遹骏有声。"(《大雅·文王有声》)
"赫赫厥声,濯濯厥灵。"(《商颂·殷武》)
(3)"问"通"闻",指名声。
"宣昭义问。"(《大雅·文王》)
"亦不损厥问。"(《大雅·绵》)
(4)"誉"义为名誉。
"古之人无斁,誉髦斯士。"(《大雅·思齐》)
"庶几夙夜,以永终誉。"(《周颂·振鹭》)

(四) 荣辱观念语汇

荣辱观念是对道德名誉的认知与情感体验。《诗经》"辱""忝""愧""耻"等语汇的大量出现,表明人们已具备了相当的道德荣辱观念。
"所可读也,言之辱也。"(《鄘风·墙有茨》)
"夙兴夜寐,毋忝尔所生。"(《小雅·小宛》)
"无忝皇祖,式救尔后。"(《大雅·瞻卬》)

"相在尔室,尚不愧于屋漏。"(《大雅·抑》)

"不愧于人？不畏于天。"(《小雅·何人斯》)

"瓶之罄矣,维罍之耻。"(《小雅·蓼莪》)

三、《诗经》教化机制分析

《诗经》被作为学校教科书已有三千年的历史。早在孔子之前,《诗》就已经是贵族学校的必修课程。《礼记·王制》记载西周国子教育"乐正崇四术,立四教,顺先王《诗》《书》《礼》《乐》以造士,春秋教以《礼》《乐》,冬夏教以《诗》《书》",西周国子教育以《诗》作为重要教材。

（一）诗教功能

孔子云:"诗可以兴,可以观,可以群,可以怨;迩之事父,远之事君;多识于鸟兽草木之名。"(《论语·阳货》)兴,就是使人们精神感动奋发,领悟到人生或社会的道理。观,也就是观察了解社会,观风俗之盛衰。《诗》反映周初到春秋中叶人们的生活状况,政治、经济、军事、民族、文化、艺术等方面无所不包。群,《诗》在发挥艺文娱乐、赋诗言志、培养人格等作用的同时,使人们学会与他人相处,能够很好地处理上下、内外的关系。怨,即对暴政、邪恶等表达怨刺,比如"维是褊心,是以为刺"(《魏风·葛屦》),"家父作诵,以告王讻"(《小雅·节南山》),"君子作歌,维以告哀"(《小雅·四月》)等都体现了诗歌的怨刺功能。"迩之事父,远之事君"的"父"指代家庭伦理,"君"指代社会与国家伦理,诗教可以使人学习到在家庭以及社会的所有的人伦之道。同时《诗》还涉及自然界的鸟、兽、草、木等名物,使人更好地认识世界,认识自然。

关于诗教对人的培养,《礼记·经解》记载:"孔子曰:'入其国,其教可知也。其为人也,温柔敦厚,《诗》教也。疏通知远,《书》教也。广博易良,《乐》教也。洁静精微,《易》教也。恭俭庄敬,《礼》教也。属辞比事,《春秋》教也。故《诗》之失愚,《书》之失诬,《乐》之失奢,《易》之失贼,《礼》之失烦,《春秋》之失乱。其为人也温柔敦厚而不愚,则深于《诗》者也。疏通知远而不诬,则深于《书》者也。广博易良而不奢,则深于《乐》者也。洁静精微而不贼,则深于《易》者也。恭俭庄敬而不烦,则深于《礼》者也。属辞比事而不乱,则深于《春秋》者也'。"孔子认为诗教可以使人温柔敦厚。孔颖达《礼记正义》解释"温柔敦厚"为"温谓颜色温润,柔谓性情柔和。诗依违讽谏,不指切事情,故云温柔敦厚,是诗教也"。也就是说,诗用委婉的手法将己意托于他物之下,使其听来既委婉柔和又别具深意,达到"乐而不淫,哀而不伤"的效果。

(二) 诗教机制

"诗言志"理论出现在许多典籍之中。《尚书·尧典》云:"诗言志,歌永言。"《荀子·儒效》云:"圣人也者,道之管也,天下之道管是矣。百王之道,一是矣。故《诗》《书》《礼》《乐》之归是矣。《诗》言是其志也,《书》言是其事也,《礼》言是其行也,《乐》言是其和也,《春秋》言是其微也。"《礼记·闲居》记载,孔子云:"志之所至,诗亦至焉;诗之所至,礼亦至焉。"《礼记·乐记》云:"诗,言其志也;歌,咏其声也;舞,动其容也。"《诗大序》云:"诗者,志之所之也。在心为志,发言为诗。情动于中而形于言,言之不足故嗟叹之,嗟叹之不足故永歌之,永歌之不足,不知手之舞之足之蹈之也。情发于声,声成文谓之音。治世之音安以乐,其政和;乱世之音怨以思,其政乖;亡国之音哀以思,其民困。故正得失,动天地,感鬼神,莫近于诗。先王以是经夫妇,成孝敬,厚人伦,美教化,移风俗。"①诗言志,诗是作者情感意念的抒发。人的内心产生不可遏止的情感冲动,用言语表达出来就是诗。诵诗使人情感奋发,形成情感共鸣,这是《诗》教发生作用的基础。《诗》产生之后以乐教或诗教的形式实现对人的教化。

首先是诗以"声"为用。诗以声为用,就是把诗当作乐歌、礼仪的一部分。在礼仪活动中演奏者、演唱者、诵唱者的演奏内容、出场时间、位置方向、仪态举止等都有严格细致的规定,符合礼节仪式所传达的精神和宗旨。他们感受到的当然有诗歌本身的情感内容,但更多的是诗乐极具暗示性、象征性的某种规范要求,和隆重的礼仪所传达出的约束、教诫、威赫。

其次是诗以"义"为用。春秋时期礼崩乐坏,《诗》转而被以"引诗"或"说诗"的形式应用于学术思想等领域,它的文本意义进一步凸显出来。孔子所处时期为春秋中叶,正值乐诗存亡之交。礼乐僭越,新声流行,雅乐败坏,孔子进行正乐的工作。然而自孔子时期开始,"说诗"风气正式开启。以前是《诗》以声为用,到了孔子论《诗》,开始偏重义理。到了孟子,《诗》已经完全与乐划清了界限,完全以义为用。整部《孟子》一书除了讲诗的义理,没有一回讲音乐。从荀子到汉人引《诗》也都继承以义为用的传统。诗经汉学注重阐发《诗经》的王化之教、道德之义。以朱熹为代表的诗经宋学注重阐发《诗经》"养心劝惩"的心性涵养之道。诗经清学先尊崇朱子之学后复归于汉学,同样是以义为用。

因此《诗》教一方面是音乐的兴发作用,一方面是义理的启迪作用。王国维在《论教育之宗旨》一文中指出"美者感情之理想","独美之为物,使人忘一己之利害而入高尚纯洁之域,此最纯粹之快乐也"②。美深化了

---

① 十三经注疏整理委员会:《十三经注疏·毛诗正义》,北京大学出版社1999年版,第6—10页。
② 王国维:《论教育之宗旨》,《教育世界》1906年第56卷。

道德的情感基础,对善具有奠基和先发作用,因此可以作为道德建设的有效手段。《诗大序》云:"故正得失,动天地,感鬼神,莫近于诗。先王以是经夫妇,成孝敬,厚人伦,美教化,移风俗。"①《孔疏》云:"'美教化'者,美谓使人服之而无厌也。"②《诗》具有音乐之美、文辞之美、义理之奥,使人在美的熏陶中感发善念、通晓义理,从感情与理性的双重角度立德成善,因此《诗》教既是美育又是德育,是以美储德。

同时,善具有对美的生成性。内在的道德品质与外在的形貌气质具有一体关系,善良的内在本性总会外在地呈现为美的形象。《诗经》中道德高尚的淑人君子呈现秩秩之威仪,翱翔之体态。孟子曾说一个有德的人"仁义礼智根于心"(《孟子·尽心上》),则"见于面,盎于背,施于四体"(《孟子·尽心上》)。培养内在的浩然正气是养成君子的重要途径,被道德化的浩然之气充盈的状态就是美。因此《诗经》教化使人具有高尚的德行和优雅的形貌。

周代礼乐制度是编《诗》的出发点,而礼乐制度最终是为了塑造道德。因此《诗》的编辑体现了周代统治者对道德教化作用的清醒认知。颂德弘善的美德德目、褒贬善恶的道德认知与评价、潜移默化的道德修养与教化,共同构成了《诗》的道德体系。从人的感情、理性出发,依凭个人情感的扩展,使九族相亲、天下和睦。《诗经》德性思想塑造了中华民族颂德弘善的民族气质,在几千年的文明发展中发挥着重要的道德力量。

---

① 十三经注疏整理委员会:《十三经注疏·毛诗正义》,北京大学出版社1999年版,第10页。
② 同上书,第11页。

第四章 |《诗经》之民族精神①

- 一、文德精神
- 二、尚武精神
- 三、允文允武

---

① 本节部分内容发表在《中国社会科学报》2018 年 10 月 16 日。

第四章 《诗经》之民族精神

夏道尊命,殷人尊神,周人尊礼尚施。较之尊神尚鬼的前代社会,周人的理性精神高扬,社会文明大大进步。周代制礼作乐,以严密的礼乐机制将周人纳入文明之中,整个社会文风弥漫。同时周代的民族精神文而不弱,注重通过诸多方式提高战斗技能,显示出如霆如雷的强大武力,时维鹰扬的强国风貌。文德武功兼治,构建了周代文质彬彬的民族气质。

一、文德精神

从甲骨卜辞等商代文献来看,殷人尚未摆脱原始粗野状态,较少考虑对人格、精神的提升。周人则注重以"文"来发掘人的价值,力求高雅与文明。《论语·八佾》记载,孔子曰:"周监于二代,郁郁乎文哉!吾从周。"周代文风弥漫,从中央到地方,由上层到下层,在文明的道路上大大前进。文是与武相对的诗书礼乐等方面的内涵,它与礼乐制度紧密相关,又与礼乐制度有着巨大的差别。礼乐制度侧重于有形的制度、典礼、仪式,以及与此相关的思想文化。文则是礼乐制度所涵养而成的精神品质,它以德行知识为内涵,外显为雍容文雅的气度风范。

《诗经》"文"字出现59处,包括四重含义。一是文德,比如"文武吉甫,万邦为宪"(《小雅·六月》)。二是礼仪,比如"文定厥祥,亲迎于渭"(《大雅·大明》)。三是纹理、花纹,比如"织文鸟章,白旆央央"(《小雅·六月》)。四是文王,比如"济济多士,秉文之德"(《周颂·清庙》)。其中"文德"指与武力、暴力相对应的文化教育与文治政策。

《诗经》美德论

(一) 文德政治

周代建立了德性思想的高标。每当遭遇世风日下、政治败坏,思想家们往往感叹"世风不古",期待恢复"古礼",比如,孔子曾说"郁郁乎文哉,吾从周"(《论语·八佾》),"久矣,吾不复梦见周公"(《论语·述而》)。

文德政治也就是以文德而非武力来治理天下,以德性而非霸道来协调社会关系。西周时期历代贤明之君都推行文治,最具代表性的典范人物是周文王。殷商时期的周族偏安于岐山之下,正是得益于周文王的德治它才逐渐兴盛起来。周文王以德治岐,积善行仁,大化天下,使许多诸侯诚服于周。在修文德、行文治方面堪称典范。"允文文王,克开厥后"(《周颂·武》),赞美周文王开创文治,福泽后人。孔子也曾追念文王,说:"文王既没,文不在兹乎。"(《论语·子罕》)

武王灭商之后也继承和推行文王的德治思想,"偃武修文,归马于华山之阳,放牛于桃林之野"(《尚书·武成》),"载戢干戈,载櫜弓矢"(《周颂·时迈》),推行文治,旨在建立文雅有序的道德社会和文明国家。周公制礼作乐,将文王开创的文德政治落实为具体的制度,通过礼乐制度进一步使周人从野蛮状态摆脱出来,万事依礼而定,举止依礼而行。西周的文德政治可谓起于文王,经历武王,成于周公。周代后期之所以能够出现世所称道的宣王中兴,在很大程度上也是得益于宣王能够继续推行德政,"矢其文德,洽此四国"(《大雅·江汉》)。

周代的文治传统蔓延到外交、军事等领域。春秋时期邦国之间赋诗外交活动显示出文雅之风。《左传·僖公二十三年》记载重耳流亡于秦,秦穆公宴请重耳。重耳在宴会上吟诵《小雅·沔水》,用沔水归于大海来表达自己对秦国的尊重和向往。秦穆公吟诵《小雅·六月》。诗篇《六月》是周宣王派遣尹吉甫讨伐猃狁大获全胜的诗。秦穆公吟诵《六月》寓意表达自己将会帮助重耳登上君位,复兴晋国。重耳听懂了他的意思,于是连忙拜谢。可以看到,在春秋时代通于诗意是重要的外交能力。

其至在军事上仍然可以看到文德的影响。《左传·宣公十二年》记载楚庄王取得邲之战的胜利以后,不仅反对收集敌人尸体展示武功,反而大讲用武之德。"夫文,止戈为武。武王克商,作《颂》曰:'载戢干戈,载櫜弓矢。我求懿德,肆于时夏,允王保之。'"从文字构造的角度说明用武必须以文德作为统领。文德思想涵盖政治思想、社会管理、外交军事等领域,铸造了有周一代包容文雅的气魄。

(二)"文"化生活

周代的文德之风还表现在个人日常生活的雅化,具体体现在服饰、器物、礼仪等方面。中国历来是衣冠上国,在服饰中蕴含着尚文精神和精深的礼仪。"容貌以文之,衣服以移之"(《礼记·表记》),用恰当的仪容来使人文明,用合乎身份的衣服来影响人。首先,周人的服饰有一定的规格尺寸和相应的使用场合。《礼记·月令》云:"乃命司服,具饬衣裳:文绣有恒,制有小大,度有长短;衣服有量,必循其故;冠带有常。"司服负责整饬衣裳,花纹有一定,规格有大小,尺度有长短。制衣遵循章法,佩带都有定制。服饰要与不同场合相搭配。宗庙祭祀、临朝参政、从军服役、婚丧嫁娶等都有与之相应的服饰。其次,服饰体现身份等级。《礼记·月令》云:"季夏之月……命妇官染采。黼、黻、文、章,必以法故,无或差贷;黑、黄、仓、赤,莫不质良,毋敢诈伪。以给郊、庙祭祀之服,以为旗章,以别贵贱等给之度。"染官给丝帛染彩,制作不同的旗帜和官服,区别贵贱等级。不同官爵穿不同命服,命服制度主要由两件服饰来体现等级,即"芾"和"衡"。芾是佩挂在下身"裳"前面的一块腰围;衡是佩挂在"芾"前面的一连串佩玉。芾以红色最贵,衡以葱色最贵。《小雅·采芑》云:"服其命服,朱芾斯皇,有玱葱珩。"《采芑》描写的主人公方叔是诸侯身份,因此要穿最高等级的朱芾葱珩。冠冕也体现身份等级,《礼记·礼器》云:"天子冕,朱绿藻十有二旒,诸侯九,上大夫七,下大夫五,士三:此以文为贵也。"冠冕上旒的数量不同,区分了天子、诸侯、大夫、士等不同的身份等级。

周人讲究器物的精致考究。在乐器方面,《周颂·有瞽》云:"设业设虡,崇牙树羽。"① 钟架、鼓架上的钩子采用五彩的羽毛装饰,可以看到它的精致程度。在食器方面,《诗经》中出现了簋、笾、豆、登、房、匕、俎等种类繁多的食器。以及功能各样的酒器,包括壶、罍、觥、卣等盛酒器,爵、斝等温酒器,枓、斗、瓒等舀酒器,尊、觥、爵等饮酒器。兵器除了实用功能,也注重形制的精美。《秦风·小戎》云:"小戎俴收,五楘梁辀。游环胁驱,阴靷鋈续。文茵畅毂,驾我骐馵。"战车轻小车厢浅,五根饰有花纹的皮条缠着车辕,环儿扣儿马具全,拉车皮带穿铜环,虎皮垫座车毂长,马儿花纹青黑间。可以看到兵器文饰的考究。

周代的器物用度呈现的文化含量前所未有地高涨。中国历史上最早将"礼仪"当作一个词来使用就见于《小雅·楚茨》,诗云:"为宾为客,献酬交错,礼仪② 卒度。"《诗经》的记载体现了"礼仪三百,威仪三千"(《礼记·中庸》)的周礼之盛。祭礼、燕礼等诸多礼节仪式无不周密完整。《小雅·宾之初筵》云:"烝衎烈祖,以洽百礼。百礼既至,有壬有林。"这里记载了祭礼的周详完备。《小雅·宾之初筵》"既立之监,或佐之史",记载饮酒活动礼制完备。周人的吃穿用度、行走坐卧无不纳于礼中,呈现出前所未有的文明之姿。

---

① 业,悬钟、磬的木架横梁上面的大版,刻如锯齿状。虡,悬钟、磬的直木架。崇牙,业上突出的木钉,弯曲高耸,用它挂乐器。树羽,植立五彩的羽毛作为崇牙的装饰。
② 此处礼仪指宾客之间献酬交错的应对之道。

（三）文雅修养

在周人的诗歌传唱中有一个重要的语汇经常出现，那就是"仪""威仪"。比如，《诗经》中出现的"敬慎威仪""令仪令色""维其令仪""莫不令仪""其仪一兮""乐且有仪""各敬尔仪""不愆于仪"。可以看到，对于周人来说威仪是非常重要的。仪者宜也，度也，也就是指人的合度适宜的样态。在人的自身表现为良好的举止仪表，能够体现出文明的规约。

周人讲究威仪之美。《鄘风·君子偕老》"委委佗佗，如山如河"，《正义》引孙炎、郭璞之语曰："宣姜自佳丽美艳，行步有仪，长大而美，其举动之貌，如山如河耳。"[①]《陈风·月出》"舒忧受兮""舒夭绍兮"，女子走路身姿婀娜体态姣好。周人擅长运用佩玉、飘带等饰物来使仪态婀娜有度，比如《郑风·有女同车》"将翱将翔，佩玉将将"，使自己的行动举止符合玉佩叮当作响的音韵节律。《卫风·竹竿》"佩玉之傩"，女子身挂佩玉因而走起路来腰身婀娜有节奏。《卫风·芄兰》"容兮遂兮，垂带悸兮"，利用佩玉和飘带来使自己行有节度。

注重威仪，实际上也就是把人的言谈举止审美化。《礼记·玉藻》记载："古之君子必佩玉，右徵角，左宫羽。趋以《采齐》，行以《肆夏》，周环中规，折还中矩。"走起路来身体非常的协调匀称有节度，就好像合于佩玉发出的宫、商、角、徵、羽之声，向前趋走时合乎《采齐》的节奏，慢慢前行时合乎《肆夏》的节奏，转弯合乎圆规，折返合乎方矩。《礼记·玉藻》记载："足容重，手容恭，目容端，口容止，声容静，头容直，气容肃。"人的步伐十分稳重，手臂也不会乱晃，目光端正，口唇紧闭，声音安静，头颈挺

[①] 十三经注疏整理委员会：《十三经注疏·毛诗正义》，北京大学出版社1999年版，第185页。

直,表情端正。可以看到,这里已经把人的举止仪态审美化了。

周代的教育也注重对威仪的培养。《周礼·春官·宗伯》记载:"大司乐掌成均之法,以治建国之学政,而合国之子弟焉……以乐德教国子,中、和、祗、庸、孝、友;以乐语教国子,兴、道、讽、诵、言、语;以乐舞教国子,舞《云门》《大卷》《大咸》《大韶》《大夏》《大濩》《大武》。""乐师掌国学之政,以教国子小舞……教乐仪,行以《肆夏》,趋以《采齐》。车亦如之。环拜以钟鼓为节。""大师掌六律六同……教六诗,曰风,曰赋,曰比,曰兴,曰雅,曰颂。以六德为之本,以六律为之音。"大司乐承担对贵族子弟的教育。所教授的内容包括乐德、乐语、乐舞、乐歌、乐仪,实际上就是把礼融入音乐歌舞等艺术活动中了,在本质上就是一种美育。大司乐、乐师、太师教育子弟们舞蹈、歌唱、奏乐、行礼、诵诗、射御等内容,就是美育的形式。

因此,在周人的日常生活中,无论是祭祀征战、使者往来还是宾朋宴会,都伴有优雅的琴瑟歌舞诗文,都可以看到揖让有序的礼仪。《小雅·鹿鸣》记载:"呦呦鹿鸣,食野之苹。我有嘉宾,鼓瑟吹笙。吹笙鼓簧,承筐是将。人之好我,示我周行。"人的宴饮活动在笙歌中展开,礼乐精神已经渗入周人的每一个毛孔。人们的生活方式已经变得"令仪"化了。

周代自上而下弥漫的文德之风并非只是追求外在的形式之美,它更深层的目标,旨在培养德性美好的君子,构建和谐的社会。外在的文明以内在的德行为依据。因为文、德的密切联系,周人多用"文"来形容德性。比如,《周颂·烈文》"烈文辟公,锡兹祉福",用"烈文"称颂先祖,形容先祖具备崇高品德。《周颂·雝》"既右烈考,亦右文母",武王在祭祀活动中颂扬母亲极具美德,称其为"文母"。《大雅·江汉》"告之文人,锡山土田","文人"指召虎祭祀的具备文德的祖先。周人喜欢用"文"作为谥号,来表达对逝者的颂美。"诸侯一级的有晋文侯、晋文公、楚文王、鲁文公、卫文公、宋文公、郑文公、许文侯等;卿大夫一级的有齐鲍文子(鲍国)、陈文子(陈无须)、晋赵文子(赵武)、中行文子(荀寅)、荀文子(荀砾)、鲁季文子(季孙行父)、叔孙文子(叔孙舒)、卫公孙文子(公孙弥牟)、孔文子(孔圉)、孙文子(孙林父)等,不一而足。贵族女子中,也有以'文'为称者,如晋之文嬴,鲁之文姜等。"①

从周代贵族到平民百姓,崇尚文雅的文德之风一以贯之。宗法分封制度将贵族与平民纳入同一网络,在紧密交织的关系中,贵族势必将其言谈举止、审美情趣传至下层社会,形成整个社会的文雅之风。周人用文德来发掘人的价值,培养人的品格,又用尚武精神弥补文德的不足,文雅而不文弱,强健而不野蛮。

二、尚武精神

尚武精神是勇于反抗压迫、不公的精神,是"犯我王威,虽远必诛"的王者血性。《左传·成公十三年》云:"国之大事,在祀与戎",有周一代,祭祀和战争是国家最为重要的大事。诞生于这一时期的作品《诗经》体现着当时浓厚的尚武精神。《诗经》"武"字出现45处,其义有八:一是勇武,威武,比如《郑风·羔裘》的"羔裘豹饰,孔武有力"。二是形容具有武功的,比如《小雅·六月》的"文武吉甫,万邦为宪"。三是指军事,比如《小雅·六月》的"有严有翼,共武之服"。四是指脚印,比如《大雅·生民》的"履帝武敏歆"。五是指事迹,比如《大雅·下武》的"昭兹来许,绳其祖武"。六是指继承,比如《大雅·下武》的"下武维周,世有哲王"。七是指武王,比如《周颂·武》的"嗣武受之"。八是特指诗篇的篇名《周颂·武》。武的基本含义为勇武,由此引申出"军事"等含义。

---

① 罗新慧:《尚"文"之风与周代社会》,《中国社会科学》2004 年。

(一) 武王克商

周部落源于华夏民族,其始祖是后稷,当时周族遭到了游牧部落的侵扰,因此周族首领古公亶父率领族人迁移到岐山脚下的平原定居下来。《鲁颂·閟宫》记载:"后稷之孙,实维大王。居岐之阳,实始翦商。"从中可以看到在古公亶父时期就已经有攻打殷商的计划。在古公亶父与儿子季历的治理之下,周族逐渐兴盛起来。这时商王文丁感到周族强大起来的威胁,为了遏制周族的进一步强盛,于是杀掉季历,这件事情加剧了殷周之间的矛盾。姬昌继位之后继续臣服于殷商,担任殷商的西伯侯。但是这时殷商仍然对周族的兴盛忌惮不已,于是商纣王囚禁姬昌于羑里。姬昌获得释放后大力发展生产,增强实力,并施行德政,使周族附近的部落前来归附。一边努力进行武力扩张,先后讨伐犬戎、密须、耆国、邘、崇国等地,逐渐深入殷商的势力范围。此时的周族"三分天下有其二",姬昌迁都于丰都,准备进攻殷商。但姬昌在尚未进攻时便突然去世,他的儿子姬发继位,是为周武王。周武王以姜尚为军师,以周公、召公、毕公等人为辅佐,制定和执行灭商计划。

周武王即位后的第二年,率大军先西行至毕原的文王陵墓进行祭奠,然后转而东行进攻朝歌。当大军抵达黄河南岸的孟津时,有八百诸侯闻讯赶来参加会盟。可以看到这时周人已经凝聚了巨大的力量,而殷商处于孤立无援的境地。诸侯们纷纷劝说周武王立刻进攻朝歌,但是周武王和姜尚则认为进攻朝歌的时机尚未成熟。于是在军队渡过黄河之后又命令军队返回,班师回朝。这次军事预演被称为"孟津之会"或"孟津观兵"。

公元前1044年,姬发带领五万大军到殷商别都朝歌郊外的牧野进行誓师活动,大举进攻殷商。商纣王派出七十万大军进行抵抗。商纣王认为自己的军队规模庞大,而姬发的队伍人数寥寥,力量对比悬殊,胜券在握。但是实际上姬发的军队是经过严格训练的精锐之师,而商纣王的军队大多是由临时组织起来的奴隶和从东夷俘获的俘虏组成,他们没有经过专业的军事训练,并且对商纣王积怨已久,并不能为商纣王全力作战。两大军队一经交锋,商纣王的军队便调转方向,把矛头指向商纣王,纷纷倒戈,配合周军攻打殷商。殷商一方溃不成军,土崩瓦解。这时姜尚指挥周军乘胜追击,一直达到王都朝歌。商纣王逃跑回到城中,登上鹿台,把宝玉穿戴在身上之后自焚而死。《大雅·大明》记载并歌颂牧野之战"维师尚父,时维鹰扬"。在牧野之战上,武王为统帅,姜尚为军师,周军可能是持着绘有鹰徽的军旗,军旗随风飘扬,气势高昂。

牧野之战以后周族正式获得政权,周武王采取分封诸侯的举措。对待殷商遗民,武王并没有赶尽杀绝,而是将其分封给商纣王的儿子武庚为殷国。同时周武王派自己的弟弟管叔鲜、蔡叔度辅佐武庚治理殷国。把姜尚分封到营丘为齐国,把周公旦分封到曲阜为鲁国,把召公奭分封于燕,把叔鲜分封于管,把叔度分封于蔡。然后"归马于华山之阳,放牛于桃林之野,示天下弗服"(《尚书·武成》),放归牛马,收起武器,整顿军队,解除武装,向天下表示不再用兵。

牧野之战成为中国历史上一件具有里程碑意义的大事,它是殷周革命的转折点,结束了殷商的统治,开启了崭新的时代,这次伟大的革命推动了历史的进步。周武王分封建国,开启了长达八百年的周代统治,开创了比殷商时期更为先进的经济、政治、文化。

(二)《大武》乐章

周公作乐的内容是"六舞",《云门大卷》《大咸》《大韶》《大夏》《大濩》《大武》,也叫六代之乐。关于《大武》乐章的用诗情况,历来众说纷纭。清代魏源《诗古微》认为有《武》《赉》《桓》《酌》《般》;清代龚橙《诗本谊》认为有《武》《赉》《桓》《酌》《般》《维清》；王国维认为有《武》《赉》《桓》《昊天有成命》《酌》《般》；高亨认为有《武》《赉》《桓》《我将》《酌》《般》。李山认为《大武》有六成但不必有六诗，只有《武》《赉》《桓》三诗。

《大武》舞是武王伐纣胜利之后由周公编创的，歌颂武王克商丰功伟绩的乐舞作品，是《周礼·春官》所记载周代六乐中的周乐。该作品曾被作为国家礼制用于祭祀、庆典等活动。《大武》舞的组诗包括《周颂》的《武》《赉》《桓》等。《礼记·乐记》记载："《武》始而北出；再成而灭商；三成而南；四成而南国是疆；五成而分，周公左，召公右；六成复缀以崇。"乐舞总共包括六场。第一场表演武王北渡盟津，与八百诸侯会盟。第二场表演牧野之战的过程，武王与姜尚率领将士们攻打殷商。第三场表演武王灭商之后向南用兵。第四场表演周成王时期收服南方诸国。第五场表演周公镇守东南，召公镇守西北，二公分陕而治。第六场表演周成王举行阅兵活动，展现天下太平的面貌。舞蹈的六个段落分别表演了战斗之前的准备工作、战争的经过以及战争胜利、灭商成功以后向南进军、成王在南方取得胜利、周公召公协助周王进行统治、天下对周天子的尊崇六重含义，按照时间顺序，意思层层递进。由于舞蹈直接呈现挥舞兵器的战斗场面，因此颇能体现周人的尚武精神。

《大武》乐章的第一首歌诗是《周颂·武》。诗云："于皇武王！无竞维烈。允文文王，克开厥后。嗣武受之，胜殷遏刘，耆定尔功。"诗篇首先歌颂武王卓越的功绩，他的开国之功是没有人可以与之媲美的。同时一并歌颂周文王，周文王开创了周朝的基业，积累了雄厚的实力，因此武王才能在继承文王遗志的基础上战胜殷商。

《大武》乐章的第二首歌诗是《周颂·酌》。诗云："于铄王师，遵养时晦。时纯熙矣，是用大介。我龙受之，蹻蹻王之造。载用有嗣，实维尔公允师。"这段乐舞表现周武王讨伐商纣的过程，也就是《礼记·乐记》记载的"再成而灭商"。《礼记·乐记》还记载了舞蹈的具体表演情况："宾牟贾起，免席而请曰：'夫武之备戒已久，则既闻命矣。敢问迟之迟而又久，何也？'子曰：'居，吾语汝。夫乐者，象成者也。偬干而山立，武王之事也。发扬蹈厉，太公之志也。'"偬干而山立、发扬蹈厉的舞蹈动作展现的正是牧野之战的具体情景。扮演周武王的舞者手持盾牌，像山一样久久站立。扮演姜尚的舞者手舞足蹈，快速地大力舞动。这种稳重如山、大开大合的舞蹈动作，展现了统帅和军师在战斗过程中的具体面貌，还原了周军英勇战斗的场面。

《大武》乐章的第三首歌诗是《周颂·赉》。诗云："文王既勤止，我应受之。敷时绎思，我徂维求定。时周之命，於绎思。"诗篇以武王的口吻进行演唱，回想父亲周文王带领周人奋发有为，功绩卓越，自己也应当弘扬父亲的治国之道和光荣业绩。武王进而需要离开京都巡视南国，所谓南国大约是嵩山以东以南的区域，因为位于黄河以南所以称为南国。《礼记·乐记》记载大武舞"三成而南"，就是说武王巡视南国。

《大武》乐章的第五首歌诗是《周颂·时迈》。诗云："时迈其邦，昊天其子之，实右序有周。薄言震之，莫不震叠。怀柔百神，及河乔岳。允王维后，明昭有周。式序在位，载戢干戈，载櫜弓矢。我求懿德，肆于时夏，允王保之。"诗篇歌唱周武王巡视诸侯国，并祭祀山川。《礼记·乐记》对大武乐章第五段的解释是"五成而分，周公左，召公右"。也就是说这一段乐舞通过左右分坐的舞蹈动作来表现周公、召公分陕而治。演员们整齐地跪坐表示周公和召公分陕而治，使社会安定。

《大武》乐章的第六首歌诗是《周颂·桓》。诗云："绥万邦，屡丰年。天命匪解，桓桓武王。保有厥士，于以四方，克定厥家。于昭于天，皇以间之。"诗篇歌颂武王克商以后天下安定，年景丰成，天下呈现一片太平景象。《礼记·乐记》称大武舞"六成复缀，以崇天子"。在这一部分，所有舞剧演员都回到原位，象征整个天下臣服于周天子。

武舞是周代军事训练的重要方式。参加武舞的人手持兵器模拟战斗动作,既可以熟悉战斗技能,为实战作必要的准备;又能激发战斗热情,弘扬尚武精神。闻一多先生指出,"除战争外,恐怕跳舞对于原始部落的人,是唯一的使他们觉得休戚相关的时机。它也是对于战争最好的准备之一,因为操练式的跳舞有许多地方相当于我们的军事训练"①。相传武王进攻朝歌的前夜,以武舞作为正式战斗的预热环节,"至于商郊,停止宿夜,士卒皆欢乐歌舞以待旦"②。

(三) 宣王平乱

周宣王是周厉王之子,周朝第十一位王。周厉王是周朝一位暴戾之君,限制国民的言论自由,实施专利政策,激起了国人的暴动,公元前841年国人暴动,驱逐了周厉王。周厉王的儿子姬静在召穆公家中避难,国人得知之后围住召穆公的府第,想要诛杀姬静。忠诚的召穆公劝阻失败,于是将自己的儿子冒充为姬静交给国人,从而保全了姬静的性命。国人误以为杀死了周太子,于是拥立周定公和召穆公共同执政,执政十四年之后,周厉王在流放地彘地去世,大臣拥立姬静为周王,这时姬静才正式掌握国家政权,是为周宣王。周宣王时期,为了消除周厉王暴政的不良影响,缓和国内矛盾,消除不安定因素,任用周定公、召穆公、尹吉甫等大臣整顿朝纲,使业已衰落的周王朝再度兴盛起来,大大提高了周王室的威望,诸侯们又重新前来朝贺,史称"宣王中兴"。

周宣王的军事业绩主要是讨伐侵扰周族的戎狄和淮夷。徐国虽然只是淮夷地区的一个子国,并且处于鲁国、齐国等强大诸侯国的包围之中。但是它作为当时东夷族群唯一强大的国家,无疑对周边族群有着强大的

---

① 闻一多:《神话与诗》,北京联合出版公司2013年版,第183—184页。
② 伏胜撰,郑玄注:《尚书大传》,中华书局1985年版,第56页。

吸引力。东夷各部落以及不满周王朝的民众纷纷投靠徐国,徐国势力更加强大,不断向江汉地区扩张。徐国虽然控制的地域较为广泛,并且有着较强的经济实力和灿烂的文化,但是在社会治理特别是军事等方面却较为落后。有学者曾经考察得知,徐国以及东夷各国没有正式的军队,他们的军事行动大部分情况下由民众临时聚集而起。可以看到,在社会发展的特征和历史阶段来看,徐国当时尚处于原始社会状态,或者刚刚向奴隶制社会过渡的时期。而同时期的周王朝已经到达了较高的社会发展阶段奴隶制阶段。在这两种社会制度的较量中,原始阶段的徐国当然不愿意臣服于充满剥削和等级压迫的周王朝。在徐国势力的不断扩张中,周王朝也感到极大的压力。于是在这样的情况下,周宣王发动了征讨徐国的战争。周王朝已经进入奴隶制社会,等级分明,纪律严格,军队训练有素,作战经验丰富。处于原始社会阶段的徐国很快被击败。这次战争记录在《大雅·常武》中,诗云:

> 赫赫明明,王命卿士,南仲大祖,大师皇父:
> 整我六师,以修我戎。既敬既戒,惠此南国。
> 王谓尹氏,命程伯休父:左右陈行,戒我师旅。
> 率彼淮浦,省此徐土。不留不处,三事就绪。
> 赫赫业业,有严天子。王舒保作,匪绍匪游。
> 徐方绎骚,震惊徐方。如雷如霆,徐方震惊。
> 王奋厥武,如震如怒。进厥虎臣,阚如虓虎。
> 铺敦淮濆,仍执丑虏。截彼淮浦,王师之所。
> 王旅啴啴,如飞如翰。如江如汉,如山之苞。
> 如川之流,绵绵翼翼。不测不克,濯征徐国。
> 王犹允塞,徐方既来。徐方既同,天子之功。
> 四方既平,徐方来庭。徐方不回,王曰还归。

诗篇赞美宣王征讨徐国。宣王任命将帅，并安排作战计划。通过尹氏向程伯休父下达作战任务。这里虽然简单地描写作战之前的准备，但是言简意赅地交代事实、安排任务、介绍作战目标、记录重要人物，描述前进路线，可以看到这确实是出于最高统帅宣王的大手笔。以简洁的语言、清晰的安排，体现了周宣王敏锐聪慧的领导、稳操胜券、大局在握的英雄气魄。将士们的行军节奏有度，可以看到纪律整肃严明。而敌人的军队呈现完全不同的景象，徐方的阵营骚乱不安，惊慌失措。在这种对比性的描写中，已经蕴含着战胜胜负的结局。紧接着描写周军进攻的场面，宣王军队的进攻如同天怒雷霆，猛虎嘶吼，展现出势如破竹、惊天动地的气势。宣王军队迅速攻入淮河腹地，切断了徐淮的联系，俘获了大量叛逃的军士，因此暂时安营扎寨，为彻底击败徐军做准备。接下来描写宣王军队大举进攻的场面，这也是全诗的高潮部分，"王旅啴啴，如飞如翰。如江如汉，如山之苞。如川之流，绵绵翼翼。不测不克，濯征徐国"，王师的进攻气势非凡，犹如天上的雄鹰，犹如江汉的奔流，犹如高山的巍峨，整齐有序地向前攻打推进，就这样如浪潮般彻底席卷和淹没了整个敌军。周王朝大获全胜，徐国彻底臣服。诗篇向我们展示了周王朝的坚不可摧，也说明了远古时代中华民族大融合的过程中充满了血与火的较量。

（四）秦风尚武

秦国最早位于西岐西部，属于周王朝尚未征服的外化之地。该地土地贫瘠，生产落后。由于地理因素，秦国与西戎等族群长期共处了很长的时间。为了求得生存，秦国便只能将对西戎的战争进行到底。在和西戎的多次作战中，秦人也逐渐掌握和习得了骑兵战术，这是一种比中原的军车作战方法更为猛烈的战斗方式。因此秦人逐渐形成了一种粗犷、凶猛、迅捷的民族气质，形成了独树一帜的尚武精神。

《秦风·小戎》以一个女子的口吻讲述丈夫从征参战的情景。诗篇夸耀军队的强大，武器装备的先进。诗篇每章的前半部分歌颂丈夫所属秦国军队的兵强马壮、武器精良，诗篇每章的后半部分描写女子对丈夫的思念，并以丈夫从军参战为国效力而引以为荣。这是一首思夫之作，但着墨更多的却是对节奏紧凑的战争场面的描写。表明尚武精神已经成为人民崇尚的社会风气，体现了秦风尚武的特点。《诗集传》评价秦人"尚气概，先勇力，忘生轻死"①，可见秦人习武成风。尚武重军也是秦国崛起成为春秋霸主继而一统天下的重要因素。

《秦风·无衣》是一首鼓舞人心的战歌，展现秦国军民团结互助、抵御外侮的高昂士气。诗篇采用重章叠唱的方式，描写在敌军来犯、兵临城下的危急情况下，将士们一呼百应，誓死保卫周王室的场面。听到"王于兴师"的号令，将士们一呼百应，团结一致，共同进退，表现出大无畏的英雄气概和爱国主义精神。"岂曰无衣"以反问的语气体现出对敌军来犯的愤慨。将士们齐声喊道"与子同袍""与子同泽""与子同裳"，体现出将士们共同作战的决心。"修我戈矛""修我矛戟""修我甲兵"，仿佛使人看到了将士们磨刀霍霍，准备杀敌的热烈场面。诗篇反映了英勇抗敌、同仇敌忾、舍生忘死的尚武精神，充满了豪迈的革命英雄主义和忠贞报国的爱国主义精神。这种豪迈的风格正是秦风的体现。正如朱熹《诗集传》所说："秦人之俗，大抵尚气概，先勇力，忘生轻死，故其见于诗如此。"尚武精神融入秦人的文化和民族性格中，形成了坚韧不拔、无坚不摧的品质，使秦人在面临困难和挫折的时候能够拥有强大的意志力和战斗力。

尚武精神不仅影响了秦国的军事制度，还影响了秦国的治国理念和治国策略。后来秦孝公和商鞅的改革体现了对尚武精神的运用和落实。秦国的政策鼓励军功，赏罚明确，使国人奋勇争先建立军功，团结一致抵

---

① [宋] 朱熹：《诗集传》，中华书局 2011 年版，第 100 页。

御外敌,展现出强大的军事力量。尚武精神对后来秦国一统天下有着直接的影响。秦国与其他六国在民族精神方面的差异,直接影响了各国的战略决策和国力差异。秦国因其尚武精神,不仅在军事上能够表现出色,在治国理念上也有远见卓识,最终完成了六国不能完成的统一大业。

(五)战斗元素

《诗经》战争诗有对车马、武器、士气、军纪等战斗元素的描写。

夏代已经出现了车,但由于生产力低下,只有少量被用于战争。商代也以步兵为主。到了周代,车兵逐渐取代步兵而成为主要的兵种。马、车进而成为最重要的战略物资。一个国家的车、马数量很大程度上代表了该国的战斗力。《诗经》有大量对车、马的描写。"四牡骙骙""四牡修广""四骐翼翼"等都是对战马的赞美。

《鲁颂·駉》一诗赞美鲁国注重武力,发展畜牧。鲁国是周公长子伯禽的封地,在今天的山东曲阜一带。因周公对于周王朝的伟大功绩,故可以享受天子之礼乐。于是在《颂》中有《鲁颂》。《駉》是《鲁颂》的第一篇,是一篇咏马诗,描写鲁国注重发展畜牧业,加强武备。诗篇重在描写马,通过描写马来体现鲁僖公的功绩。"駉駉牡马"描写马的雄壮高大,进而将骏马放在"在坰之野"这样辽阔的大背景之下进行描写,更加衬托出马的雄健。短短一首诗竟然提到了"骄""皇""骊""黄""雒""驻""驿""骐""骓""骆""骝""雒""駰""騢""驔""鱼"等16种不同毛色的马。骄,白胯黑马;皇,黄白色的马;骊,纯黑的马;黄,黄赤色的马;雒,苍白杂毛的马;驻,黄白杂毛的马;驿,赤黄色的马;骐,青黑色相间的马;骓,青黑色而有白鳞花纹的马;骆,白色黑鬣的马;骝,赤身黑鬣的马;雒,黑身白鬣的马;駰,浅黑和白色相杂的马;騢,赤白杂毛的马;驔,黑色黄脊的马;鱼,两眼眶有白圈的马。再把注意力放到驾车上,点明马的功用。彭彭、伾伾、绎绎、祛祛等形容词,表现出了马儿驾车时的雄健,意在表明这不是普通的马,而是赫赫战马。诗篇不仅反映了鲁国驯马养马事业的发达,更反映了当时社会对于马政的重视。在周代"六艺"教育中就专门有驾车的教育,也就是"御"。在周代,车战是战争的主要形式,而兵车的动力是马,四匹马驱动一辆兵车。因此国家军事实力的强弱很大程度上反映在这个国家的马政事业上。在"国之大事,在祀与戎"(《左传·成公十三年》)的时代,马政是军国要务,是国家最为重要的事业。

武器是战争的基本工具。军队能否克敌制胜很大程度上取决于武器的先进程度。商周时期的兵器已从木、石、骨、角等材质阶段跨入金属材质阶段。《诗经》出现的金属兵器有《秦风·无衣》《大雅·公刘》《商颂·长发》中的戈、矛、戚、钺、刀等格斗兵器;《秦风·小戎》《秦风·无衣》中的盾、甲胄等防护兵器;《秦风·无衣》《卫风·伯兮》中的戟、殳等新型车战兵器。

士气是军队的灵魂。《吕氏春秋·决胜》曰:"民无常勇,亦无常怯。有气则实,实则勇;无气则虚,虚则怯。"[1]没有士气,战士便会失去锐性。《诗经》战争诗对士气的描写着墨颇多。比如《大雅·大明》"维师尚父,时维鹰扬",赞美姜尚统帅三军,意气风发。《大雅·常武》"王旅嘽嘽,如飞如翰。如江如汉,如山之苞。如川之流,绵绵翼翼",赞美宣王征伐徐国,气势锐不可当。《大雅·江汉》"江汉浮浮,武夫滔滔……江汉汤汤,武夫洸洸",赞美召穆公征伐淮夷,士气如滔滔江水不可遏逆。《秦风·无衣》"岂曰无衣?与子同袍。王于兴师,修我戈矛。与子同仇",赞美秦国将士一呼百应,慷慨激昂。

纪律是军队的命脉。"师出以律,否臧凶"(《周易·师卦》),军纪严明则军队强盛,军纪涣散则军队衰败。《鲁颂·泮水》"烝烝皇皇,不吴不

---

[1] 刘生良评注:《吕氏春秋》,商务印书馆2015年版,第186页。

扬",鲁侯征伐淮夷大获全胜的时候,将士们并未得意忘形,而是肃静无哗,列队行进,体现了军纪的整肃。《小雅·车攻》"之子于征,有闻无声。允矣君子,展也大成",宣王田猎阅兵完毕的时候队伍整肃,纪律严明。

(六) 田猎训练

田猎是周王朝重要的军事训练方式。《礼记·月令》云:"季秋之月……天子乃教于田猎,以习五戎,班马政",天子通过打猎教民战法,学习兵器使用,颁布用马政令。《诗经》描写田猎战备功能的诗有《豳风·七月》《周南·兔罝》《秦风·驷驖》《小雅·车攻》《小雅·吉日》等。《豳风·七月》"二之日其同,载缵武功",则点明了田猎的军事训练功能。

君王出猎大多带有宣扬国威的目的。比如《诗小序·小雅·车攻》云:"《车攻》,宣王复古也。""复古"就是恢复先王旧典。厉王时期朝政腐败,内忧外患,王室衰落,诸侯朝会中断。到了宣王时期重新振兴朝纲,会盟诸侯于东都。此次田猎活动,出猎是其名,而修复先王旧典、重塑天子形象才是它的真实目的。

《小雅·车攻》诗云:

> 我车既攻,我马既同。四牡庞庞,驾言徂东。
> 田车既好,田牡孔阜。东有甫草,驾言行狩。
> 之子于苗,选徒嚣嚣。建旐设旄,搏兽于敖。
> 驾彼四牡,四牡奕奕。赤芾金舄,会同有绎。
> 决拾既佽,弓矢既调。射夫既同,助我举柴。
> 四黄既驾,两骖不猗。不失其驰,舍矢如破。
> 萧萧马鸣,悠悠旆旌。徒御不惊,大庖不盈。
> 之子于征,有闻无声。允矣君子,展也大成。

诗篇描写宣王在东都会盟诸侯，举行狩猎典礼。古代天子举行田猎活动大多带有宣扬国威、军事演习以及军事训练的目的。周宣王会盟诸侯举行狩猎，应当具有深层的政治目的，一方面团结诸侯政治联盟，另一方面炫耀武力以震慑各方。诗篇内容描写此次狩猎，宣王的队伍车马齐备，战马强壮，队伍精良。狩猎的地点在圃田和敖山，队伍浩大，旌旗遮天蔽日，显示出周王朝的强大军威。诸侯们在规定的时间前来会合，他们个个车马整齐，身着华服，展现出宣王中兴的兴盛局面。在狩猎过程中，诸侯和将士们纷纷展示自己的射技，他们百发百中，显示了周王朝强大的军事能力。等到田猎活动结束之后，众人整队收兵，这时依然肃静无哗，体现了军纪的严明。

（七）射技训练

田猎不仅是重要的军事训练内容，还是周人日常生活休闲的重要内容，比如《齐风·卢令》《齐风·还》等就是《诗经》中描写日常田猎的诗。田猎的技能之一"射技"是周代男子必须掌握的重要技能。《礼记·内则》云："子生，男子设弧于门左，女子设帨于门右。三日始负子，男射，女否。"如果生的是男孩，则在门外悬挂弓；如果生的是女孩，则在门外悬挂佩巾。男孩降生三天之后要被抱出门口，举行射礼活动。《礼记·郊特牲》记载，孔子云："士使之射，不能则辞以疾，县弧之义也。"国君命令士与自己比射，如果士不会射艺，就要辞之以疾，因为射艺是当时男子都要掌握的基本技能。射艺不仅训练武功，而且培养德行，"求正诸己，己正而后发""内志正，外体直，然后持弓矢审固"（《礼记·射义》），射艺不仅培养人的格斗技能，还能进行反求诸己、正身修心等德性修养。因为射技对人在武艺、德性等方面有着全面的培养，因此它成为考察人才的重要内容之一。古代有以展示射技为核心的活动"射礼"。射礼分为四类：第一类是大射之礼,是周天子、诸侯在祭祀活动之前为了选择参加祭祀人员而举行的射礼。第二类是宾射之礼,是诸侯朝见天子或者诸侯之间相会时举行的射礼。第三类是燕射之礼,是平时燕息之日举行的射礼。第四类是乡射之礼,是地方官为了选拔推举贤才而举行的射礼。射礼与选拔人才之间有着紧密的联系。实际上,古代贵族所谓"贤能"的本义就是"勇武"。比如,乡射礼计算胜负时,右方胜则称为"右贤于左",左方胜则称为"左贤于右",可以看到"贤"指的正是善于射艺的人。《大雅·行苇》"舍矢既均,序宾以贤",《郑笺》云:"序宾以贤,谓以射中多少为次第。"①该处的"贤"就是射艺勇武之义。

《齐风·猗嗟》诗云:

猗嗟昌兮,颀而长兮。抑若扬兮,美目扬兮。巧趋跄兮,射则臧兮。
猗嗟名兮,美目清兮。仪既成兮,终日射侯,不出正兮,展我甥兮。
猗嗟娈兮,清扬婉兮。舞则选兮,射则贯兮,四矢反兮,以御乱兮。

诗篇赞美一位青年射手。"猗嗟"是表示赞叹的语气词,犹如"啊呀"。诗篇每章的开头都以"猗嗟"起始,渲染了赞叹惊奇的氛围,衬托射手的出类拔萃。诗篇首先描写青年的外貌俊美,对他的眼神刻画细致入微,"美目扬兮""美目清兮""清扬婉兮",形容射手目光明亮,炯炯有神。紧接着赞美青年"巧趋跄兮""舞则选兮",射手的身体非常灵活,动作敏捷,身体素质非常好。"射则臧兮""不出正兮""射则贯兮""四矢反兮"赞美青年的射技高超,百发百中。"以御乱兮"赞美英勇的射手是国家的栋梁之材,可以为国家抵御外侮。这首诗描写男子射技高超,身体矫健,外貌英俊,

---

① 十三经注疏整理委员会:《十三经注疏·毛诗正义》,北京大学出版社1999年版,第1084页。

成为描写男性之美的杰作。

(八) 厌战反战

《诗》的时代有着鲜明的尚武精神,各国在发展过程中充满了战争,统治阶层创作的战争诗大多含有炫耀武力、宣扬国威的色彩,但也有一些底层人民创作的征战诗体现着普通民众和士卒对于战争的厌恶、反抗情绪。同时,以血缘来确定身份等级的宗法制度又使包括军功在内的个体努力无法改变个人境遇。因此战争对底层民众来说是徒劳无益的,只意味着死亡。《老子·三十一章》云:"杀人之众,以哀悲莅之;战胜,以丧礼处之。"以丧礼处军征,反映出对战争的厌恶态度。《诗经》就有许多征战诗传达出底层民众的厌战情绪。比如,《小雅·何草不黄》"匪兕匪虎,率彼旷野……有芃者狐,率彼幽草",战士感叹自己像禽兽一样长久奔波、露宿旷野,方玉润《诗经原始》对此诗感慨道"纯是一种阴幽荒凉景象,写来可畏"①。又比如,《邶风·击鼓》"爰居爰处?爰丧其马",战士远征不知魂归何处,空余战马。《邶风·旄丘》"琐兮尾兮,流离之子",诗人遭逢战乱,流离失所。

《小雅·采薇》堪称千古厌战诗之祖。诗篇是一位久战归乡的战士在回乡途中的唱叹。凛冽的寒冬阴雨霏霏,雪花飘落,一位征夫在返回家乡的途中独自前行。道路蜿蜒曲折,迟迟到不了终点,征夫饥渴难耐,忆古思今,百感交集。他历经了漫长而艰苦的军旅生活和惨烈的战斗场面。他无数次想念家乡,但是家乡遥不可及。采薇采薇,薇菜可以食用,征夫正在采集薇菜准备充饥。这种采摘与家乡女子们的采薇是不同的。征战生活艰苦而漫长。"薇亦作止""薇亦柔止""薇亦刚止",从薇菜发芽、幼

---

① [清] 方玉润:《诗经原始》,中华书局 2021 年版,第 464 页。

苗、成熟、老去的过程说明了战士作战时间的持久,战士已经在外经历了长期的军旅生活。"岁亦莫止""岁亦阳止"更是直接点明了这场战争的旷日持久。斗转星移,日月变迁,征夫却迟迟不能归家。这对时刻都有生命危险的征夫来说不能不"忧心烈烈"。征夫背井离乡是因为猃狁来犯,漂泊不定是因为战事频繁,无暇休养生息是因为王事差遣繁多。从中可以看到战争给底层人民带来的伤害,他们面临漂泊的军旅生活,背井离乡不能与家人团聚,更要时刻面临失去生命的威胁。"昔我往矣,杨柳依依。今我来思,雨雪霏霏",当征夫离开家乡的时候还是杨柳依依的时节,而再次归来已经是雨雪霏霏的冬日。个体在时光的流逝中感到了生命的流逝。"行道迟迟"路途遥远,一别经年,家人是否依然安好,征夫的心中充满担忧、焦急、无奈和悲伤。"靡使归聘",生死存亡之际两不可知,现在踏上归程,必然会生发"近乡情更怯"的忧惧心理。然而,在这旷野之中无人知晓征夫的忧惧。"我心伤悲,莫知我哀",诗篇在这孤独无依的悲叹声中悄然结束。《采薇》诗篇以猃狁和王朝的战争作为时代背景,描述个体的细腻情绪。国家的军事行动既与个体的生命价值紧紧锁定在一起,又充满着巨大的张力。诗篇不是一个人的抒怀,而是无数战士和底层民众的抒怀。不是一个人的漂泊,而是一个群体的漂泊。历史的车轮滚滚向前,在一个庞大而又无法挣脱的牢笼中,个体生命情绪的抒发显得更加深沉而悲壮。

关于《小雅·何草不黄》一诗,《诗小序》云:"《何草不黄》,下国刺幽王也。四夷交侵,中国背叛,用兵不息,视民如禽兽。君子忧之,故作是诗也。"[①]此诗应当是作于西周末年东周初年,宗周王室处于风雨飘摇之际的乱世之音。诗篇的主旨是征夫对于行役的哀怨。"何草不黄""何草不

---

① 十三经注疏整理委员会:《十三经注疏·毛诗正义》,北京大学出版社1999年版,第948页。

玄",比喻征夫没有一天不在行役之中。似乎漂泊四方已经是征夫的宿命。"何人不将"一句证明此次行役的不是一个人,而是一个大规模的社会群体。可想而知,这是一场波及范围极大的兵役。征夫进一步抒发内心的怨愤,抱怨统治者不把他们当人看,像对待野牛、老虎、狐狸一样役使他们。征夫对于正常生活的期待是一种奢侈,低微如野兽一般的征夫只是统治者管理之下的战斗机器,在命运面前无可奈何,注定要在风雨飘摇的征途中结束自己悲苦的一生。最后诗篇在"有栈之车,行彼周道"的叹息中接近尾声。前路漫漫,归期无望,而又无能为力,无从改变,这种绝望的呼喊极大限度地展现了征夫的悲苦。

《邶风·击鼓》反映了一位久战不归的士兵对战争的抱怨和对家人的思念。这种哀怨性质的战争诗与从统治阶级立场出发的战争诗不同,没有主流意识形态之下对战争的颂扬,对战斗场面的激赏,而是真实地表达离家的哀伤与对战争的抵触。"执子之手,与子偕老"一句现在被新婚燕尔的夫妇用来表达白头偕老的爱情信念。但是"死生契阔,与子成说。执子之手,与子偕老"的初始意义,则是一个久战不归的战士,想到归乡无期,悲伤地预言到将与同僚一起战死沙场,其哀伤悲壮情绪无以复加。诗篇在个体生命存在价值与国家战事需要的不断抗衡中,在小我的真实幸福与战争的残酷现实面前,流露出厌战、反战情绪。诗篇在对人类战争本质的透视中,呼唤对个体生命价值的尊重与人文关怀。

三、允文允武

周公制礼作乐,大到国家制度、小到服饰器物,无不以严格的等级秩序使周人脱离蒙昧、开启文明。《诗经》时代的尚武精神受到"文"的影响,体现出武而不暴、文武兼备的特点。

（一）止戈为武

《诗经》尚武精神并非穷兵黩武，而是以武止乱。先对他者进行王德教化，只有当王化不起作用时才被迫使用武力。这是一种以文治为主、武力为辅的治理模式。农业立国的社会性质决定了周人天然不具备主动出击的性情。《诗经》记载的文武王开国之战、周公平定三监之乱、周宣王南征北战等战争大多为被动参与而非主动进攻，其征战的目的是制止暴乱，安定家国。仁者反对战争，之所以发动战争乃是以武定乱、以仁诛暴。"武"的甲骨文为"𢆥"，金文为"𢆥"，由止、戈会意。《说文》引《左传·宣公十二年》楚庄王之说："夫文，止戈为武。"从文字结构上讲，武指制止战争，征伐是手段而不是目的。用战争手段对付蛮族入侵是必要的，但不是首要的。尚德的周人对待在德性、文明方面与自己相差甚远的人群首先采取道德教化，当这种教化因抵抗而失效后才不得已进行征讨。周人虽然总是被动应战，但训练有素使他们无比英勇。家国同构的社会机理与宗法制度下浓厚的血缘意识又使他们异常团结。因此他们往往被动应战，但又战无不胜。厌战而耐战是周人在战争中表现出的显著特征，这也是中华民族饱经忧患而又生生不息的内在根源。

（二）文武兼备

《诗经》刻画的英雄人物大多具备文武兼备的品质。比如，周公制礼作乐开启礼乐文明，是推行文治的典范。同时他又是杰出的军事人才，率兵东征，平息管蔡之乱。《豳风·破斧》就是记录周公东征的诗。《诗经》记载的一些官吏也具备文武兼备的品质。当时的文官和武官没有明确的界限，许多大臣治国理政是文官，出征作战是武官。比如，"烈文辟公，锡兹祉福"(《周颂·烈文》),"烈文辟公,绥以多福"(《周颂·载见》),烈为武功,文为文德,表示臣子文武兼备。比如,尹吉甫是周宣王的大臣,官至内史,他是出色的诗人,被尊称为中华诗祖,《大雅·崧高》《大雅·烝民》等诗就是由他创作。尹吉甫也是英勇退敌的武将,他曾深入猃狁腹地,与猃狁正面作战,取得胜利,保证了周王室的安定,立下赫赫战功。因此《小雅·六月》称其为"文武吉甫"。《小雅·六月》《秦风·无衣》《豳风·破斧》等诗皆为参战将士所作,可以看到将士们具备文武兼备的特点。猎人们也具备文武兼备的品质,《齐风·卢令》中的猎人"美且仁""美且鬈""美且偲",英俊又仁爱、勇敢又多才。《郑风·叔于田》中的猎人"美且仁""美且好""美且武",不仅有仁爱精神又具备勇敢的品质。《诗经》中的田猎诗如《齐风·桓》等本身就是出自猎人之手,也可以看到其文武兼备的特点。为了培养复合型人才,周代教育兼涉文武,六艺中的礼、乐、书、数是文化知识,射、御是军事能力。

周公在文治武功方面堪为楷模。周公的文治主要体现在他的政治、经济和文化建设方面。他制定的一系列的政治、经济和文化建设政策对后世产生了深远影响。在政治措施方面,他通过实施封建制度大行分封,加强了王朝对地方的控制。他通过册封、巡狩、朝觐、贡纳等制度总结前代经验,确立了更为有效的统治和管理方式。这些措施有效地加强了周王朝的中央集权,为西周的稳定和发展奠定了基础。在经济建设方面,周公的时代"田里不鬻",也就是说土地不许买卖,这一原则可能也是在这一时期确立的,有助于社会的稳定和经济的发展。在文化建设方面,周公的贡献同样显著,他制作了礼乐典章,礼乐制度不仅规范了社会秩序,也促进了文化的繁荣,他成为儒家文化的奠基人之一。周公又是杰出的军事家,他在西周初期扮演了重要的角色,在周武王去世之后摄政并平定了三监之乱,为巩固周王朝的统治奠定了基础。周公的文治武功为后世敬仰,自春秋以来被历代统治者和儒家学者视为圣人。他的政治和文化建设措施对后世产生了深远影响,其思想和行为成为后世学习和效法的典范。

《豳风·破斧》赞美周公东征,诗云:

　　既破我斧,又缺我斨。周公东征,四国是皇。哀我人斯,亦孔之将。
　　既破我斧,又缺我锜。周公东征,四国是吪。哀我人斯,亦孔之嘉。
　　既破我斧,又缺我銶。周公东征,四国是遒。哀我人斯,亦孔之休。

《诗小序》云:"《破斧》,美周公也。周大夫以恶四国焉。"[①]周武王灭商之后,将商纣王的儿子武庚分封于殷地,然后又将自己的弟弟姬鲜、姬度、姬处分封于管、蔡、霍,以便监视武庚。武王死后年幼的成王继位,周公辅政。武庚、管、蔡、徐、奄等国发动叛乱。周公率兵东征,经过三年的努力终于平定叛乱。管、蔡、殷、奄四个邦国的民众感恩周公平定战乱,带来和平,因此作诗以赞美周公。诗文中的斧、斨是人们赖以生存、创造财富的生产工具。然而,如今这些工具却因为四国之君长年累月要求服劳役而导致破损,人们因此丧失了生计,生活更加艰难,于是产生了极大的怨恨。周公东征为水深火热中的人民带来了希望,平定了四国叛乱,人民重新过上正常的生活,政局也重新归于稳定。周公具有极强的军事能力,又是国家制度的制定者和领导人,具有文武兼备的品质,他的文治武功堪为后世楷模。

总之,尚武精神是民族生存发展的必需。大秦帝国凭借强势的武力

[①] 十三经注疏整理委员会:《十三经注疏·毛诗正义》,北京大学出版社1999年版,第527页。

横扫六国,建立起第一个大一统的封建王朝。汉代灭匈奴、破楼兰、平羌人,威慑四方。唐代灭突厥、征高丽,建功于域外,耀威于四夷。宋代经济繁荣但重文轻武,武备废弛,致使面临外敌入侵时无力抵抗。金戈铁马、气吞山河的清代八旗兵,到和平时期逐渐腐朽,在战场上一触即溃,大清覆灭……国家存亡,有赖武力。军队的根本任务是作战,作战能力越强越可能不必作战,越不能作战越可能经常被战,这是战争与和平的辩证法。经过近代被动挨打的磨难,我们更要提倡尚武精神,同时避免穷兵黩武。中国的强军梦是和平梦,不是霸权梦,只为维护和平、制止杀戮而战。正如方玉润总结《大雅·常武》所云:"特恐后世子孙以武为常,而轻试其锋;又恐后世臣民与武相忘,而竟无所备,是皆不可以为常。"[①]

[①] [清]方玉润:《诗经原始》,中华书局2021年版,第575页。

第五章 │《诗经》之理想人格

- 一、君子人格
- 二、淑女人格

第五章 《诗经》之理想人格

《诗经》所刻画的内德外仪的君子、美善结合的淑女是周代崇德尚礼文化土壤培育出的理想人格范型。

一、君子人格

从《诗》的时代开始，文质彬彬、温文尔雅的"君子"成为历代士人的理想。

（一）《诗经》"君子"概念

"君子"一词是周人的发明，殷商书典尚未出现。"君子"有两层含义，第一，指地位尊贵之人，常与小人相对。如《周易·卦爻辞》云："君子得舆，小人剥庐""君子豹变，小人革面"。实际上"君"字原本就是古代大夫以上据有土地的各级统治者的通称。如《仪礼·丧服》云："君，至尊也。"郑玄注："天子、诸侯及卿大夫有地者皆曰君。"《说文》云："君，尊也。从尹，发号，故从口。"第二，在指称地位尊贵的同时，君子还指品德美好，即上层贵族兼有美德的人。如《周易·乾卦》"君子终日乾乾，夕惕若厉，无咎"，《易传》"天行健，君子以自强不息"，都体现了尚德倾向。周族在由小至大、由弱至强的过程中强调以德配天、敬德保民。当君子一词演变为一般尊称之后，其贵族身份的色彩越发弱化，注重品德的倾向更加明显。

《诗经》"君子"一词出现183次之多，它有四个含义。一是指天子、诸侯、卿大夫、士等贵族人士。比如"百尔君子，不知德行"（《邶风·雄雉》），此处泛指在朝统治者。"彼君子女，绸直如发"（《小雅·都人士》），君子表示贵族身份，"君子女"就是贵族小姐。二是指品德高尚之人，比如"淑人君子，其德不回""淑人君子，其德不犹"（《小雅·鼓钟》）。三是指女子的恋人或丈夫，比如"君子于役，不知其期"（《王风·君子于役》），"既见君子，云胡不夷"（《郑风·风雨》）。四是诗人自称，比如"君子作歌，维以告哀"（《小雅·四月》）。《诗经》"君子"概念有贵族身份的指向，也泛指品德高尚之人，偏重品德的倾向十分明显。

（二）殷周时期的玉

玉在周代得到空前广泛的应用。随着石器制造而被史前人类发现之后，玉因其丰富的色彩、柔和的光泽、温润的触觉而被喜爱。考古证明，在距今五六千年的红山文化[①]中玉器已经被用于祭祀。距今四千五百年左右的良渚文化[②]更有大量玉器被用于祭祀与随葬。殷周时期玉器制作臻于成熟。廖群指出，"河南安阳殷墟妇好墓随葬器物共计一千九百二十八件，其中，玉器有七百五十五件，是其中比重最大的器物"[③]。《尚书·盘庚中》云："兹予有乱政同位，具乃贝玉"，殷商的臣子贪具贝玉。武王克商所俘获的财宝也主要是玉。《逸周书·世俘解》记载甲子之夕商纣把许多宝玉缝在身上自焚，武王使千人求之，"得宝玉万四千，佩玉亿有八万"。

---

① 红山文化发源于内蒙古中南部至东北西部一带，起始于五六千年之前的农业文明，是华夏文明最早的文化痕迹之一。分布范围在东北西部的热河地区，北起内蒙古中南部地区，南至河北北部，东达辽宁西部，辽河流域的西拉木伦河和老哈河、大凌河上游。
② 良渚文化距今5300至4500年左右。良渚文化分布的中心地区在钱塘江流域和太湖流域，遗址分布最密集的地区在钱塘江流域的东北部、东部。该文化遗址最大特色是所出土的玉器，墓葬中的玉器有璧、琮、冠形器、玉镯、柱形玉器等诸多器型。
③ 廖群：《〈诗经〉与中国文化》，香港东方红书社1997年版，第312页。

在周代，玉是政治地位的象征。《周礼·春官宗伯·大宗伯》云："以玉作六瑞，以等邦国：王执镇圭，公执桓圭，侯执信圭，伯执躬圭，子执谷璧，男执蒲璧。"用不同形制的玉圭来区分公、侯、伯、子、男等不同等级。王室设玉府，掌管"王之服玉、佩玉、珠玉。王齐，则共食玉。大丧，共含玉、复衣裳、角枕、角柶"（《周礼·天官冢宰·玉府》），供给周王生活、斋戒、丧葬用玉。

在祭祀中，玉是重要的礼器。《周礼·天官冢宰·大宰》云："祀五帝……赞玉币爵之事。祀大神祇亦如之。享先王亦如之。赞玉几玉爵。"祭祀五帝、天神、祖先要用玉。《诗经》中出现了"圭""璧""璋""瓒"等不同形制的玉制礼器。另外，贵族有事相见要携带贽见礼[1]，贽见礼以玉为最贵。玉在周人的政治、宗教、日常活动中发挥着不可替代的重要作用。

在日常生活中，玉是贵族喜爱佩戴之物，"古之君子必佩玉……君子无故玉不去身"（《礼记·玉藻》），玉在周代得到空前广泛的应用。《诗经》中出现了"琼""琚""瑶""莹""瑰""玖""珈""璲""琛""珩""璃""瑱""琇""瑲""珌"等饰物，或用于首饰，或用于兵器装饰。

（三）君子如玉

《诗经》中的"君子"常与"玉"比拟出现。《秦风·小戎》云："言念君子，温其如玉"，认为君子具有温润如玉的特点。

1. 君子之德如玉
《秦风·小戎》云："言念君子，温其如玉。"《郑笺》云："念君子之性，

---

[1] 贽见礼有玉、帛、禽三等。高级贵族以玉为贽，如圭、璧等；稍次用帛；再次用禽，如羔、雁、雉等。

温然如玉。玉有五德。"①所谓五德,《礼记·聘义》②记载,孔子云:"君子比德于玉焉。温润而泽,仁也;缜密以栗,知也;廉而不刿,义也;垂之如队,礼也;叩之其声清越以长,其终诎然,乐也;瑕不掩瑜,瑜不掩瑕,忠也;孚尹旁达,信也;气如白虹,天也;精神见于山川,地也;圭璋特达,德也;天下莫不贵者,道也。《诗》云:'言念君子,温其如玉。'"玉的质地温润,像仁;材质缜密而又布满花纹,像智;有棱角但不割坏别的东西,像义;吊坠下垂的样子犹如君子彬彬有礼之貌;敲击它发出悦耳的声音,像乐;斑点掩盖不了光彩,光彩掩盖不了瑕疵,像忠;色彩显露在外而不隐瞒,像信;光耀如同白虹,像天;精气外显于山川,像地;圭璋不凭借他物而直接奉达君主,犹如君子之德无假乎外;天下无人不重玉,像道。玉的各种特点如同君子的仁、智、义、礼、乐、忠、信等品德。《聘义》列举美玉如君子十德,而郑玄只说五德,《孔疏》解释说:"凡十德,唯言五德者,以仁义礼智信五者人之常,故举五常之德言之耳。"③君子具备仁、义、礼、智、信等美德,各种品德汇合之后所表现出来的温和气质,同美玉的温润相一致,因而说"言念君子,温其如玉"。

2. 君子修养如玉

君子精益求精地修养美德,如同玉石经过切磋琢磨的雕刻。《卫风·淇奥》云:"有匪君子,如切如磋,如琢如磨。"切磋琢磨,本是玉石加

---

① 十三经注疏整理委员会:《十三经注疏·毛诗正义》,北京大学出版社1999年版,第415页。
② 《荀子·法行》也有类似表达,孔子云:"夫玉者,君子比德焉:温润而泽,仁也;栗而理,知也;坚刚而不屈,义也;廉而不刿,行也;折而不挠,勇也;瑕谪并见,情也;扣之,其声清扬而远闻,其止辍然,辞也。故虽有珉之雕雕,不若玉之章章。《诗》曰:'言念君子,温其如玉。'"
③ 十三经注疏整理委员会:《十三经注疏·毛诗正义》,北京大学出版社1999年版,第418页。

工手段。骨曰切,象曰磋,玉曰琢,石曰磨。玉石纵有美的潜质,若不经雕刻,亦与乱石无异。经过切磋琢磨,方显出美质。君子的品德文采,同样也要经过精益求精的修炼,才能显现为高尚文雅。《卫风·淇奥》诗云:

> 瞻彼淇奥,绿竹猗猗。有匪君子,如切如磋,如琢如磨。
> 瑟兮僩兮,赫兮咺兮。有匪君子,终不可谖兮。
> 瞻彼淇奥,绿竹青青。有匪君子,充耳琇莹,会弁如星。
> 瑟兮僩兮。赫兮咺兮,有匪君子,终不可谖兮。
> 瞻彼淇奥,绿竹如箦。有匪君子,如金如锡,如圭如璧。
> 宽兮绰兮,猗重较兮。善戏谑兮,不为虐兮。

《淇奥》的内容是歌颂周王朝一个品德高尚的士大夫。诗篇反复歌颂士大夫各方面的优秀品质。在外貌方面,他相貌英俊,仪态端庄,身材高挑,服饰华丽。在才华方面,他的文章学问很好,行政处事能力很强,外交能力强。在品德方面,他德性高尚,心胸宽广,平易近人。诗篇从外貌、才华、品德等方面赞美君子,突出君子形象。"如切如磋,如琢如磨"更是成为后世称赞君子品德的名句。

3. 君子佩玉合礼

君子善于借助佩玉来使举止有度、仪态万方。《卫风·竹竿》云:"巧笑之瑳,佩玉之傩。"《毛传》云:"傩,行有节度。"① 女子佩玉,走起路来腰身婀娜有节度。另有"佩玉琼琚""佩玉将将"(《郑风·有女同车》),"佩

---

① 十三经注疏整理委员会:《十三经注疏·毛诗正义》,北京大学出版社1999年版,第236页。

玉之傩"(《卫风·竹竿》),"琼瑰玉佩"(《秦风·渭阳》)等都体现出佩玉对规范仪态举止的作用。

　　佩玉以规范仪态,是周礼的重要内容之一。《礼记·玉藻》云:"古之君子必配玉,右徵角,左宫月,趋以《采齐》,行以《肆夏》,周还中规,折还中矩,进则揖之,退则扬之,然后玉锵鸣也。故君子在车则闻鸾和之声,行则鸣佩玉,是以非辟之心,无自入也。"君子佩玉,右边的玉发出像徵、角一样的声音;左边的玉发出像宫、羽一样的声音。君子在路寝门外快走时演奏《采齐》之乐,进入路门上堂时演奏《肆夏》之乐。君子转身圆如规,拐弯方如矩,前进微俯,后退微仰,如此便使玉佩的声音和谐悦耳。君子在车上听到车铃的响声,行走时听到佩玉的响声,那么邪僻的思想就无从侵入了。《礼记·玉藻》云:"既服,习容观,玉声,乃出。"君子穿好朝服之后,要先练习上朝的仪容,听佩玉的鸣声是否与步履协调,然后才能出门。可见玉已经成为礼仪的一部分,君子借玉以养成抑抑威仪。

　　君子具备美德,如同美玉具有各种特质。君子修炼品德文采,要经过如同玉石切磋琢磨一般的修炼;君子佩玉使行动举止配合玉石之声,以使举止有度,仪态万方。《诗经》中的谦谦君子形象经过孔子的理论总结而成为儒家人格的理想模式。孔子认为"君子欲讷于言而敏于行"(《论语·里仁》),"君子矜而不争"(《论语·卫灵公》),"温柔敦厚,《诗》教也"(《礼记·经解》),孔子眼中的君子无疑也具有温润如玉的品质。历代的达官贵人们须在君王的君临下依赖君臣和合才能施展抱负,因此温润如玉、修养得体、不卑不亢的处世态度无疑是君子最好的选择,君子人格也始终贯穿地成为士人们的理想追求。

二、淑女人格

(一)《诗经》"淑女"形象

《诗经》"淑"字形容人物有两个固定搭配"淑人""淑女"。"淑人"一词出现 7 次,见于《曹风·鸤鸠》《小雅·鼓钟》,义为善人。"淑女"一词出现 4 次,见于《周南·关雎》。后来"淑人"一词渐不常用,而"淑女"一词流传下来。《诗经》之"淑"近义于善,表示"善良"或"善于"。《诗经》"淑"字出现 22 处,依据《毛传》《郑笺》《孔疏》的注解,其义有三:

第一,同"善",善良。如:"窈窕淑女,君子好逑"(《周南·关雎》)、"终温且惠,淑慎其身"(《邶风·燕燕》)、"条其啸矣,遇人之不淑矣"(《王风·中谷有蓷》)、"淑人君子,其仪一兮"(《曹风·鸤鸠》)、"淑人君子,怀允不忘"(《小雅·鼓钟》)。

第二,善于,擅长。如:"淑问如皋陶"(《鲁颂·泮水》)。

第三,事物具有好的性质。如:"淑旂绥章"(《大雅·韩奕》)、"其何能淑,载胥及溺"(《大雅·桑柔》)。

《诗经》中的理想人格"淑女"具有以下品质。

1. 美善结合

《诗经》"淑"字与"善"字近义。《诗经》注重刻画女性品德之善,如"彼美孟姜,德音不忘"(《郑风·有女同车》),"匪饥匪渴,德音来括"(《小雅·车舝》)。从字源上讲,美、善同源。"美"字的甲骨文为🐑,从羊从大。"善"字的金文为🐑,从羊从誩。美、善皆从"羊"。羊者祥也,在古代被认为是温润儒雅之畜,曾被用于祭祀,寓意为鬼神所赐"吉祥"。因此美、善都有"吉祥"之义,指人的外貌之吉、品德之吉。《诗经》中的理想女性人格具有美善结合的品质。比如《陈风·泽陂》云:"有美一人,硕大且卷。"卷通"婘",品德美好之义。美人体态壮硕、品德美好。《小雅·车舝》云:"辰彼硕女,令德来教。"女子体态壮硕,德行美好可为教化。《郑风·有女同车》云:"颜如舜华……洵美且都……德音不忘。"都,娴雅大方之义,意为女子容颜美丽、品德娴雅。

《郑风·有女同车》诗云:

有女同车,颜如舜华。将翱将翔,佩玉琼琚。彼美孟姜,洵美且都。
有女同行,颜如舜英。将翱将翔,佩玉将将。彼美孟姜,德音不忘。

诗篇从一个男性的视角来赞美女子的美丽与高尚。诗篇刻画了一个明媚又欢快的景象。在木槿花开的时节,男子和女子一起出游,他们一会儿赶着车在小路上飞驰,一会儿又下车迅捷地行走。这个女子姓姜,"孟"表示排行老大,这个孟姜在家里排行老大。孟姜的脸蛋像木槿花一般美艳,行动像飞翔的小鸟一样轻盈灵巧,身上佩带的玉饰伴随动作的节奏叮当作响。孟姜不但外貌美丽,而且品德高尚,风格娴雅。"彼美孟姜,洵美且都""彼美孟姜,德音不忘"点出了孟姜既美且善的特点。正如马瑞辰所云:"《方言》:秦晋之间,美心为窈,美状为窕。"①《诗经》时代的"淑女"是内善与外美的结合。《诗经》批判了美而无德的人。比如宣姜,她本是卫宣公的儿子公子伋的未婚妻,被卫宣公私自霸占,后来又与公子顽私通,行为淫荡。《鄘风·君子偕老》讽刺她美而无德。

《诗经》"美"字共 40 处,除《邶风·静女》的"自牧归荑,洵美且异"一处形容白茅之外,其余 39 处皆形容人的美丽,包括容貌、仪态、服饰等方面。《诗经》对人物肖像的描写浓墨重彩,描写女性之美最著名的是《卫风·硕人》,诗云:

---

① [清] 马瑞辰:《毛诗传笺通释》,中华书局 1989 年版,第 31 页。

硕人其颀,衣锦褧衣。齐侯之子,卫侯之妻。
东宫之妹,邢侯之姨,谭公维私。
手如柔荑,肤如凝脂,领如蝤蛴,齿如瓠犀,
螓首蛾眉,巧笑倩兮,美目盼兮。
硕人敖敖,说于农郊。四牡有骄,朱幩镳镳。
翟茀以朝。大夫夙退,无使君劳。
河水洋洋,北流活活。施罛濊濊,鳣鲔发发。
葭菼揭揭,庶姜孽孽,庶士有朅。

《硕人》是赞美卫庄公夫人庄姜的诗,此诗历来被誉为"咏美人图"而备受推崇。其中的"巧笑倩兮,美目盼兮"更是成为千古流传的佳句。诗篇运用铺叙的手法描绘庄姜的美丽。首先介绍庄姜的出身,她的亲戚都是权贵,衬托出庄姜的出身高贵。接着描写庄姜的外貌之美,"手如柔荑,肤如凝脂,领如蝤蛴,齿如瓠犀,螓首蛾眉,巧笑倩兮,美目盼兮",她的手指好像白茅刚刚长出的嫩芽一般柔嫩纤细,皮肤像冻结的脂油一般光润细嫩,脖颈像天牛的幼虫一般洁白修长,牙齿像葫芦籽儿那样整齐洁白,额头像螓虫一样宽广方正,眉毛犹如蚕须一样弯曲细长,一笑酒窝风姿现,秋水一泓转眼时。此番描写历来被称为"美人图",姚际恒《诗经通论》称此诗"千古颂美人者,无出其右,是为绝唱"①。点睛之笔笑用一"倩"字,目用一"盼"字,化静为动,化美为媚。德国美学家黑格尔说:"整个灵魂究竟在哪一个特殊器官上显现为灵魂?我们马上就可以回答说:在眼睛上;因为灵魂集中在眼睛里,灵魂不仅要通过眼睛去看事物而且也要通过眼睛才被人看见。"②《诗经》刻画人物容貌经常突出眼睛。比如

---

① [清]姚际恒:《诗经通论》,语文出版社2020年版,第76页。
② [德]黑格尔:《美学》第一卷,商务印书馆2009年版,第197页。

《郑风·野有蔓草》"清扬婉兮",《齐风·猗嗟》"美目扬兮""美目清兮"都刻画眼睛。诗篇接下来描写庄姜婚礼的盛大,河水洋洋洒洒,浩浩荡荡北流入海。鱼尾击水的唰唰声响,河边长势喜人的芦苇,这些生动旺盛的景象都是为了衬托陪嫁队伍的声势浩大,以及庄姜的美丽惊为天人。《硕人》从外貌、神态等方面勾勒了一幅美人图,而诗篇《陈风·月出》从意境方面刻画了一位超凡出尘的美人形象。

《陈风·月出》诗云:

> 月出皎兮,佼人僚兮。舒窈纠兮,劳心悄兮。
> 月出皓兮,佼人懰兮。舒忧受兮,劳心慅兮。
> 月出照兮,佼人燎兮。舒夭绍兮,劳心惨兮。

此诗是中国古典诗歌中首次歌咏月亮的诗,而且将月亮和美人联系在一起,在意境塑造方面达到了极高的造诣。主人公对心上人的思念是从看到冉冉升起的皓月开始的,月亮如此明亮美丽,又如此孤独地高悬于无垠的夜空,笼罩着一切,营造出一个无边无际的意境,使人的内心愈发感到旷远孤寂。思恋的美人也许近在眼前,但在朦胧的月光之下又显得如此迷离遥远。在静谧的夜晚,"佼人"在月下独自徘徊。主人公想象着她美好的容颜,她月下婀娜的倩影如梦似幻。诗篇对美人的刻画不像《硕人》那般具体而微,却在朦胧的意境之美中刻画了一个美到极致的女性形象,反而有着无限的想象空间。

2. 健硕之美

审美观念是社会发展状况的综合反映,对于女性的审美评价也是如此。以胖为美的审美观念,象征着大唐王朝的包容、开放、自豪与威严。弱柳扶风的病娇之美,是末期清王朝风雨飘摇境遇的审美体现。在周代,

"硕"是女性审美的关键词。这种审美观念也是有其现实依据和实用性观照的。周代处于我国奴隶社会时期,在生产力较为低下的时代,人们面临严酷的生存竞争压力,需要在艰苦的条件下获得生活生产资料,因此当时无论男女都必须具备壮硕的体魄,才能在大自然中获得生存下去的资本。

"周"字的卜辞为"囲""田",金文为"田""𠙹""𠙹",像一块方正的农田中农作物十分茂盛的样子。周代靠农业起家,《诗经》记录着农业在周人生活中的基础性地位。后稷以农神的身份被尊为周族始祖;公刘迁豳、太王迁岐,周人选择的聚居地都是便于发展农业的河谷平原;周人抵达新领地之后,规划区域、理定田界、沟通河渠、耕种粮食。这样一个农业国家便极为看重人力。对人力的需要使女性的生育能力也受到重视。《诗经》中有许多对女性生育能力的歌颂。比如《周南·螽斯》云:"螽斯羽,诜诜兮。宜尔子孙,振振兮。螽斯羽,薨薨兮。宜尔子孙。绳绳兮。螽斯羽,揖揖兮。宜尔子孙,蛰蛰兮。"螽斯即蝗虫,每次产卵多达百颗,诗篇用蝗虫多子比喻女人多子。《唐风·椒聊》云:"椒聊之实,蕃衍盈升。彼其之子,硕大无朋。椒聊且,远条且。椒聊之实,蕃衍盈匊。彼其之子,硕大且笃。椒聊且,远条且。"以花椒多子,赞美身材壮硕的女性拥有旺盛的生育能力。因为对生育的重视,周人评判女性之美的一个重要标准就是身材是否壮硕,比如"硕人其颀,衣锦褧衣"(《卫风·硕人》),"辰彼硕女,令德来教"(《小雅·车舝》),都是赞美壮硕之美。"硕"在《诗经》中还被用来形容男子。《诗三家义集疏》云:"古人硕、美二字为赞美男女之统词。故男亦称'美',女亦称'硕'。"①《邶风·简兮》《卫风·考槃》中的"硕人"指的就是男性。壮硕的审美理念集中体现了生产力较为低下的周代社会对力量的崇拜。

---

① [清]王先谦:《诗三家义集疏》,岳麓书社2010年版,第297页。

另外，周代崇尚壮硕之美的审美文化还受到当时图腾文化的影响。所谓图腾，就是先民所崇拜的某种动物、植物、非生物或者自然现象。人们把这种物体当作自己的祖先神或者护佑者。比如商人的图腾是燕子。《商颂·玄鸟》云："天命玄鸟，降而生商。"传说上天派燕子来到人间，产下一枚蛋，有娀氏的女儿简狄吃下了这颗蛋，结果怀孕了，生下儿子"契"，他就是商人的祖先。因此殷商的图腾是玄鸟，认为商族的始祖契就是由玄鸟所生。燕子是商人的图腾，那么周人的图腾是什么呢？相传周族的女性始祖姜嫄在野外游玩之时发现巨人的脚印，姜嫄好奇地踩到巨人脚印上因而怀孕，生下的儿子就是周人的始祖后稷。孙作云在《周先祖以熊为图腾考》一文中考证认为，这个巨人脚印实际上就是熊的足迹。周人之所以把熊作为图腾，是因为熊非常健壮彪悍。可见，周人能够欣赏壮硕之美，也有图腾文化的影响。

3. 恋爱自由

周代的社会风俗仍然保留有上古遗风，对恋爱与性爱的态度是相对自由宽松的。《诗经》有许多描写女子主动求爱的诗，比如《唐风·有杕之杜》云："中心好之，曷饮食之？""饮食"是性事的代称，女子责问恋人，既然心中爱着我，为何不来行云雨。《召南·草虫》云："亦既见止，亦既觏止，我心则降……我心则说……我心则夷。"云雨之后女子焦灼的心情"则降""则说""则夷"。周代虽然开创了礼乐文明，但其文化机制与原始上古遗风还有千丝万缕的联系，比如"仲春之会"就是沿袭原始时代高禖之祀的遗风。当时在中原大地上弥漫着宽松、恬适的气息，使独擅东方灵气的女子自由表达，捷足诗坛。根据统计，《诗经》中被朱熹认定为女性作品的约有54首，高亨认定的约有47首。女诗人的作品大多分布在国风部分，占到国风篇幅的三分之一。其中许多就是缠绵悱恻的情诗。

《郑风·褰裳》在表情达意方面显示着真诚、质朴、坦荡、泼辣的风格。

女子戏谑着情人,"子惠思我,褰裳涉溱",你若心中爱着我,提起衣裳过溱河!这是女子主动求爱、自由表达之语。女子鼓励情郎,如果想念我,就赶快冲过溱洧的河水来和我约会。诗篇运用第一人称的口吻进行描写,使人感到这个生动活泼的女子仿佛就在眼前,其娇嗔之态活灵活现。独立的、自信的呼唤建立在个体独立意识基础之上,颇能给女性以自由选择、主动追求幸福的鼓舞。

《郑风·子衿》是一首流传千古的情诗佳作。诗篇以女性的视角和口吻展开描写,记录女子在城楼上等候恋人的情景。"青青子衿,悠悠我心"历来备受文人的青睐,曹操曾援引此句创作诗篇《短歌行》,"青青子衿,悠悠我心,但为君故,沉吟至今",表达求贤若渴的心情。而在《子衿》诗中,该句则是对情郎爱意的表达。"子衿""子佩"指的是恋人的衣饰,在此处为代指手法,用恋人的衣饰代指恋人。对恋人的衣饰都能记忆犹新,可见对于恋人的迷恋之深。"纵我不往,子宁不来",纵然我不能去找你,但是你不能来找我吗?"纵""宁"二字的使用传达出了女子既要表现矜持,又急切盼望恋人到来的细腻心理。女子望穿秋水也看不到恋人的踪影,她在城楼上等待良久,虽然只有一天没有见面,但却好像度过了三个月那么漫长。《子衿》一诗是非常具有代表性的女性咏爱诗,体现了周代女性所具有的平等、独立意识。

《召南·摽有梅》是一首表现女子大胆求爱、急于出嫁的诗。女子在男女自由相会的集体狂欢中,大胆地吟唱出自己的欲求。暮春时节梅子纷纷成熟,一个一个掉落在地上。女子不禁联想到时光易逝,自己的青春就在不知不觉中匆匆溜走,已然到了应该婚嫁的年纪,自己却仍然孑然一身。女子情急之下唱出了这首怜惜青春、主动求爱的诗,以便引起男子们的注意。"其实七兮""其实三兮""顷筐塈之",由梅子还剩七成,梅子还剩三成,到完全成熟掉落,来比喻自己的青春越来越少,也暗喻可供男子们选择的佳偶越来越少,男子们应该趁着大好年华赶快来追求。

4. 发乎情，止乎礼义

按照上博简《孔子诗论》的解释，作为《诗经》首篇的《关雎》传达了"以色喻于礼"的观点，深得诗篇要义。爱情婚姻不能流于淫荡、癫狂，而是要合于周礼。《诗经》批判了三位淫乱的女性文姜、宣姜、夏姬。

（1）文姜

文姜为齐僖公之女，齐襄公的异母妹妹。春秋时期齐国和鲁国联姻，齐襄公的同父异母妹妹文姜嫁给了鲁桓公，成为鲁桓公的夫人。《左传》记载，鲁桓公十八年（公元前694年）鲁桓公要去齐国，夫人文姜要求同行，鲁桓公只得答应。但是文姜一直与同父异母的哥哥齐襄公有染，乱伦私通。文姜到达齐国之后，又趁机与齐襄公相会。后来鲁桓公知道了两人的秘密。但是齐国势大，鲁国势小，懦弱的鲁桓公只是在口头上提醒并指责了文姜。文姜把鲁桓公已经得知此事的消息告诉了齐襄公，于是齐襄公故意摆酒假装款待鲁桓公，趁机将其灌醉，然后让公子彭生在驾车护送鲁桓公回国的路上扼死了他。

《齐风·敝笱》诗云：

> 敝笱在梁，其鱼鲂鳏。齐子归止，其从如云。
> 敝笱在梁，其鱼鲂鱮。齐子归止，其从如雨。
> 敝笱在梁，其鱼唯唯。齐子归止，其从如水。

《诗小序》云："《敝笱》，刺文姜也。齐人恶鲁桓公微弱，不能防闲文姜，使至淫乱，为二国患焉。"[①]《左传·桓公十八年》记载鲁桓公前往齐国，夫人文姜陪他一同前去。文姜与齐襄公关系暧昧，两人见面之后又做

[①] 十三经注疏整理委员会：《十三经注疏·毛诗正义》，北京大学出版社1999年版，第349页。

出通奸之事。鲁桓公发现了两人的秘密，于是指责了文姜。文姜把这事告诉了齐襄公，齐襄公在酒宴结束之后便派人将鲁桓公害死。此诗就是为了讽刺文姜和齐襄公的淫乱而作。"敝笱在梁，其鱼鲂鳏"，将文姜比喻为破败的捕鱼笼，极尽讽刺之能事。

《齐风·南山》诗云：

南山崔崔，雄狐绥绥。鲁道有荡，齐子由归。既曰归止，曷又怀止？

葛屦五两，冠绥双止。鲁道有荡，齐子庸止。既曰庸止，曷又从止？

艺麻如之何？衡从其亩。取妻如之何？必告父母。既曰告止，曷又鞠止？

析薪如之何？匪斧不克。取妻如之何？匪媒不得。既曰得止，曷又极止？

《毛诗序》云："《南山》，刺襄公也。鸟兽之行，淫乎其妹，大夫遇是恶，作诗而去之。"[1]文姜与齐襄公乱伦，齐国上下引以为耻，便作了《齐风·南山》这首诗进行讽刺。诗篇用雄狐急切地求偶，比喻齐襄公急切地觊觎着就要回到娘家的文姜。用鞋子、帽带都必须搭配成双，比喻世人都各有一定的配偶，进而影射齐襄公乱伦的无耻行为。以种麻之前先整理田地，砍柴之前先准备刀斧，比喻娶妻必有父母之命、媒妁之言。进而比喻文姜与齐襄公的恋情是违背父母之命、媒妁之言的不当行径。再进一层推及鲁桓公既已明媒正娶了文姜，而又无法做文姜的主，放任她回娘家

---

[1] 十三经注疏整理委员会：《十三经注疏·毛诗正义》，北京大学出版社1999年版，第340页。

胡作非为,践踏婚姻的严肃性,显得懦弱无能。

(2)宣姜

宣姜为齐僖公之女。右公子替太子伋迎娶齐国女子宣姜为妻,把宣姜迎娶到卫国,还没有成婚。卫宣公看到宣姜之后垂涎于她的美色,于是趁着太子伋出使郑国的机会把宣姜据为己有。后来宣姜和卫宣公生下儿子寿、朔。卫宣公让左公子教导儿子寿、朔。卫宣公自从迎娶了宣姜之后,从心里开始讨厌太子伋,总想找机会废掉太子伋。公元前701年,宣姜与儿子朔共同挑拨太子伋与卫宣公的关系。受到挑拨的卫宣公一怒之下故意派出太子伋出使齐国,然后派出杀手潜伏在卫国边境伺机谋杀。卫宣公把白色的旄节交给太子伋,同时告诉杀手攻击目标就是手持白色旄节的人。太子伋即将要出发时,公子寿偷偷告诉太子伋将被暗杀的事,劝他赶快逃往他国,太子伋断然拒绝。公子寿只好在太子伋临行之前假装为他摆酒送行,趁机把他灌醉,然后自己拿着白色旄节出发,当他来到卫国边境的莘地,盗贼看到白旄以为他就是太子伋,于是杀了他。公子寿死后,太子伋随后赶到。看到弟弟惨死,太子伋悲伤欲绝地对强盗大喊道:"我才是太子伋,应该杀掉的人是我,杀掉他做什么。"于是强盗一并杀掉了太子伋。强盗返回宫中向卫宣公汇报,卫宣公听闻两个儿子全都死去,悲伤欲绝,后悔不已,但是为时已晚。卫宣公于是只能立公子朔为太子。

一年以后也就是公元前700年,卫宣公去世。卫宣公去世之后,太子朔继位为国君,是为卫惠公。由于卫惠公采取不正当手段上位,间接杀害了两位兄弟,因此他继位之后难以服众,地位不稳。公子伋和公子寿各有自己的党羽,左公子和右公子怨恨卫惠公的行径,时刻想为两位死去的公子报仇。公元前696年左公子和右公子发动政变,废掉了卫惠公,卫惠公逃往齐国。左公子和右公子扶持太子伋的弟弟公子黔牟为新任国君。公元前688年齐襄公联合诸侯攻打卫国,护送卫惠公回到卫国恢复君位,诛杀左公子、右公子,卫君黔牟逃跑到周朝的都城洛邑。但是这时卫国国内两公子的党羽势力依然很强,为了安抚他们,齐襄公主张把宣姜改嫁公子伋的弟弟公子顽。宣姜和公子顽生下三个儿子两个女儿,他们就是齐子、卫戴公、卫文公、宋桓夫人、许穆夫人。

《邶风·新台》诗云:

> 新台有泚,河水㳖㳖。燕婉之求,籧篨不鲜。
> 新台有洒,河水浼浼。燕婉之求,籧篨不殄。
> 鱼网之设,鸿则离之。燕婉之求,得此戚施。

《毛诗序》谓:"新台,刺卫宣公也。纳伋之妻,作新台于河上而要之,国人恶之,而作是诗也。"①诗篇首先夸赞卫宣公建造的新台多么宏伟华丽,河水多么丰沛浩瀚。这样的场景描写渲染了卫宣公的赫赫威势。但是接下来笔锋一转,再好的景致也无法掩盖卫宣公的丑陋行径。宣姜本来应该嫁给一个热血青年,现在却要嫁给一个孱弱老者。"鱼网之设,鸿则离之",本来张开渔网是想捕鱼,现在却捕到一只癞蛤蟆。在中国的民俗文化中,捕鱼、钓鱼通常形容男女求偶之事。在这里指宣姜本来想要嫁给太子伋,现在却嫁给他的老父亲卫宣公。此后"新台"一词也被用于形容不正当的翁媳关系。

《鄘风·墙有茨》诗云:

> 墙有茨,不可扫也。中冓之言,不可道也。所可道也,言之丑也。
> 墙有茨,不可襄也。中冓之言,不可详也。所可详也,言之长也。
> 墙有茨,不可束也。中冓之言,不可读也。所可读也,言之辱也。

---

① 十三经注疏整理委员会:《十三经注疏·毛诗正义》,北京大学出版社1999年版,第176页。

《鄘风·墙有茨》内容与《邶风·新台》相承接,主要意思是讽刺宣姜不守妇道,与庶子通奸荒淫无道。以墙上长满蒺藜起兴,比喻卫公子顽与其父妻宣姜私通一事就像蒺藜一样,痛刺着卫国的国体和颜面。"不可埽""不可襄""不可束"表面上写蒺藜的长势已经蔓延到不可遏止的地步,实际上是暗喻卫公子顽与父妻私通已经到了荒淫无道的程度。"所可道也""所可详也""所可读也"是说此等丑事已经人尽皆知了,进而讽刺因宣姜而起的卫国宫廷秽闻"不可道""不可详""不可读"。

（3）夏姬

《左传·宣公九年》《左传·宣公十年》记载陈国大夫夏御叔之妻夏姬美艳动人,生子夏徵舒,字子南。夏御叔死后,陈灵公与其大夫孔宁、仪行父贪恋夏姬的美色,都与其私通。《左传·宣公九年》记载陈灵公、孔宁、仪行父三人与夏姬私通,甚至穿着她的内衣在朝廷上互相戏谑。他们又去株邑饮酒作乐,陈灵公还当着夏姬儿子夏徵舒的面嘲弄仪行父,说"他长得真像你"。仪行父反唇相讥道:"还是更像君王您啊!"君臣之间肆无忌惮的戏谑惹得夏徵舒恼羞成怒,最终设伏于厩,射杀陈灵公,酿成了一场臭名远扬的闹剧。陈灵公君臣三人与夏姬淫乱的故事见载于《陈风·株林》,诗云:

胡为乎株林?从夏南!匪适株林,从夏南!
驾我乘马,说于株野。乘我乘驹,朝食于株!

《毛诗序》云:"《株林》,刺灵公也。淫乎夏姬,驱驰而往,朝夕不休息焉。"[1]陈灵公及其大臣孔宁、仪行父驾着马车前往夏姬所居住的株林。

---

[1] 十三经注疏整理委员会:《十三经注疏·毛诗正义》,北京大学出版社1999年版,第452页。

这时在路上遇到了百姓,百姓其实早就知道陈灵公君臣的隐秘,但却故意佯装不知地问道:"为什么去株林?"另一些百姓心领神会地故意回答道:"去夏南那里。"发问者又问:"为什么去株林?"答者又答道:"只是去找夏南。"百姓们明明知道陈灵公君臣此行的目的,却假装不知故意发问,透露出对陈灵公君臣淫荡之事的戏谑与嘲弄。应答者极力掩盖事实的真相,反而欲盖弥彰。百姓们心照不宣的一问一答之间充满了对乱伦行为的不屑。"驾我乘马,说于株野",这里模拟的是国君的口吻,到了株野就不需要再打着"从夏南"的幌子。想到马上就有美貌的夏姬相伴,于是陈灵公高兴地唱道"说于株野"。"乘我乘驹,朝食于株",大夫只能驾驹,这自然又是孔宁、仪行父的口吻了。对于陈灵公的隐秘之喜,这两位大夫更是心领神会,所以马上笑眯眯地凑趣道:"到株野还赶得上朝食解饥呢!""朝食"常用作隐语,暗指男女之事。"说于株野""朝食于株"一语双关,暗喻陈灵公君臣三人在株林行淫秽之事。

5. 宜其室家

《诗》的时代,女性理想人格"淑女"具有"宜室宜家"的品性。辅佐古公亶父、王季、文王完成创周大业的太姜、太任、太姒被称为"周室三母",她们温良贤惠,被视为女性的典范。① 太姜是周朝先祖古公亶父的正妃,周文王的祖母。她以美好的品德成为丈夫的左膀右臂。太姜生了太伯、仲雍、王季三个儿子,她能够以身作则教导儿子,使他们在品德行为上没有过失。② 太任又称大任,商朝时期西伯侯季历的正妃,周文王姬昌的母亲。太任是商朝末期贵族挚任氏的二女儿,她生性端庄严谨。嫁给季历之后,太任仰慕并效仿婆婆太姜的美德。她主理后宫,使整个后宫上下和谐。太任怀孕时眼睛不看污秽的东西,耳朵不听靡靡之音,嘴巴不讲傲慢的言语,不吃切割不正的食物,不坐摆放不齐的席子,就连睡觉的时候都不歪着身子。因此当太任生出儿子姬昌的时候,姬昌聪慧过人,人们认为这是太任的胎教做得好。③ 太姒是周文王的正妃，周武王的母亲。西伯侯姬昌在渭水河畔遇到美貌的太姒，得知太姒知书达礼，于是决定迎娶太姒。太姒进门之后十分仰慕并效法长辈太姜、太任的美德，以尽妇道。文王主外，太姒主内。太姒天生姝丽，聪明贤淑，深得文王以及臣子们的敬重，被尊称为"文母"。在《诗经》以及《列女传》中都有对太姒的赞美。太姒与文王生下十个儿子，他们分别是长子伯邑考、次子武王发、三子管叔鲜、四子周公旦、五子蔡叔度、六子曹叔振铎、七子成叔武、八子霍叔处、九子康叔封、十子冉季载。

《大雅·思齐》诗云：

> 思齐大任，文王之母。思媚周姜，京室之妇。大姒嗣徽音，则百斯男。
> 惠于宗公，神罔时怨，神罔时恫。刑于寡妻，至于兄弟，以御于家邦。
> 雍雍在宫，肃肃在庙。不显亦临，无射亦保。
> 肆戎疾不殄，烈假不瑕。不闻亦式，不谏亦入。
> 肆成人有德，小子有造。古之人无斁，誉髦斯士。

诗篇的首章赞美"周室三母"古公亶父的正妃太姜、季历的正妃太任、文王的正妃太姒。她们分别是周文王的祖母、母亲、妻子。诗篇叙述的顺序并未按照辈分先后进行，而是先赞美文王的母亲，然后是祖母，最后是妻子。文王的母亲太任端庄文雅；祖母太姜贤惠美好；妻子太姒继承祖母和婆婆的美德，多子多福。接着说"刑於寡妻，至于兄弟，以御于家邦"，文王与太姒以礼相待，继而将这种美好的德行推广于兄弟、邦国，实现齐家、治国的理想。

《周南·桃夭》诗云：

> 桃之夭夭，灼灼其华。之子于归，宜其室家。
> 桃之夭夭，有蕡其实。之子于归，宜其家室。

> 桃之夭夭,其叶蓁蓁。之子于归,宜其家人。

灼灼的桃花就像女子明媚艳丽的容颜,以缤纷的桃花起兴,使全篇都充满了热烈的氛围。灼灼其华,表明桃花已经明艳到了极致,就像盛装打扮的新娘,人面桃花交相辉映。桃花开过之后结出丰硕的果实,象征祝愿新娘早生贵子。桃树枝叶繁茂,象征着新娘嫁到夫家之后开枝散叶,一家人其乐融融。"之子于归,宜其家室"一句使全诗的主旨得到升华,新娘的到来为家庭增添了新鲜血液和欢乐气氛,使整个家庭兴旺起来。

周代女性还有侍奉宗庙、生儿育女、桑蚕纺织等职责。她们要辅助祭祀,侍奉宗庙。《召南·采蘩》"于以采蘩,于沼于沚。于以用之,公侯之事",蘩是祭祀所用的白蒿,女子采蘩以供宗庙祭祀之用。《诗小序》云:"采蘩,夫人不失职也。夫人可以奉祭祀,则不失职矣。"①《召南·采蘋》云:"于以采蘋?南涧之滨。于以采藻,于彼行潦……于以奠之,宗室牖下。"女子采集蘋、藻,以作宗庙祭祀之用。在婚育方面,周代流行多子多福的理念。《周南·螽斯》以蝗虫多子祝愿女人多子。《周南·芣苢》中提到芣苢②(车前草)相传有助孕的功效,女子采集芣苢,寄托着生子的愿望。《唐风·椒聊》以花椒多子比喻女人多子。男耕女织是周人基本的生活模式。女性养蚕缫丝制作家庭所用之衣,这在《豳风·七月》"八月载绩""九月授衣"等诗文中都有反映。《周南·葛覃》云:"葛之覃兮,施于中谷,维叶莫莫。是刈是濩,为絺为绤,服之无斁。"女子采葛之后制作成衣料。《大雅·瞻卬》云:"妇无公事,休其蚕织。"批判褒姒参与政事荒废蚕织。虽然该诗有歧视女性的落后性,但它体现出蚕织是那时女性的重要职事,就连后妃也不例外。

---

① 十三经注疏整理委员会:《十三经注疏·毛诗正义》,北京大学出版社 1999 年版,第 65 页。
② 芣苢,《毛传》曰"宜怀妊",《陆疏》谓"其子治妇人生难"。

（二）对《诗经》"淑"德的历代解读

后世学者纷纷对《关雎》中的"淑女"形象进行了解读。

《毛传》云："后妃说乐君子之德，无不和谐，又不淫其色，慎固幽深，若关雎之有别焉，然后可以风化天下……窈窕，幽闲也。淑，善。逑，匹也。言后妃有关雎之德，是幽闲贞专之善女，宜为君子之好匹。"①《郑笺》云："言后妃之德和谐，则幽闲处深宫贞专之善女，能为君子和好众妾之怨者。言皆化后妃之德，不嫉妒，谓三夫人②以下。"③

毛、郑二人的解释是受时代道德观念制约的。先秦时期没有严格的贞节观念。到了汉代，统治者发现贞节有利于社会安定，于是大力倡导。贞节观念兴起，男女之防极为严格。《礼记·内则》云："非祭非丧，不相授器。其相授，则女受以篚。其无篚，则皆坐奠之，而后取之。外内不共井，不共湢浴，不通寝席，不通乞假，男女不通衣裳……女子出门必拥蔽其面……道路，男子由右，女子由左。"男女不能有肢体接触，不能共用水井、浴室、卧席、衣服等物品，不互借东西。女子出门要遮掩面部，男子走道右，女子走道左。汉代学者将当时的贞节观念注入《诗经》淑女概念的阐发。《毛传》谈及"贞"共有五次，集中在《国风》的《关雎》《行露》《匏有苦叶》《静女》《鸡鸣》等篇，通常将"贞"与"专""静""信"连用。《郑笺》谈及"贞"的篇目比《毛传》还多，除上述几篇外还有《采蘩》《野有死麕》《汉广》《葛覃》《蟋蟀》《氓》《衡门》等篇。

郑玄对女子贞节的要求更为具体严密，将其放在妇德、妇言、妇容、妇

---

① 十三经注疏整理委员会：《十三经注疏·毛诗正义》，北京大学出版社1999年版，第22—23页。
② 三夫人，按周朝礼法，为三位地位相当的高等嫔妃，仅次于皇后，位在九嫔之上。
③ 十三经注疏整理委员会：《十三经注疏·毛诗正义》，北京大学出版社1999年版，第23页。

功"四德"体系中加以阐释。比如《召南·采蘋》云:"于以采蘋?南涧之滨。于以采藻,于彼行潦。"《郑笺》云:"古者妇人先嫁三月,祖庙未毁,教于公宫;祖庙既毁,教于宗室。教以妇德、妇言、妇容、妇功。教成之祭,牲用鱼,芼用蘋藻,所以成妇顺也。"①相反地,对于不讲贞节的女子,汉儒则深恶痛绝。比如《诗小序》对于《齐风·南山》的解释是"《南山》,刺襄公也。鸟兽之行,淫乎其妹"②。将齐襄公和文姜的乱伦斥为鸟兽之行。

汉代贞节观念十分浓厚。一部分文化程度较高的女性竟然率先成为这种观念的传播者。比如"女四书"东汉班昭的《女诫》、唐代宋氏姐妹的《女论语》、明成祖徐皇后的《内训》、清初王相之母刘氏的《女范捷录》,这些最有代表性的传统女德读本竟然都出自女性之手,令人匪夷所思。

朱熹《诗集传》云:"窈窕,幽闲之意。淑,善也。女者,未嫁之称,盖指文王之妃大姒为处子时而言也。君子,则指文王也。"③朱熹又引匡衡之语曰:"'窈窕淑女,君子好仇',言能致其贞淑,不贰其操。"④朱熹对"淑女"的解释同样也受到了社会主流意识形态的影响。在宋代,女子守贞正式成为社会风俗。比如程颐就曾提出"饿死事极小,失节事极大"的观点。宋儒的妇女贞节观首先要反对的就是自由恋爱,因此《诗经》中但凡不经父母之命、媒妁之言的男女青年自由恋爱,都被朱熹斥之为"淫奔"之诗。

总而言之,毛公认为"淑女"是悦乐君子、与君子相处和谐,不淫于色、谨守男女之别的善良的后妃。郑玄认为"淑女"是被后妃之德所化,能为君子和谐众妾,位居三夫人以下的一位善良贞专的妃嫔。朱熹认为"淑女"指处子之时的太姒。毛、郑、朱三人对"淑女"有不同理解。但相同点是都

---

① 十三经注疏整理委员会:《十三经注疏·毛诗正义》,北京大学出版社1999年版,第72—73页。
② 同上书,第340页。
③ [宋]朱熹:《诗集传》,中华书局2011年版,第2页。
④ 同上书,第2页。

强调"善"与"贞"。他们都受到了其所处时代社会文化风俗的影响。

宋元明清以来,封建礼教和要求女子守贞之风愈刮愈烈。统治者和理学家一致认为寡妇守节在养老抚孤、安定社会方面效用巨大,因而将"贞节"作为维稳政策大力推广。一时间处女守贞、寡妇守节成为束缚女性的牢固枷锁。清代吴敬梓《儒林外史·第四十八回》讲一位烈女的悲剧故事。王玉辉的女儿出嫁一年,女婿病逝。女儿受贞节观念影响,殉夫以成妇节。王玉辉竟大笑说"死得好",身边的儒生则羡慕王玉辉"生这样好女儿,为伦纪生色"①。可见当时的女性已完全被贞节观念绑架,乃至自愿求死。"淑女"转变为了"烈女"。对女性的迫害更是从精神蔓延到肉体。"缠足""养瘦马"等陋习使女性卑微柔弱,囿于男性的支配之下。

---

① [清]吴敬梓:《儒林外史》,人民文学出版社1958年版,第466页。

第六章 《诗经》之家庭美德

- 一、孝德思想
- 二、弟德思想
- 三、婚恋伦理

宗法制度确立了周代家国同构的社会形态。家是最小国,国是最大家。一家之中父权至上,孝德在嫡长子继承制的宗法制度下进一步强化。周初封邦建国"兼制天下,立七十一国,姬姓独居五十三人"(《荀子·儒效》),不仅诸侯尽为兄弟之国,诸侯之下的卿、大夫也如此进行权力划分。兄弟手足不仅是血缘亲人,也是政治联盟。团结兄弟宗族成为分封制度之下贵族的共识。有周一代礼制初成,在婚姻方面,作为"诗三百"之首的《关雎》传达了"以色喻于礼"(《孔子诗论》)的重要理念。

一、孝德思想

孝是中国传统道德的元德,发源极早。三皇五帝时代的"五教"就已经包括了"孝"德。《尚书·虞夏书·舜典》记载舜云:"契!百姓不亲,五品①不逊,汝作司徒,敬敷五教,在宽。""五教"指父义、母慈、兄友、弟恭、子孝。夏禹是有名的孝子,他孝感动天的故事被记录在《二十四孝》中。在商代,不孝是最重的罪行,《吕氏春秋·孝行览》云:"商书曰:'刑三百,罪莫重于不孝。'"在周代,孝是最重要的品德。《尚书·周书·康诰》记载周公曰:"元恶大憝,矧惟不孝不友",不孝不友是元恶,是最大的恶。周代量刑宽松,如果犯人有悔改态度,"乃有大罪","时乃不可杀"(《尚书·周书·康诰》)。但即便周代量刑如此宽松,"不孝不友"仍不被赦免,可见孝德之重要。

《诗经》"孝"字凡18处,其义有四。第一,献祭鬼神。如"苾芬孝祀,

---

① 五品指君臣、父子、夫妇、长幼、朋友五种伦理关系。

神嗜饮食"(《小雅·楚茨》)。第二,孝德或具有孝德的人。如"侯谁在矣? 张仲孝友"(《小雅·六月》)。第三,泛指美德。如"匪棘其欲,遹追来孝"(《大雅·文王有声》)。清代王引之《经义述闻》卷六云:"来,往也。孝者美德之通称,非谓孝弟之孝。言所以作此都邑者,非急从己之欲也,乃上追前世之美德,欲成其功业也。"第四,通"效",效法。如"靡有不孝,自求伊祜"(《鲁颂·泮水》)。《诗》的时代注重孝德,既有血缘亲情的原因,也有祖先崇拜、尊老尚齿的传统,也有宗法分封制度之下父权至上的制度原因。

一是血缘亲情。孝德源于子女与父母之间天然的血缘之亲。《周南·葛覃》云:"葛之覃兮,施于中谷,维叶萋萋。黄鸟于飞,集于灌木,其鸣喈喈。葛之覃兮,施于中谷,维叶莫莫。是刈是濩,为絺为绤,服之无斁。言告师氏,言告言归。薄污我私,薄浣我衣。害浣害否,归宁父母。"葛藤蔓延到山谷,但是再长也有根脉。葛藤之于根,犹如子女之于父母。诗篇描写女子准备回家省亲,想念父母的她高兴地清洗衣服、整理行装,因为太过兴奋而手忙脚乱。另有《魏风·陟岵》诗云:"陟彼岵兮,瞻望父兮。父曰:嗟! 予子行役,夙夜无已。上慎旃哉,犹来无止! 陟彼屺兮,瞻望母兮。母曰:嗟! 予季行役,夙夜无寐。上慎旃哉,犹来无弃! 陟彼冈兮,瞻望兄兮。兄曰:嗟! 予弟行役,夙夜必偕。上慎旃哉,犹来无死!"士卒归乡心切,想象此刻父母正在牵挂他,他又何尝不在牵挂着父母。父母与子女之间的血缘亲情是孝德的情感基础。

二是祖先崇拜。古人认为祖先是宗族繁衍的源头,是降福子孙的神灵。法国汉学家葛兰言说:"祖先是社会秩序的守护神:子孙向他们祈求训谕,以此获得作出最重要的生活决策的权威;婚姻和联盟在他们的控制下进行缔结;生儿育女也要经过他们的干预作用。"[1]祖先崇拜由是而生。

---

[1] [法]葛兰言:《古代中国的节庆与歌谣》,广西师范大学出版社2005年版,第206页。

祭祀则是追慕、孝敬祖先的重要方式。"孝"字的金文写作𦥑，是祭祀时对祖先有所奉献的形象，可见孝德有祖先崇拜的渊源。

三是尊老尚齿。尊老尚齿传统古已有之，《礼记·祭义》云："昔者有虞氏贵德而尚齿，夏后氏贵爵而尚齿，殷人贵富而尚齿，周人贵亲而尚齿。虞、夏、殷、周，天下之盛王也，未有遗年者。年之贵乎天下久矣！次乎事亲也。是故朝廷同爵则尚齿。七十杖于朝，君问则席。八十不俟朝，君问则就之。而弟达乎朝廷矣。行肩而不并，不错则随。见老者则车、徒辟。斑白者不以其任行乎道路，而弟达乎道路矣。居乡以齿，而老穷不遗，强不犯弱，众不暴寡，而弟达乎州巷矣。古之道，五十不为甸徒，颁禽隆诸长者，而弟达乎搜狩矣。军旅什伍，同爵则尚齿，而弟达乎军旅矣。孝弟发诸朝廷，行乎道路，至乎州巷，放乎搜狩，修乎军旅，众以义死之，而弗敢犯也。"虞、夏、殷、周时期无论是在朝廷、道路、乡里、搜狩、军旅等场合，老人都受到尊重。

尊老尚齿有深层的社会原因。一方面，老人操劳一生奉献社会，当他们年老体衰时应该得到社会的回报与关爱。另一方面，老者象征着经验和智慧。《国语·周语下·单襄公论晋周将得晋国》云："言智必及事。"中国古代智慧来源于人事经验的积累，因此智者多是年老角色。比如姜太公一出山就是七十多岁的老翁。另外，人们有着对长寿的执着追求。《诗经》"寿"字多达 31 处，长寿是周人求福的重要内容之一。许多表达长寿的成语都来自《诗经》，比如"万寿无疆""黄耇台背""黄发台背""南山之寿"等。父辈年高长寿，被子辈尊崇。最后，从社会治理的角度来讲，尊老尚齿有利于培养人的恭敬之心，构造和谐有序的社会，因此也得到主流意识的提倡。

四是父权至上。关于继嗣的方式，夏商周三代以前多传贤，夏代多传子，商代多传弟。周代宗法制度确立以后传子为常规，传弟为权宜，嫡长子继承制由此确立。在古代，嫡长子继承制是较为可行的继嗣方式。兄弟相及，依照长幼的顺序继位。但是在最小的弟弟继位之后仍然需要传给下一代，也就是说，传弟之后仍然需要传子。这时到底是按照父辈的顺序传给兄子，还是按照子辈的顺序传给长子，就造成了制度上的两难。并且传位数代之后同辈兄弟之间的年龄差距越来越大，往往出现幼弟年龄小而辈分高、兄子年龄大而辈分小的情况，极易引发矛盾。与之相比，父子相继，权力在上下两代人之间传承，从表面上看是剥夺了幼子的权力，但是它的稳定性要比前者强得多。王国维在《殷周制度论》中指出："夫舍弟而传子者，所以息争也。兄弟之亲本不如父子，而兄之尊又不如父，故兄弟间常不免有争位之事……使于诸子之中可以任择一人而立之，而此子又可任立其欲立者，则其争益甚，反不如商之兄弟以长幼相及者犹有次第矣。故有传子之法，而嫡庶之法亦与之俱生。"因此有学者曾指出，周公的伟大之处是他在新旧传统并行、自己可以顺理成章取得王位的情况下依然主动地归政成王，以巩固嫡长子继承制。也正是从周公开始，嫡长子继承制被正式确立下来。

  家庭以父权为中心，父辈的绝对权威被子辈推崇。宗族分为大宗、小宗。周王自称天子，是天下的大宗。天子的嫡长子继为天子，其他儿子被封为诸侯。诸侯在天子面前是小宗，在其封国则是大宗。诸侯的嫡长子继为诸侯，其他儿子被封为卿大夫。卿大夫在诸侯面前是小宗，在其采邑则是大宗。从卿大夫到士，也依此划分。因此嫡长子总是不同等级的大宗，也就是宗子。在宗族中，宗子是一族之长，拥有最高权力，拥有本族的神权、财权、兵权、法权，对本族成员有统率、管理、处分权，对所属劳动者有生杀大权。因此宗子地位极高，备受推崇。比如《礼记·内则》云："子弟犹归器，衣服、裘、衾、车马，则必献其上，而后敢服用其次也。"宗族子弟如果受到馈赠，要把其中最好的部分献给宗子。总之，嫡长子拥有宗族大权，这些权力都从父辈那里传承而来，因此便强化了父辈的权威和子辈的孝敬。

血缘亲情的自然情感、祖先崇拜的心理基础、尊老尚齿的社会风尚、父权至上的嫡长子继承方式,共同使得"孝"德成为《诗经》时代最基础、最重要的德性。

(一) 孝敬父母

赡养父母是孝德的基本要求。《诗经》征役诗抒发着征夫家国不能两全、不能赡养父母的悲伤情绪。比如"虽则如毁,父母孔迩"(《周南·汝坟》),"王事靡盬,不能艺黍稷,父母何食"(《唐风·鸨羽》),"王事靡盬,忧我父母"(《小雅·杕杜》),征夫远行服役,不能奉养父母。孝敬父母不仅体现在赡养父母,还体现在使父母精神悦乐。《小雅·小弁》云:"维桑与梓,必恭敬止。靡瞻匪父,靡依匪母",对父母所栽之树都不敢不敬,对其人更是敬爱有加,"瞻"字生动地传达出对父母的敬爱,正所谓"孝子之有深爱者必有和气,有和气者必有愉色,有愉色者必有婉容"(《礼记·祭义》)。

《小雅·蓼莪》诗云:

> 蓼蓼者莪,匪莪伊蒿。哀哀父母,生我劬劳。
> 蓼蓼者莪,匪莪伊蔚。哀哀父母,生我劳瘁。
> 瓶之罄矣,维罍之耻。鲜民之生,不如死之久矣。
> 无父何怙?无母何恃?出则衔恤,入则靡至。
> 父兮生我,母兮鞠我。拊我畜我,长我育我,
> 顾我复我,出入腹我。欲报之德。昊天罔极!
> 南山烈烈,飘风发发。民莫不穀,我独何害!
> 南山律律,飘风弗弗。民莫不穀,我独不卒!

蓼是一种野菜,香美可食,环根丛生,故又名抱娘蒿,比喻人能成才且

孝顺。蒿、蔚皆不能食,比喻人不能成材、不能尽孝,诗人以此自比。瓶从罍中取水,瓶子空了是因为罍不能供应。以罍比喻儿子,以瓶比喻父母,父母不能从子女这里得到供养。诗篇描写父母养育自己的辛劳,如今儿子已经长大,想要报答父母的恩情,但是他们却已经不在人世。诗篇将"子欲养而亲不待"的自责与遗憾表现得淋漓尽致。

《邶风·凯风》诗云:

> 凯风自南,吹彼棘心。棘心夭夭,母氏劬劳。
> 凯风自南,吹彼棘薪。母氏圣善,我无令人。
> 爰有寒泉,在浚之下。有子七人,母氏劳苦。
> 睍睆黄鸟,载好其音。有子七人,莫慰母心。

《诗小序》认为该诗赞美孝子:"《凯风》,美孝子也。卫之淫风流行,虽有七子之母,犹不能安其室,故美七子能尽其孝道,以慰母心,而成其志尔。"[①]诗篇以和煦的南风吹拂酸枣树嫩芽作为开头,将南风比喻为温柔的母爱,母亲辛勤抚养孩子长大,就像温暖的南风长养万物。酸枣树刚刚发芽的时候颜色红润,因此称为棘心。"棘心夭夭,母氏劬劳",儿子很小的时候都是母亲在身边给予无微不至的照顾,就像树的嫩芽需要时时呵护。"棘薪"指酸枣树成熟。酸枣树已经成熟到可以当柴烧了,但是自己却没有成材,做得还远远不够。寒泉因为有源头而流淌不息,带着七个儿子的母亲始终辛勤操劳。黄雀的声音婉转动听,但是七个儿子却不能用动听的语言来使母亲高兴。诗篇描写母亲辛勤养育孩子,孩子却不能尽孝。孝敬父母要在理智的基础上爱之敬之,而不是一味地愚从。《邶风·

---

① 十三经注疏整理委员会:《十三经注疏·毛诗正义》,北京大学出版社1999年版,第133页。

二子乘舟》批判两位公子的愚孝行为。故事发生在卫国,宣姜本来应该嫁给太子伋,但是被太子伋的父亲卫宣公霸占。卫宣公迎娶宣姜之后生下儿子寿、朔。宣姜为了让自己的儿子朔成为太子,于是向卫宣公进献谗言,杀掉太子伋。卫宣公原本就因为强娶儿媳而心存芥蒂,因此决心杀掉太子伋。寿得知后告知太子伋,让太子伋赶快逃跑,太子伋不听劝阻。寿只能佯装为其送行,把他灌醉之后代替他上路。公子寿于是被杀手杀害。太子伋酒醒之后驾船追赶,发现寿已经被杀,伋悲痛万分,也慷慨赴死。卫宣公昏庸无道,两个儿子本来应该弃而远之。但是依然愚从父命,令人扼腕叹息。方玉润《诗经原始》评价两位公子"沾沾固守小节,不达权变"。诗篇"愿言思子,中心养养""愿言思子,不瑕有害"的悲叹,体现着对二子愚孝行为哀其不幸、怒其不争的复杂情感。

(二) 祭祀祖先

祭祀祖先源于对灵魂不死的恐惧,是周人追孝的重要方式。"祭者,所以追养继孝也"(《礼记·祭统》),祭祀是"事死如事生,事亡如事存"(《礼记·中庸》)地对已经逝去的亲人尽孝。《诗经》多用"孝"字来形容祭祀活动的相关细节。请祖先神灵享用祭品称为"孝""享",比如"苾芬孝祀,神嗜饮食"(《小雅·楚茨》),"率见昭考,以孝以享"(《周颂·载见》)。

周人以虔敬态度开展祭祀活动。《礼记·祭义》云:"孝子之祭可知也:其立之也敬以诎,其进之也敬以愉,其荐之也敬以欲,退而立如将受命,已彻而退敬齐之色不绝于面。"孝子进行祭祀活动,站立时恭敬而身体微屈,前进时恭敬而愉悦,进献祭品时恭敬而柔顺,后退时如同即将接受亲人的命令,祭毕撤除祭品时依然保留恭敬庄重的容色。周人往往借助美酒佳肴、音乐舞蹈、肃穆威仪等来表达对祖先的恭敬,比如"自堂徂基,自羊徂牛,鼐鼎及鼒,兕觥其觩,旨酒思柔"(《周颂·丝衣》),"钟鼓喤喤,磬筦将将,降福穰穰"(《周颂·执竞》),"丝衣其𬘘,载弁俅俅①"(《周颂·丝衣》),"有来雝雝,至止肃肃,相维辟公,天子穆穆"(《周颂·雍》)。

《周颂·维天之命》为周成王祭祀周文王之作。《雅》《颂》有许多诗篇都是赞美周文王的,这首诗就是其中之一,体现了周文王在周人心中的至高神圣地位。诗篇赞美周文王上承天命,品德纯粹。周文王的功德恩泽后代,后世子孙应当继承周文王的功德并将其发扬光大。诗人将周文王与天命联系起来,又点明自己与周文王的亲密关系,这样自己作为周文王的子孙就与天命直接相关,而且预示着这种天命会一直流传下去。"曾孙笃之"体现了子孙的虔敬之心。

《周颂·雝》是一首周王祭祀先祖的乐歌。"有来雝雝,至止肃肃",人们在前来祭祀的路上神色愉悦,等到了庙堂就全都肃穆起来,衬托出了庙堂的威严,祭祀的庄重。主祭者是天子,诸侯和公卿们都前来助祭。"天子穆穆",主祭者神情肃穆,再次凸显祭祀的庄重。献祭一只肥美的公畜,协助办好这场祭祀活动。祭品的丰美体现了对祭祀活动的重视。"假哉皇考"是对皇考的深切呼唤。接着赞美皇考的文治武功使国家得以安定,福泽子孙后代,后世兴旺发达。主祭者进一步请求皇考保佑长寿,赐予福祉。最后以美酒献祭皇考和皇妣。古代帝王的先妣不再另外立庙,往往附于先王庙一起接受祭祀,此诗也同时表达了对先妣的怀思和祝祷。诗篇不仅描述了祭祀皇考的具体过程,记录了祭祀的祷词,还特意交代了父母合祭这一形式。

关于《周颂·闵予小子》,《诗小序》云:"《闵予小子》,嗣王朝于庙也。"②此诗是周成王遭遇父亲周武王之丧,将要执政时朝拜祖庙祭告周武王以及祖父周文王的诗。周成王继位的时候尚且年幼,无法亲自操持

---

① 𬘘,洁白鲜明;俅俅,冠饰美丽之貌。
② 十三经注疏整理委员会:《十三经注疏·毛诗正义》,北京大学出版社 1999 年版,第 1343 页。

国家大事，因此由周公辅政，引领他积累执政能力。这篇祭祀祷文虽然是以第一人称写就，但可想而知应该是出自周公的手笔。诗篇首先介绍自己目前的境遇，遭遇父皇的去世，幼小孤苦。"念兹皇祖，陟降庭止"，在朝的旧臣都是文王亲手提拔的，曾经为文王鞍前马后，又辅佐武王一举克商。到了今天，又该来辅佐成王守护基业了。"念兹皇祖，陟降庭止"一句传达了希望继续得到群臣衷心效力的愿望。祭文赞美文王使周族兴盛，赞美武王一统天下。先祖们都具有如此重要的功绩，成王也在此勉励自己，在先祖神明和群臣面前表示自己将继承先祖的荣光，守好祖先的基业。成王是文王的孙子，武王的儿子，但继承王位之时尚且年幼，无法掌控全局，因此周公不得不将他的身份优势放大，以使那些老臣都能以对待文王、武王之心来对待成王。"继序"一词点明了全诗的主旨，它不仅表明成王将继承祖先的基业，也表示期待老臣继续发扬忠心。

（三）善继善述

周朝是中国历史上存续时间最长的朝代之一，自公元前1046年持续至公元前256年，共有37位帝王，分为西周和东周两个时期。武王姬发建立西周，标志着商朝的灭亡和周朝的开始。继承前人的典章、品德、功业是行孝的重要内容，对统治者尤其如此。周人将继承前代美德视为行孝的重要方式。《诗经》批判商纣不能沿用成汤旧典导致灭亡。商纣暴虐无道，不用旧典，招致祸患。《大雅·荡》云："咨女殷商，匪上帝不时，殷不用旧。虽无老成人，尚有典刑。曾是莫听，大命以倾。"殷商的覆灭并非上帝不善，而是商纣丢弃前代典刑。《逸周书·商誓解》亦云："昏忧天下，弗显上帝，昏虐百姓，弃天之命，上帝弗显，乃命朕文考曰：'殪商之多罪'，今纣弃成汤之典，肆上帝命我小国曰'革商国'。"这里指出了商纣因背弃成汤之典而招致灭亡。

《诗经》美德论

1. 太王、王季、文王的功业传承

《大雅·皇矣》诗云:

> 皇矣上帝,临下有赫。监观四方,求民之莫。维此二国,其政不获。
> 维彼四国,爰究爰度。上帝耆之,憎其式廓。乃眷西顾,此维与宅。
> 作之屏之,其菑其翳。修之平之,其灌其栵。启之辟之,其柽其椐。
> 攘之剔之,其檿其柘。帝迁明德,串夷载路。天立厥配,受命既固。
> 帝省其山,柞棫斯拔,松柏斯兑。帝作邦作对,自大伯王季。维此王季,
> 因心则友。则友其兄,则笃其庆,载锡之光。受禄无丧,奄有四方。
> 维此王季,帝度其心。貊其德音,其德克明。克明克类,克长克君。
> 王此大邦,克顺克比。比于文王,其德靡悔。既受帝祉,施于孙子。
> 帝谓文王:无然畔援,无然歆羡,诞先登于岸。密人不恭,敢距大邦,
> 侵阮徂共。王赫斯怒,爰整其旅,以按徂旅。以笃于周祜,以对于天下。
> 依其在京,侵自阮疆。陟我高冈,无矢我陵。我陵我阿,无饮我泉,
> 我泉我池。度其鲜原,居岐之阳,在渭之将。万邦之方,下民之王。
> 帝谓文王:予怀明德,不大声以色,不长夏以革。不识不知,顺帝之则。
> 帝谓文王:询尔仇方,同尔弟兄。以尔钩援,与尔临冲,以伐崇墉。
> 临冲闲闲,崇墉言言。执讯连连,攸馘安安。是类是祃,是致是附,
> 四方以无侮。临冲茀茀,崇墉仡仡。是伐是肆,是绝是忽。四方以无拂。

《大雅·皇矣》记述太王、王季、文王的功业传承。诗篇首先讲述了西周为天命所归,古公亶父经营岐山,击退昆夷。然后讲述王季继承王位,

赞美王季的德行。最后重点描述文王伐密、灭崇的英雄事迹。这些都是周族得以发展壮大最后打败殷商的重要事件。太王、王季、文王都属于周王朝的开国人物，对周族的发展壮大以及周王朝政权的建立作出了重要贡献。因此诗篇极力赞美他们，同时也洋溢着对宗族的认同，对部族的热爱。周族原先是一个游牧民族，居住在今天的陕西、甘肃一带。传说从后稷开始，后稷做了帝尧的农师，带领周族以农桑为基业，初步建立国家，定都于邰地。到了公刘时期，带领族人迁移到豳地继续从事农业耕种，使周族更加兴旺起来。到了古公亶父时期，因为频繁受到戎狄的侵扰、昆夷的攻击，于是古公亶父带领周人迁移到岐山脚下的周原地区。古公亶父带领族人开垦荒地，建造宫室，建造城郭，发展农业，进一步促进了周族的壮大。古公亶父建立基业之后，儿子王季继承大业，进一步扩大了周族的福祉。古公亶父有三个儿子，分别是太伯、虞仲、王季。古公亶父非常喜爱王季，定立王位的时候太伯、虞仲纷纷推让，因而王季继承王位。王季的继位被认为是顺应天命，顺从父命，兄弟友爱的体现。诗篇赞美王季品德美好，他"克明克类，克长克君；王比大邦，克顺克比"，王季品德清明端正，能够明辨是非，得到万民的拥戴。到了文王时期，文王伐密伐崇，取得巨大胜利，使四方都来归附。可以看到，周王朝的政权正是在历代君王前仆后继的不断努力下取得的。

2. 文王、武王的功业传承

武王继承文王之典。《周颂·清庙》云："济济多士，秉文之德……不显不承，无射于人斯。"希望后世子孙继承文王之德。周文王治国有方，他的治国之策被称为"文王之典"，被尊为万世之法。《周颂·我将》云："仪式刑文王之典。"仪、式、刑都是效法之义，武王祭祀时表示自己将尊奉文王之典。在实际行动中武王也是这样做的。他之所以能够成功克商，一个重要原因就是沿用文王时期的旧典与老臣。《尚书·君奭》记载文王选拔虢叔、闳夭、散宜生、泰颠、南宫括五位贤人执政。武王时虢叔死,其余四人继续被重用,协助武王获得政权。武王建国后没有改元,也显示出对文王之典的延续。

3. 武王、成王、康王继承先王旧典

《大雅·下武》诗云：

> 下武维周,世有哲王。三后在天,王配于京。
> 王配于京,世德作求。永言配命,成王之孚。
> 成王之孚,下土之式。永言孝思,孝思维则。
> 媚兹一人,应侯顺德。永言孝思,昭哉嗣服。
> 昭兹来许,绳其祖武。于万斯年,受天之祜。
> 受天之祜,四方来贺。于万斯年,不遐有佐。

诗篇概述周代祖业的传承。太王、王季、文王三位先君开创的基业有武王、成王、康王来继承。周族从兴起、壮大、建国到实现天下大治,经历了几代君王的共同努力。太王带领周人迁岐,开垦荒地,建造都城。文王积善行仁,礼贤下士,化解虞芮的纷争,使小国纷纷前来归附,伐密伐崇,在丰地建立城邑。三分天下有其二,形成了对殷商的颠覆之势。但是还没等到大举攻商,文王便去世了。武王继位之后秉承文王的遗志,发扬文王的精神,在孟津会同诸侯举行观兵活动,最终发动牧野之战,一举击败殷商。打败殷商之后周武王分邦建国,初步建立国家形貌。但是还没有等到天下稳定,武王便先期死去。稳定大局的重任落到周公、成王身上。成王年幼,这时发生三监之乱,政权面临颠覆的威胁。于是周公亲自东征,平定三监之乱。等到大局初步稳定之后,周公制礼作乐,完善国家各项制度。成王能够继承祖先功业,进一步实现国家繁荣。康王继位,延续了成王时期的稳定局面。《下武》一诗按照时间顺序追忆历代周王的功绩,表达"善继善述"的理念。方玉润说:"康王继位,诸侯来贺,歌颂先世太王、王季、文武、成王之德,并及康王善继善述之孝而作。"①不得不说,以姬姓宗室为代表的善继善述意义上的"孝"德是周族生生不息、艰苦创业精神的高度概括。

《诗经》孝德区别于后世儒家的孝观念。在孔子那里,"生,事之以礼;死,葬之以礼,祭之以礼",孝德仅仅具有家庭伦理的性质。但是《诗经》时代的孝德因为天命观念的影响而不仅是家庭伦理,更有国家伦理与宗教伦理的性质,蕴含着敬天事鬼、尊敬祖先等含义。后世儒家的"孝"德因为人文理性进一步高扬、宗教观念进一步淡化而更多地体现为对父母的孝敬。

二、弟德思想

"悌"是中国文化的独创,西方文化中没有一个词与悌德相对应。中国人自古重视兄弟排行。伯、仲、叔、季是一家之中同胞兄弟的排行次序。伯是老大,比如周文王长子伯邑考,周公长子伯禽。仲,表示排行老二。比如孔子为家中次子,所以字仲尼。叔,家中排行第三。如孔子之父叔梁纥,名纥,字叔梁。季,指家中最小的孩子。比如鲁国季孙氏是鲁桓公最小的儿子季友。孟也是老大的称呼,不过多指庶出的老大。比如孔子的同父异母哥哥孟皮,因为不是正妻所生,所以取名不用"伯"而用"孟"。

《诗》的时代尚无"悌"字而仅有"弟"字。《诗》"弟"字凡56处,其义有二。一为名词"弟弟"。比如"亦有兄弟,不可以据"(《邶风·柏舟》)。其中,兄弟一词共出现32处。二为固定搭配"岂弟",比如"岂弟君子,莫不

---

① 陈子展:《诗经直解》,复旦大学出版社2015年版,第900页。

令仪"(《小雅·湛露》)。"岂弟"指和乐、平易的处世态度,一定意义上可以说是"弟"德的泛化。该词共出现 19 处。孔子云:"其为人也孝悌,而好犯上者,鲜矣;不好犯上,而好作乱者,未之有也。"(《论语·学而》)进一步指出了孝悌之德的重要性。

(一) 兄弟手足之情

《小雅·常棣》诗云:

> 常棣之华,鄂不韡韡。凡今之人,莫如兄弟。
> 死丧之威,兄弟孔怀。原隰裒矣,兄弟求矣。
> 脊令在原,兄弟急难。每有良朋,况也永叹。
> 兄弟阋于墙,外御其务。每有良朋,烝也无戎。
> 丧乱既平,既安且宁。虽有兄弟,不如友生?
> 傧尔笾豆,饮酒之饫。兄弟既具,和乐且孺。
> 妻子好合,如鼓瑟琴。兄弟既翕,和乐且湛。
> 宜尔室家,乐尔妻帑。是究是图,亶其然乎?

常棣即唐棣,又名"栘"或"枎栘",蔷薇科落叶小乔木。常棣花开常两三朵相依相偎,比喻兄弟亲密团结。"凡今之人,莫如兄弟",在以血缘关系为纽带的部族家庭中,兄弟之情弥足珍贵。每有死丧急难,都是兄弟前来相助。兄弟之间即便偶有争执,仍会共同抵御外侮。《颜氏家训·兄弟》云:"兄弟者,分形连气之人也。"兄弟同胞异形同气,死生苦乐都是紧密联系的。但是在贵族之家,兄弟之间却常常因为争权夺利而刀剑相向。比如西周初年发生管蔡之乱。毛诗据此认为《常棣》为成王时期周公所作。《诗小序》云:"《常棣》,燕兄弟也。闵管、蔡之失道,故作

《常棣》焉。"①西周末年统治阶级内部发生更多手足相残的事,因此《左传》认为此诗为厉王时期召穆公②所作。《左传·僖公二十四年》云:"召穆公思周德之不类,故纠合宗族于成周,而作诗曰:'常棣之华'。"《常棣》的作者究竟是谁,尚无定论。但可以确定的是此诗的目的在于弘扬"弟"德,深刻反映了周人的伦理观念。"弟"德促进兄弟亲近,家族和睦。"兄弟既具,和乐且孺。妻子好合,如鼓瑟琴。兄弟既翕,和乐且湛。宜尔室家,乐尔妻帑。"兄弟和睦对家庭幸福、宗族团结具有重要意义。《正义》云:"兄弟者,共父之亲。推而广之,同姓宗族皆是也。故经云:'兄弟既具,和乐且孺。'则远及九族宗亲,非独燕同怀兄弟也。"③由兄弟之谊推广至家族,推进了整个家族的团结和睦。

(二)政治联盟之谊

在宗法分封制度之下,政治联盟尽为兄弟之国。弟德不仅对于维护手足亲情、家族和睦具有重要作用,对稳定政治统治也具有重要意义。周初分封诸侯七十一个,姬姓诸侯五十三个。武王有同母兄弟共十人,长兄伯邑考早亡,其余八人都是武王之弟,他们是管叔鲜、周公旦、蔡叔度、曹叔振铎、成叔武、霍叔处、康叔封、冉季载。根据《史记·管蔡世家》记载,只有"康叔封、冉季载皆少,未得封",其余六人都有封国。武王另有异母弟八人,被封在毛、郜、雍、滕、毕、原、酆、郇,见于

---

① 十三经注疏整理委员会:《十三经注疏·毛诗正义》,北京大学出版社1999年版,第568页。
② 召穆公即召虎,召公奭的后代。厉王暴虐,国人暴动,召穆公把太子靖即后来的周宣王藏在家中,以自己儿子替死。厉王死后,周宣王继位,召穆公与周定公辅佐周宣王,称"周召共和"。宣王曾命召虎平定淮夷。
③ 十三经注疏整理委员会:《十三经注疏·毛诗正义》,北京大学出版社1999年版,第568页。

《左传·僖公二十四年》。这些诸侯国都是周王朝的兄弟之国,可见兄弟宗族是维护宗周统治的核心力量。《大雅·板》云:"大邦维屏,大宗维翰,怀德维宁,宗子维城,无俾城坏,无独斯畏。"大国好比屏障,宗子好比城墙,团结他们以防止孤立无援。《左传·僖公二十四年》云:"捍御侮者,莫如亲亲,故以亲屏周",兄弟手足在维护宗法分封统治中具有支柱作用。

周公是"弟"德的典范。根据《白虎通义·姓名》《烈女传·母仪传·周室三母》等文献记载,文王之妻太姒生有十个儿子,分别为长伯邑考、次武王发、次周公旦、次管叔鲜、次蔡叔度、次曹叔振铎、次霍叔武、次成叔处、次康叔封、次聃季载。伯邑考早夭,武王发继位。《逸周书·世俘》记载武王一并告祭历代先祖"太王、太伯、王季、虞公、文王、邑考",伯邑考赫然在列。武王及周公将伯邑考与历代先祖等同视之,可以看到对兄长的敬爱。周公辅佐周武王更是尽心竭力。《尚书·金縢》记载武王克商第二年病重不愈,周公"乃自以为功,为三坛同墠①"(《尚书·金縢》)。周公把自己作为质,建筑三座祭坛,向先王祷告说:"惟尔元孙某,遘厉虐疾。若尔三王,是有丕子之责于天,以旦代某之身。予仁若考,能多材多艺,能事鬼神。乃元孙不若旦多材多艺,不能事鬼神。"(《尚书·金縢》)周公表示愿意用自己的生命代替武王而死,服侍先王之灵,这一事件被后世称为"周公代祝",深刻体现了周公对武王的爱护。武王死后周公谨守托孤遗命,立太子诵。周公本人则以摄政身份鞠躬尽瘁,辅助成王稳定乱局。周公对周王室真正做到了仰不愧于天、俯不怍于地。后来周公将团结兄弟宗族的理念教导给即将奔赴鲁国的儿子伯禽,说"君子不施②其亲"(《论语·微子》),告诫儿子不要疏远亲族。

---

① 墠,祭祀场地。
② 施,通"弛",怠慢。

宗法分封制度下的周人极为重视兄弟之情、亲族之谊。《小雅·伐木》中的"以速诸父""以速诸舅""兄弟无远",指兄弟手足到宗族内外合宴而欢。血缘纽带使政治统治成为家族政治,家族政治又内在地要求族人亲爱和睦、情同手足。周代"弟"德对促进兄弟团结、家族和睦、国势稳定具有重要意义。在后世,随着宗法分封制度的解体,在国家政治中"弟"德逐渐失去了制度依托。然而作为人类最初的朴素道德理念,"弟"德一直流传下来。

三、婚恋伦理

周代的婚姻之礼体现了周人对家庭和婚姻生活的规划与建设。同时,周代又保留着一定的上古遗风,可以自由、大胆追求爱情。

(一) 周代婚制

周代贵族实行一夫多妻制,庶人实行一夫一妻制。具体婚姻形式有聘娶婚、野合婚、媵婚、赘婚等。

1. 聘娶婚

聘娶婚的形式始发于商代,成熟于周代,普遍流行于秦汉以后,是我们今天婚姻形式的源头。它有六个程序,即《礼记·昏义》记载的"六礼",纳采、问名、纳吉、纳征、请妻、亲迎。一是纳采,即男方派媒人携带礼物到女方家中提亲。纳采的礼物一般为雁,《仪礼·士昏礼》曰:"昏礼下达,纳采用雁。"雁出双入对,寓意双方好事将成。雁乃诚信之鸟,秋去春来,象征婚爱坚贞。二是问名,也就是男方托媒人备礼前往女方家中,询问女方父母的姓氏,女子的名号、排行、出生年月等信息,卜卦以测其吉凶。三是纳吉,也就是男方在问名、合八字之后,将占卜的吉兆通知女方,并向女方送礼订婚。占卜的方式是龟卜,将龟壳烧灼之后龟壳横裂是凶兆,不宜成婚;龟壳竖裂是吉兆,适宜成婚。《卫风·氓》中的"尔卜尔筮,体无咎言。以尔车来,以我贿迁"就是男子占卜吉利,将要举行婚礼。四是纳征,也就是男方向女方送聘礼。聘礼是五两帛,即五两丝绸布。"两"不是重量单位而是长度单位,一两有 40 尺长,五两即 200 尺长,在当时可以购买一个奴隶,是一笔不小的财富。《大雅·大明》云:"文王嘉止,大邦有子。大邦有子,俔天之妹。文定厥祥,亲迎于渭。""文定"说的就是纳币订婚。《郑笺》云:"问名之后,卜而得吉。则文王以礼定其吉祥,谓使纳币也。"五是请期,也就是男方送聘礼之后,派媒人请女家择定成婚吉日。六是亲迎,即新婿亲自前往女方家中迎娶新娘。婚礼仪式分为三个环节,第一个环节是"共牢而食"(《礼记·昏义》),即同席而餐;第二个环节是"合卺①同酥",也就是新郎新娘共饮合欢酒同吃一块糖;第三个环节是"合体"入洞房。《齐风·著》反映的就是亲迎之礼,诗云:"俟我于著乎而,充耳以素乎而,尚之以琼华乎而。俟我于庭乎而,充耳以青乎而,尚之以琼莹乎而。俟我于堂乎而,充耳以黄乎而,尚之以琼英乎而。"新娘看到前来亲迎的新郎光彩夺目,赞叹不已。周代礼不下庶人,"六礼"主要通行于贵族社会,但其基本程序也已在民间流行,只是限于平民财力微薄,形式相对简单。聘娶婚是周代最正式的婚姻形式。《礼记·内则》云:"聘则为妻,奔则为妾。"受聘出嫁的是妻,不聘而嫁的是妾,这种婚姻观念对后世影响深远。

白居易《井底引银瓶》诗云:

---

① 合卺,卺即瓢,把一个匏瓜剖成两个瓢,新郎新娘各执其一饮酒。匏瓜味苦,夫妻合卺,意寓同甘共苦。宋代以后,合卺演变为喝交杯酒。

井底引银瓶,银瓶欲上丝绳绝。
石上磨玉簪,玉簪欲成中央折。
瓶沉簪折知奈何?似妾今朝与君别。
忆昔在家为女时,人言举动有殊姿。
婵娟两鬓秋蝉翼,宛转双蛾远山色。
笑随戏伴后园中,此时与君未相识。
妾弄青梅凭短墙,君骑白马傍垂杨。
墙头马上遥相顾,一见知君即断肠。
知君断肠共君语,君指南山松柏树。
感君松柏化为心,暗合双鬟逐君去。
到君家舍五六年,君家大人频有言。
聘则为妻奔是妾,不堪主祀奉蘋蘩。
终知君家不可住,其奈出门无去处。
岂无父母在高堂?亦有亲情满故乡。
潜来更不通消息,今日悲羞归不得。
为君一日恩,误妾百年身。
寄言痴小人家女,慎勿将身轻许人!

诗篇描写一位女子因私奔而不受夫家待见的事。杨柳青青的好时节,女子对男子一见钟情,于是毅然决然地跟随男子私奔。女子未经明媒正娶,所以到了夫家以后家庭地位极为低下,甚至没有助祭的资格。可以看到在当时的社会理念之下,私奔为女子带来了莫大的羞辱和痛苦。"聘则为妻奔是妾"表达了没有经过礼法嘉许的结合,即使两人爱情坚贞也不能得到他人的认可。这时女子感慨不要轻易终身许人。但是,实际上女性遭到背弃并非只是因为"不聘而嫁"。聘娶婚虽然用隆重的礼节仪式彰显婚姻的重要性,但女性仍然常常被以莫须有的借口而遭到抛弃。比如

《卫风·氓》由"尔卜尔筮"为"六礼"之一的纳吉之礼来看,这是一桩明媒正娶的聘娶婚,但明媒正娶也并未给女子带来稳定的家庭生活,而是遭到了丈夫的背弃。

周代聘娶婚将父母之命、媒妁之言置于重要地位。"娶妻如之何,必告父母"(《齐风·南山》),"将仲子兮,无逾我里,无折我树杞。岂敢爱之,畏我父母。仲可怀也,父母之言,亦可畏也"(《郑风·将仲子》),体现了父母的意见对于恋爱婚姻的决定性影响。《周礼》记载周代设有"媒氏"一职,掌管婚姻大事。《周礼·地官司徒·叙官》云:"媒氏,下士二人,史二人,徒十人。"郑玄注:"媒之言谋也,谋合异类,使和成者。"媒氏居中牵连,是聘娶婚中的重要一环。六礼中除了亲迎之外的其他五礼都必须有媒人的参与。关于媒氏在婚姻中的重要性,《诗经》多有体现。比如《齐风·南山》云:"析薪如之何?匪斧不克。娶妻如之何?匪媒不得。"《豳风·伐柯》云:"伐柯如何?匪斧不克。取妻如何?匪媒不得。"《卫风·氓》云:"匪我愆期,子无良媒。"可以看到父母之命、媒妁之言在周代婚姻中的重要性。孟子也曾指出:"不待父母之命,媒妁之言,钻穴隙相窥,逾墙相从,则父母、国人皆贱之。"(《孟子·滕文公下》)

2. 野合婚

社会动乱时期为了繁衍人口、富国强兵,周礼规定男子结婚不得超过三十岁,女子不得超过二十岁。超龄未婚者,政府将组织他们在仲春相会。这时男女私订终身属于合礼行为,无故不参加者还会受罚。即《周礼·地官司徒·媒氏》所云:"令男三十而娶,女二十而嫁。仲春之月,令会男女。于是时也,奔者不禁。若无故而不用令者,罚之,司男女之无夫家者而会之。"仲春之会又叫上巳节。旧俗以此日临水祓除不祥,称修禊。后将其固定在三月三日,故又名"三月三"。上巳节与女娲有关,女娲"职婚姻,通行媒",教男女婚配,繁衍后代,被人们尊为神禖、高禖、皋禖。因此,祭祀高禖、仲春之会、上巳修禊指的都是同一个节日。后来随着文明的进步,与上巳节相伴随的性行为逐渐消失,礼仪也发生巨变。比如原来的"临水浮卵"活动到晋代已经演变成了曲水流觞、文人赋诗的雅兴活动。王羲之"暮春之初,会于会稽山阴之兰亭,修禊事也……引以为流觞曲水,列坐其次"(《兰亭集序》)说的就是此节。杜甫"三月三日天气新,长安水边多丽人。态浓意远淑且真,肌理细腻骨肉匀"(《丽人行》)说的也是此节。《诗经》有对仲春之会的大量记载。比如《郑风·野有蔓草》"邂逅相遇,与子偕臧",《鄘风·桑中》"期我乎桑中,要我乎上宫,送我乎淇之上矣",《郑风·溱洧》"溱与洧,方涣涣兮,士与女,方秉蕳兮",《召南·摽有梅》"摽有梅,顷筐塈之,求我庶士,迨其谓①之"。

《郑风·野有蔓草》诗云:

野有蔓草,零露漙兮。有美一人,清扬婉兮。邂逅相遇,适我愿兮。

野有蔓草,零露瀼瀼。有美一人,婉如清扬。邂逅相遇,与子偕臧。

《郑笺》云:"蔓草而有露,谓仲春之时,草始生,霜为露也。"②《郑风·野有蔓草》描写的是发生在仲春之会的田园牧歌般的自由恋爱。在莺飞草长的郊外邂逅丽人,两人一见钟情,于是便双双潜入树林深处比翼而飞。那修长的蔓草、晶莹的露珠都是一语双关,蕴含着暧昧的隐喻,引发着无限的联想。"邂逅相遇,适我愿兮",这场畅快淋漓的艳遇满足了对爱情的渴望。

---

① 谓通"会",指仲春之会。
② 十三经注疏整理委员会:《十三经注疏·毛诗正义》,北京大学出版社1999年版,第320页。

《郑风·溱洧》诗云:

　　溱与洧,方涣涣兮。士与女,方秉蕳兮。女曰观乎?士曰既且。
　　且往观乎?洧之外,洵訏且乐。维士与女,伊其相谑,赠之以勺药。
　　溱与洧,浏其清矣。士与女,殷其盈矣。女曰观乎?士曰既且。
　　且往观乎?洧之外,洵訏且乐。维士与女,伊其将谑,赠之以勺药。

　　诗篇是描写郑国上巳节青年男女在溱水和洧水岸边游春的诗。周代为了繁衍人口,规定仲春之月是开放月,"仲春之月,令会男女,于是时也,奔者不禁"(《周礼·媒氏》)。在上巳节这天,人们在水中洗去尘垢,祓除不祥,祈求获得幸福。男男女女也在这时互相表达爱意。"溱与洧,方涣涣兮",春天来了,冰雪消融,溱水与洧水哗哗流淌,带来暖风荡漾的春意。在这春意盎然的时节,人们也摆脱了一个寒冬的困扰,从蛰伏状态中走出来,走向春意萌发的大地。"士与女,方秉蕳兮",人们手里拿着嫩绿的兰草,祈愿祓除不祥,同时也蕴含着对爱情的期待开始了这次仲春之游。女子说:"我们去那边看看吧。"男子回答说:"那边已经去过了。"女子说:"陪我再去一次又何妨。"男女青年欢快的调笑中洋溢着对爱情的热情追求,他们手中的芍药更是爱情的象征。这首诗描写的正是仲春之会男女的自由搭配与结合,按照郑卫之地的风俗习惯,这种行为是合宜的。求爱的双方有平等的权利,无论是男子主动邀请女子,还是女子主动邀请男子都是可以的。

　　《召南·摽有梅》诗云:

　　摽有梅,其实七兮。求我庶士,迨其吉兮。

摽有梅，其实三兮。求我庶士，迨其今兮。

摽有梅，顷筐塈之。求我庶士，迨其谓之。

这是女子主动求爱的诗。女子在男女自由求偶的集会上歌唱此诗，就是想引起男子们的注意。暮春时节梅子纷纷成熟，见到这个场景，女子想到自己年华流去，引起无限的感伤，于是唱出这首诗，呼唤男子们快来追求她。"其实七兮""其实三兮""顷筐塈之"，梅子越来越少，暗喻少女的青春越来越少，男子们应当"有花堪折直须折"。作为求爱诗的原型，《摽有梅》构建了一种以花草盛衰比喻青春消长的独特的抒情模式。其后的《金缕衣》"有花堪折直须折，莫待无花空折枝"，《牡丹亭》"良辰美景奈何天"，《红楼梦》"花谢花飞花满天"等，都是这一原型的艺术变种。

3. 媵婚

周代贵族实行一夫多妻制，媵婚制度应运而生。媵婚即妹随姊嫁、侄随姑嫁，姊妹姑侄共侍一夫。若为两国联姻，那么媵不仅可以是本国同姓之女，还可以由别国配送。因此媵又分为同姓、异姓两种。媵婚制度实行于天子、诸侯阶层；卿大夫、士阶层则没有媵制。媵婚制度在《诗经》中多有反映。比如《齐风·敝笱》"齐子归止，其从如云"，《郑笺》云："其从，侄娣之属"[1]，也就是陪嫁女子。《卫风·硕人》"庶姜孽孽，庶士有朅"，《诗集传》云："庶姜，谓侄娣"[2]，也就是姊妹姑侄等陪嫁女子。《大雅·韩奕》"诸娣从之，祁祁如云"，《毛传》云："诸侯一娶九女，二国媵之。诸娣，众妾也。"[3]

---

[1] 十三经注疏整理委员会：《十三经注疏·毛诗正义》，北京大学出版社1999年版，第350页。

[2] ［宋］朱熹：《诗集传》，中华书局2011年版，第48页。

[3] 十三经注疏整理委员会：《十三经注疏·毛诗正义》，北京大学出版社1999年版，第1235页。

在媵婚制度下,女性沦为维系宗族、国家关系的手段和工具。娣、侄陪嫁一是为了避免男子再娶他姓女子与正妻争宠,防止内宫大权旁落;二是为了避免下一代继承权旁落,以维持缔结婚姻的两姓家族牢固的合作关系。媵婚女子用自己柔弱的肩膀担负起"附远厚别"(《礼记·郊特牲》)的重任,她们既没有婚姻自主权,也没有婚后生活的平等权,其自由和幸福完全是谈不上的。

4. 赘婚

赘婚也就是男方到女方家成亲落户的婚姻形式。《大雅·绵》云:"古公亶父,来朝走马。率西水浒,至于岐下。爰及姜女,聿来胥宇。"古公亶父从豳地来到岐山脚下,和姜姓女酋长结婚同居,这是典型的赘婚形式。

《诗经》反映出周代婚制呈现多元化的特点。以男子为中心,女性处于弱势地位。周代女性地位较低的状况还体现在其他方面。第一,周代有着重男轻女的社会风气。《小雅·斯干》云:"乃生男子,载寝之床。载衣之裳,载弄之璋。其泣喤喤,朱芾斯皇,室家君王。乃生女子,载寝之地。载衣之裼,载弄之瓦①。无非无仪,唯酒食是议,无父母诒罹。"②如果生的是男孩,他可以睡床,穿锦衣华服,赏玩白玉,将来治国理政。如果生的是女孩,她只能睡地板、穿抱被、玩针线,少言顺从,操持家务。可以看到当时较为浓厚的重男轻女的社会风气。第二,周代妇女从政受到诸多歧视。殷商时期虽然属于男权统治,但郭沫若根据王位兄终弟及、尊崇先妣、多父多母的现象,得出商代没有完全脱离母系社会的结论,③女性地位相对较高。殷商女性在经济、宗教、军事等方面都发挥着重要作用。贵族女性拥有独立的财产、居住地,与周代诸侯的待遇相当。比如"好"

---

① 瓦,纺锤,纺织用具。
② 该诗也是古代称生男生女为"弄璋之喜""弄瓦之喜"的由来。
③ 郭沫若:《中国古代社会研究》,商务印书馆2011年版,第15页。

"尚""衣""见"诸邑,分别是妇好、妇尚、妇衣、妇见的封地。祭祀中的神职人员往往也由贵族女性担任。妇好等贵族女性曾为商王率兵出征。但是到了周代,女性则只能从事养蚕纺织等低级劳动。《大雅·瞻卬》诗云:"妇无公事,休其蚕织。"郑玄注:"妇人无与外政,虽王后犹以蚕织为事。"[①]上至王后在内的妇女都只能从事蚕织等低级劳动。《大雅·瞻卬》"哲夫成城,哲妇倾城",指责女子参与政事,祸乱朝政,"女子祸水论"也从那时流行起来。由婚姻制度以男子为中心、社会观念重男轻女、女子被排除在国家政治权利之外等现象,可以看到周代女性社会地位较为低下的事实。

(二)《关雎》:以色喻于礼

《周南·关雎》位于诗三百的首篇,其重要性不言而喻。诗云:

> 关关雎鸠,在河之洲。窈窕淑女,君子好逑。
> 参差荇菜,左右流之。窈窕淑女,寤寐求之。
> 求之不得,寤寐思服。悠哉悠哉,辗转反侧。
> 参差荇菜,左右采之。窈窕淑女,琴瑟友之。
> 参差荇菜,左右芼之。窈窕淑女,钟鼓乐之。

《关雎》是《诗经》三百篇之首。历代都十分重视对《关雎》的阐释,对其诗旨的阐释有教化说、讽刺康王说、后妃之德说、思慕贤才说、爱情婚姻说等。孔子强调《关雎》"乐而不淫,哀而不伤"。汉儒认为《关雎》是温柔

[①] 十三经注疏整理委员会:《十三经注疏·毛诗正义》,北京大学出版社 1999 年版,第 1259 页。

敦厚之作，三家诗认为它是针对"康王晏起"的刺诗，毛诗认为该诗美"后妃之德"。宋儒朱熹认为《关雎》的"君子""淑女"具体指文王、大姒，实际上也是汉儒"后妃之德"理论的发挥。明代中后期以情反理，爱情恋歌的观点成为文学作品中的新声。清代回归儒家的诗教传统，同时出现了独立思考派。近代诗经学颠覆经学传统，出离文本的编排之义，认为《关雎》是男女情爱之诗。20世纪80年代以来学者分析《诗经》"诗"与"经"的双重意蕴，结合出土文献《孔子诗论》等，认同《孔子诗论》关于《关雎》主旨"以色喻于礼"的论断。

20世纪《诗经》出土文献相对比较丰富，有敦煌卷子《诗经》写本、吐鲁番《毛诗》残卷、甘肃武威汉简《仪礼》所论《诗经》、汉魏洛阳故城太学遗址新出土的汉石经残石、山东临沂银雀山汉墓出土《晏子春秋》中引《诗》一句、河北定县汉墓竹简《论语》所论《诗经》、汉马王堆帛书《五行》中引《诗》、安徽阜阳竹简《诗经》、河北平山县出土"平山三器"铭文的引《诗》、汉鲁诗镜、郭店1号楚墓的《郭店》楚简、江苏连云港尹湾汉简《神乌赋》所引《诗》、上海博物馆藏战国竹简《孔子诗论》等。其中最具代表性的就是《孔子诗论》，它直接点明"诗三百"的题旨与诗义。其中，《关雎》部分占据简文的第十简、十四简、十二简、十三简、十五简、十一简、十六简的上半部分。相关释文如下：

《关雎》之改，《樛木》之时，《汉广》之智，《鹊巢》之归，《甘棠》之保，《绿衣》之思，《燕燕》之情，曷？曰：童而皆贤于其初者也。《关雎》以色喻于礼，……两矣，其四章则喻矣。以琴瑟之悦拟好色之愿，以钟鼓之乐（之）好，反内于礼，不亦能改乎？《樛木》福斯在君子，不……可得，不攻不可能，不亦知恒乎？《鹊巢》出之以百两，不亦有离乎？《甘[棠]》及其人，敬爱其树，其保厚矣。甘棠之爱，以召公……情，爱也。《关雎》之改，则其思益矣。《樛木》之时，则有其禄也。《汉广》之智,则知不可得也。《鹊巢》之归,则离者……[召]公也。《绿衣》之忧,思古人也。《燕燕》之情,以其独也。①

"以琴瑟之悦拟好色之愿,以钟鼓之乐[成求女之]好",好色之愿、求女之好是人的本性,琴瑟之悦、钟鼓之乐是礼的代表,男子对窈窕淑女的爱慕之情最终以琴瑟友之、钟鼓乐之这种合于礼的方式表达出来。诗篇体现了尊重男女之情的自然天性,并引导其健康、合礼发展的伦理理念。这正是早期儒家因人情性而施行教化,从而实现王道理想的主张。

(三) 弃妇诗

《诗经》中既有像《关雎》这样歌颂君子淑女理想爱情的诗篇,也有对于爱情之美的刻画,比如《卫风·伯兮》云:"自伯之东,首如飞蓬。岂无膏沐,谁适为容。"丈夫出征,女子从此不施粉黛,以表明对丈夫的忠贞。杜甫《新婚别》"罗襦不复施,对君洗红妆"也是如此。但是周代贵族实行的媵婚制度等一夫多妻制度下丈夫可以娶妾,移情别恋现象屡有发生,于是《诗经》中也产生了大量的弃妇诗。比如《召南·江有汜》《邶风·柏舟》《邶风·日月》《邶风·终风》《邶风·谷风》《卫风·氓》《王风·中谷有蓷》《郑风·遵大路》《小雅·我行其野》《小雅·谷风》《小雅·白华》等。

面对男子的背信弃义,《诗经》记载的女性表现出了不同的态度。一是期待丈夫回心转意,比如《召南·江有汜》"其后也悔""其啸也歌""其后也处",女子设想着有一天丈夫会对自己的行为感到后悔,哭号着要求重归于好。二是无可奈何。比如《王风·中谷有蓷》《郑风·遵大路》《小

---

① 马承源:《上海博物馆藏战国楚竹书·孔子诗论》,上海古籍出版社2001年版,第139—145页。

雅·我行其野》等诗篇都是此类。《中谷有蓷》的弃妇感慨"何嗟及矣",后悔又有什么用呢。三是断然绝情,比如《卫风·氓》《邶风·谷风》。《氓》的女主人公感慨"信誓旦旦,不思其反,反是不思,亦已焉哉",誓言已经像云烟一样流走,我的情义也就到此为止罢!用决然放弃的态度回应男子的薄情。《邶风·谷风》中的弃妇痛声疾呼"毋逝我梁,毋发我笱","梁""笱"暗指性事,女子断然拒绝丈夫,警告他远离自己。

《召南·江有汜》描写一位弃妇的心理活动。"不我以""不我与""不我过",丈夫不要我,不爱我,不见我,恩断义绝,非常薄情。但是女子依然相信自己在丈夫感情生活中的重要地位,设想丈夫日后必定会后悔,重新来找自己,也就是文章各章末尾所说的"其后也悔""其后也处""其啸也歌"。

《王风·中谷有蓷》是《诗经》中历来争论最少的一篇,从《毛诗序》到现代学者,都一致认为这是一首被弃妇女的怨歌。诗篇每章的意思都相差无几,以山谷中的益母草起兴,描写女子遇人不淑,发出感慨。诗篇每章的开头都用山谷中的益母草起兴,益母草是一种对女性身体很有益处的中草药,尤其是有助于女性的生育。那么用益母草起兴便有了特殊的寓意。这种植物与女性有关,提到它便想到了女性的婚恋、生育、家庭。"暵其干矣""暵其修矣""暵其湿矣",益母草得不到雨水的滋润,已经干枯。暗喻女子得不到丈夫的呵护,感受不到家庭的温暖,已经心寒,于是女子得出了"遇人之不淑"的结论。可以看到,女子已经把丈夫认定为"不淑"之人,对其进行彻底否定,对这段姻缘不作任何幻想,与过去彻底告别。

《卫风·氓》讲述女子从恋爱、婚姻到遭受遗弃的整个过程。在一次集会上,男子打着买丝的幌子接近女子,向女子吐露爱意。女子说必须有媒人来说媒,才能同意男子的求爱,并把婚期订在秋天。从此之后,女子便总是盼望着男子的到来。看不到男子所住的地方,女子就泪流不止。看到了男子所住的地方,女子就高兴得眉开眼笑。她还占卜问卦,预测婚事的吉凶。等到男子的车马前来迎娶,女子就嫁了过去。"桑之未落,其叶沃若。于嗟鸠兮！无食桑葚"，桑叶正当繁茂的时候颜色十分润泽，吸引着斑鸠鸟前来啄食。比喻女子芳华正茂的时候得到男子的爱慕。"桑之落矣，其黄而陨"，桑叶逐渐枯黄、掉落，形容女子芳华流逝，青春不再，丈夫对她的爱意也不像以往那般浓烈，夫妻关系破裂。女子不得不驾着车渡过淇水，回到娘家。她思考了这种结局的原因，"女也不爽，士贰其行，士也罔极，二三其德"，女子并没有错误，只是丈夫三心二意，前后不一。女子嫁过来之后辛勤操持家务，日子好了之后反而遭到丈夫的冷遇。女子回到娘家想要得到安慰，但却并未得到家人的关爱，反而被嘲笑，"兄弟不知，咥其笑矣。静言思之，躬自悼矣"，兄弟们不能同情她的遭遇，她只能暗自神伤。女子久久思索之后下定决心与男子决裂，"反是不思，亦已焉哉"，既然违背誓言，那就从此算了吧！

在中国古代社会，因为男权的压制，女性在家庭生活中没有独立的人格，在经济上也不独立，久而久之逐渐变成男人的附庸。加之受到礼教的束缚，父母之命的干涉以及社会习俗的责难，进一步使女性在婚姻生活中处于被动地位。《卫风·氓》这首诗就是古代婚姻的典型体现。女子情深意笃地嫁给男子，婚后勤劳地维持家庭生活，原本以为会一直拥有幸福的家庭。但是事与愿违，她遭到丈夫的抛弃。政治、经济地位的不平等导致男女在婚姻生活中的不平等，男子可以欺侮女子，甚至解除婚约抛弃妻子。诗篇讲述的并不是一个女性的遭遇，而是中国古代无数女性的共同命运。《诗经》弃妇诗反映出男权社会中女性地位的低下。但这又何尝不是女性群体对美好爱情的盼望，对制度不公的公然反抗。那时的女性尚能认识到她们在婚姻中的不平等待遇，喊出"士之耽兮，犹可脱也；女之耽兮，不可脱也"（《卫风·氓》）这样勘破大势的经典之论，说明当时的女性虽然置身于男权之下，但是仍然有着自由的灵魂。在周代，少女不必守贞，寡妇可以再嫁，女性尚且拥有一定的自由。等到汉代以后女性彻底沦为男性的工具，她们连反抗的意识都几乎消灭殆尽了。

第七章 《诗经》之政治美德

- 一、敬德保民
- 二、爱国情怀
- 三、笃行实干
- 四、勤政思想
- 五、明辨是非
- 六、追求平等

《诗经》的价值不仅体现在文学上,也在伦理上。站在《诗经》之所以为经的角度看,它的文学价值并不是第一位的。因为"五经为古者王官之学,乃古人治天下之具"(《汉书·艺文志》)。《诗序》云:"正得失,动天地,感鬼神,莫近于《诗》。"①"正得失,动天地,感鬼神"指的是伦理和政治功能。所以《诗经》最初的价值应该是伦理和政治价值。《诗经》记载了敬德保民、爱国情怀、笃行实干、勤政思想、明辨是非、追求平等等政治理念。

一、敬德保民

"敬"的甲骨文为"󰀀",人跪坐之形,或为俘虏来的奴隶,假借为恭敬之义。金文字形加"口"而作"󰀀",指以言词督责。或加"攴"形作"󰀀",从攴表示在行为上的督责。篆文演变为"󰀀",从羊,具有美善义,是恭敬态度的表现;从勹,象人曲形,以身体前倾弯曲表示谦卑;从口,表示言语谨慎。《诗经》"敬"字出现 22 次,其义有二。一是尊敬,比如"维桑与梓,必恭敬止"(《小雅·小弁》)。二是警戒,通"警"。比如"我友敬矣,谗言其兴"。《诗经》中表示"敬"的词语还有"慎""恭""恪""虔""翼""俨""肃""严""宗""祗""穆"等。比如《商颂·那》"温恭朝夕,执事有恪",《大雅·韩奕》"夙夜匪解,虔共尔位",《大雅·思齐》"雍雍在宫,肃肃在庙",《大雅·云汉》"上下奠瘗,靡神不宗",《商颂·长发》"昭假迟迟,上帝是祗"。

周人对"敬"的强调源于强烈的现实需要。徐复观在《中国人性论史》

---

① 十三经注疏整理委员会:《十三经注疏·毛诗正义》,北京大学出版社 1999 年版,第 10 页。

中指出,"周人开始意识到吉凶成败与当事者行为的密切关系,以及当事者在行为上所应负的责任;在秉持这种自觉、要以己力突破困难而尚未突破时,自然地便产生了忧患意识;和忧患意识并生的是警惕和戒惧;警惕和戒惧带来了一种精神敛抑、集中,即对事的谨慎、认真的心理状态,这即是敬"①。周人的忧患意识来源于对殷周革命的深刻反省。在君权神授的普遍信奉之下,殷商为何会失去天命的护佑,被小邦周取而代之?周人如何才能常保天命?周人认为"德"尤其是统治者的德行起到了关键作用。因此西周的开创者周公等人在制定治国方略的同时,将其核心确定为"以德配天""敬德保民",反复告诫统治者"疾敬德"(《尚书·召诰》)、"往敬用治"(《尚书·君奭》)。这种敬惧包括"敬天事鬼"的宗教信仰,"敬德保民"的伦理观念。《诗经》"敬"德全部出现在《雅》《颂》篇章中,是重要的政治美德。

(一) 敬德

1. 敬天事鬼

周代天命观念依然极为浓厚,上天被认为是人间万事的主宰。"天生烝民"(《大雅·荡》),人由上天所生;"天作高山,大王荒之"(《周颂·天作》),山河由上天创造;"有命在天,命此文王"(《大雅·大明》),王权由上天授予;"是类是祃,是致是附,四方以无侮"(《大雅·皇矣》),战争胜败由上天决定;"皇矣上帝,临下有赫。监观四方,求民之莫"(《大雅·皇矣》),上天监察人间疾苦;"自天降康,丰年穰穰"(《商颂·烈祖》),农业丰收由上天赐予;"文王初载,天作之合"(《大雅·大明》),姻缘由上天决定;"报以介福,万寿无疆"(《小雅·甫田》),福寿由上天所降。可以看到

---

① 徐复观:《中国人性论史·先秦篇》,上海三联书店2001年版,第20页。

周代的天命观念依然浓厚，认为世间所有事情无不受到上天的影响。于是人们的婚丧嫁娶、征伐仪典等行为大多遵照天意。《卫风·氓》云："尔卜尔筮，体无咎言。"卜即占卜，结婚之前要占卜来看神的旨意。《大雅·文王有声》云："考卜维王，宅是镐京。"武王选定京都地点之前要先占卜以测吉凶。

周人祭祀神灵时显示出敬慎、庄重的态度。《左传·桓公六年》云："所谓道，忠于民而信于神也……祝史正辞，信也。"祝史的工作就是把人间的情况真实地禀告神明。《大雅·抑》云："相在尔室，尚不愧于屋漏。无曰不显，莫予云觏。神之格思，不可度思，矧可射思。"《诗集传》云："然视尔独居于室之时，亦当庶几不愧于屋漏，然后可尔。无曰此非显明之处，而莫予见也。当知鬼神之妙，无物不体，其至于是，有不可得而测者。不显亦临，犹惧有失，况可厌射而不敬乎！此言不但修之于外，又当戒谨恐惧乎其所不睹不闻也。"[①]先民认为上天无物不体，无处不在，人要慎独自儆不愧于屋漏。

在周代天命观念的影响下，敬天事鬼是重要的政治美德。《孔子诗论》云："《清庙》，王德也。至矣！敬宗庙之礼，以为其本；秉文之德，以为其业；肃雍显相……行此者，其有不王乎？"《清庙》为《颂》之始，东都洛邑告成之时周公率领诸侯群臣告祭文王、致政成王。感谢祖先功德，强化天命王权的神圣理念，增强王室凝聚力。《孔子诗论》推究其义，直接将诗旨定为"王德"。

商周时期的天命观念存在很大的不同。商朝尊奉的神灵主要是与王室有关的始祖神和至尊神，比如帝俊、帝喾等。商朝王室强调神权，其目的主要是巩固自己的统治，而鲜少考虑百姓的信仰。到了周代，将神权转移到了天上，认为上天是宇宙最高的主宰，上天创造万物，规定万物的秩

[①] [宋]朱熹：《诗集传》，中华书局2011年版，第275页。

序。上天是所有人民都尊奉的神明，而不是某个王室的专属。在周代，对于上天的崇拜达到了前所未有的高度。而周天子作为上天在人间的代表，其职责就是维护世间的秩序，确保万物的共存。周朝的祭祀主要是为了感谢上天的恩典。"天子"这一称呼的出现，体现了周朝社会对上天的崇拜以及对于维护秩序的重视。

周代首创"天子"之称。周王垄断祭天之权，以上天之子的名义巩固统治地位，周王孝敬上天，使下民敬天而敬王。周代以前君王有"王"之称，而无"天子"之称。商君自称"予一人"，"尔万方有罪，在予一人；予一人有罪，无以尔万方"（《尚书·汤诰》）。"天子"之称是周代的发明。周王宣称自己是天的儿子，以便巩固统治地位。《周颂·时迈》有"昊天其子之"（上天把我当儿子）之语。君王以天为宗，人间再无超越天子的大宗。这就使周天子的大宗地位绝对化。人们信天必信周天子，"天子"之称强化了周王的至尊权威。相应地，天子也必然要向上天表达虔敬之心。《大雅·大明》"维此文王，小心翼翼，昭事上帝"，《周颂·我将》"我其夙夜，畏天之威，于时保之"，都反映出君王对上天的崇敬。

周代天命观念认为上天是人间政事的监督者。《小雅·雨无正》"胡不相畏，不畏于天"，《大雅·板》"敬天之怒，无敢戏豫，敬天之渝，无敢驰驱"，《小雅·十月之交》"百川沸腾，山冢崒崩，高岸为谷，深谷为陵，哀今之人，胡憯莫惩"。从这些表述可以看到周代天命观念认为上天监察人间政事，甚至连自然灾害都是上天对人间政事的惩罚，因此君王无不敬天事鬼。比如《颂》出现的大量祭祀诗都是周王祭祀所用的乐歌。因为周公配享天子之礼，所以《鲁颂》得以以诸侯祭祀之乐而入《颂》。

《周颂·敬之》是表达敬天思想的诗。为了巩固君权，周人将政权与上天联系起来，将上天认定为主宰世界的存在，而周天子是上天在人间的代表。周天子受命于天，只要奉行天道，就能得到上天的庇佑。上天是人间万事的主宰,无时无刻不监视着人间的事,因此不能不敬天。成王进一步自谦道,自己还非常年幼无知,不完全明白敬天、遵循天道的道理,因此会日积月累地学习,由浅入深地明白事理,并希望臣子们能够多多教导自己,共同担负起建设国家的重任。这首诗是中国思想史上"敬天"观念的源头之一,这种敬天思想后来得到孔子、董仲舒等人的继承与发展,显示出深厚的历史底蕴和文化价值。

《小雅·十月之交》是周王朝一位大夫所作的政治抒情诗。《毛诗序》认为此诗作于周幽王时,郑玄认为作于周厉王时。根据记载,处于周幽王时期的公元前776年曾经发生一次日食,这也是世界上最早的日食活动记录。而此诗反映的正是日食活动的现象,因此此诗应当作于周幽王时期。诗篇通过自然异象反映出来的政治幽暗状况,也与周幽王时期的混乱情况相吻合。"彼月而食,则维其常;此日而食,于何不臧",周王国出现了严重的日食、月食现象。自然界发生这种异象,对于当时敬天思想浓厚、极为畏惧自然力量的周人来说是含有对人间社会的警示意义的。"烨烨震电,不宁不令。百川沸腾,山冢崒崩。高岸为谷,深谷为陵",诗篇将日食、月食、电闪雷鸣、百川沸腾、强烈地震等现象都归之于上天对人间的警示,而上天警示的原因是人间政治的腐败黑暗,在诗篇之中蕴含着对国家前途的深深忧虑。"烨烨震电,不宁不令。百川沸腾,山冢崒崩。高岸为谷,深谷为陵"讲述的正是《国语·周语》记载"幽王二年,西周三川皆震""是岁三川竭,岐山崩"的事实。此文对于这场地震的描述笔法精妙,大开大合,至今读来仍然令人惊心动魄。诗篇在描写天降异象的同时陆续揭露了一系列的社会问题,包括政治黑暗、贤才被驱、褒姒祸乱朝政、劳役繁重、官吏贪污等,并将这一系列社会问题同如今的异象联系起来,数落当局的混乱,担忧国家的命运。

《小雅·天保》是一首臣子祝颂君主的诗,反映了统治阶级"敬天保民"的思想。殷周革命之后周族统治者强调自己的政权受命于天,同时突出"敬天"思想。诗篇赞颂周王取得政权,上天保佑国家强大,物产富饶;保佑周王安乐幸福,福禄众多;保佑周王日益兴盛,如高山流水永远存续。这时以可口的饭菜祭祀祖先,请求祖先保佑万寿无疆。诗篇屡次提到"天保定尔"等话,反映了当时的天命观念,也寄寓了臣子对君王的忠心。

不敬天地鬼神的行为在当时的天命观念之下则要遭到斥责。《尚书》记载了武王指责商纣不事天地鬼神的事。《牧誓》"昏弃厥肆祀弗答",指商纣轻视祖宗祭祀。《泰誓下》"郊社不修,宗庙不享""上帝弗顺,祝降时丧",指商纣不祭天不祭祖。《泰誓中》"谓己有天命,谓敬不足行,谓祭无益,谓暴无伤",指商纣不敬天命,不祭祖宗,残暴无道。纣王恃才傲物,抛弃祭祀这一神圣的政治手腕,武王则抓住这一有利时机进行攻伐和声讨。灭商之后依然垄断祭祀之权,规定只有周天子才有权力祭祀上帝与历代先王,而诸侯只能祭祀自己这一支的封侯,这就从宗教观念层面进一步巩固了王权。

根据《礼记·祭统》《礼记·王制》等篇记载,周代对祭祀宗庙、祭品种类、祭祀时间等都有严格的礼制规定。在宗庙数量上,天子立七庙、诸侯立五庙、大夫立三庙、士立一庙、庶人无庙而在寝祭祀。在祭品种类上,天子用三太牢①、诸侯用太牢、卿用特牛②、大夫用少牢、士用猪、庶人用鱼。在祭祀时间上,天子、诸侯在春、夏、秋、冬举行的祭祀分别称为春礿、夏禘、秋尝、冬烝。天子在一年之内举行礿祭、禘祭、尝祭、烝祭;诸侯举行了礿祭就不举行禘祭,举行了禘祭就不举行尝祭,举行了尝祭就不举行烝祭。宗周王室用这种与宗法制度相配合的祭祀之礼进一步强化了王权,巩固了统治。

---

① 太牢,牛羊猪;少牢,羊猪。
② 特,一也。

2. 惩前毖后

《周颂·小毖》诗云：

> 予其惩而毖后患。
> 莫予荓蜂，自求辛螫。
> 肇允彼桃虫，拚飞维鸟。
> 未堪家多难，予又集于蓼。

周初经历管蔡之乱，因此周王室十分强调敬德。此诗是一首三监之乱之后周成王深刻检讨，并强调"惩前毖后"思想的诗。殷周革命之后将商纣王的儿子武庚分封于殷，继续统治殷商遗民。同时，武王派自己的弟弟管叔、蔡叔、霍叔在殷地附近建立邶、鄘、卫三国，以监视武庚的动向，史称"三监"。武王病逝之后周公摄政，引起管叔、蔡叔、霍叔的强烈不满，武庚趁机拉拢管叔、蔡叔、霍叔发动叛乱。周公亲自东征，杀掉武庚，杀掉管叔，流放蔡叔，将霍叔降为庶民，平定了三监之乱。《小毖》就是检讨反思，并注意防患于未然的诗。"肇允彼桃虫，拚飞维鸟"，桃虫本是一种很小的鸟，转瞬便成长为大鸟。这就像武庚原本很弱小，但是时机成熟之后他便联合三监成为一股强大的可怕力量。因此诗篇强调"予其惩而毖后患"，惩前毖后，吸取教训。

3. 敬慎威仪

为政者内在的敬慎之德表现为外在的谦恭之仪。《诗经》中有许多政治讽刺诗讽刺统治者态度傲慢无礼。比如《大雅·民劳》"敬慎威仪，以近有德"，劝诫厉王敬慎威仪，亲近有德之人。《大雅·抑》"敬慎威仪，维民之则"，劝诫平王敬慎威仪，做人民的榜样。《礼记·表记》认为"上不渎于民，下不亵于上"，统治者威仪庄重，百姓才不敢亵慢他；统治者轻狎侮慢，失去恭敬之心，百姓就不会尊重他。《诗经》敬德对威仪的强调在后世得到了继承与发展。孔子"沐浴而朝"（《论语·宪法》），孟子"斋戒沐浴，则可以祀上帝"（《孟子·离娄下》）等都是敬慎威仪的表现。

《鄘风·相鼠》诗云：

> 相鼠有皮，人而无仪！人而无仪，不死何为？
> 相鼠有齿，人而无止！人而无止，不死何俟？
> 相鼠有体，人而无礼，人而无礼！胡不遄死？

诗篇批判统治阶级的无礼行为。《邶》《鄘》《卫》都是卫国的诗歌，在卫国的历史上，统治者的非礼行为屡见不鲜，比如州吁弑兄桓公自立为卫君、卫宣公强娶太子伋的未婚妻、卫宣公与宣姜合谋杀死太子伋、惠公与兄黔牟为争位而开战、懿公好鹤淫乐奢侈、昭伯与后母宣姜乱伦等。兄弟争权、父子反目、父夺子妻、子奸父妾等现象屡有发生。本诗所讽刺的具体内容无从考证。但是诗篇直接开始漫骂，说这位统治者"无仪""无止""无礼"，没有威仪，没有节制，没有礼法，连丑陋的老鼠都不如。"胡不遄死"，作者不仅痛斥了统治者，还希望他快点死去，语言尖利，体现了强烈的讽刺效果。

4. 敬慎言语

为政者的敬德还表现在敬慎言语等方面。《大雅·抑》云："慎尔出话，敬尔威仪，无不柔嘉。白圭之玷，尚可磨也；斯言之玷，不可为也。无易由言，无曰苟矣，莫扪朕舌，言不可逝矣。"白玉之瑕尚可打磨，言语既出覆水难收，因此需要慎言。该诗对慎言的强调得到了孔子的发挥。《论语·先进》云："南容三复白圭，孔子以其兄之子妻之。"白圭即《抑》诗中的"白圭之玷，尚可磨也。斯言之玷，不可为也"，南容反复诵读《抑》诗有关白圭的诗句,以告诫自己谨慎言语。孔子便将其兄之女嫁给了南容,可以看到孔子对慎言品质的重视。孔子甚至将言语的重要性发挥到"一言而可以兴邦""一言而丧邦"(《论语·子路》)的重要程度,告诫弟子"言寡尤,行寡悔,禄在其中矣"(《论语·为政》)。《论语·学而》更有"敏于事而慎于言"之语,成为流传至今的处世原则。

(二) 保民

李山在《诗经的文化精神》中指出,"江山社稷之权的秉持者,并不等于这种权力的所有者;江山社稷不是某个家族、某个人的私有之物,它在法理上代表普遍生民利益的超越的绝对意志。正是政治权的占有与所有在法理上的分离,才使得'敬天'与'保民'获得了理念上的统一。真正的'敬天'与否是看其'保民'与否,'保民'即是'敬天','敬天'必须'保民',治权的最高旨趣乃是为天养民"①。周人认为人民由上天所生,人是上天而非君王的子民,君王只是代理上天来管理子民,而君王受命的依据正是人民的福祉,因此君王敬天就要做到保民。

《荀子·君道》云:"有社稷者而不能爱民、不能利民,而求民之亲爱己,不可得也。民不亲不爱,而求其为己用、为己死,不可得也。民不为己用、不为己死,而求兵之劲、城之固,不可得也。兵不劲、城不固,而求敌之不至,不可得也。敌至而求无危削、不灭亡,不可得也。"君不爱民,则难以巩固统治。《诗经》"民"字出现101次之多,保民思想十分丰富,主要体现为:

1. 使民休息

《诗经》记载召公奭爱民如子。召公奭是周代三朝元老,曾经辅佐周

---

① 李山:《诗经的文化精神》,安徽教育出版社2016年版,第238页。

武王灭商,被封于蓟①,建立燕国;周武王死后成王继位,召公奭担任太保,使政通人和,《召南·甘棠》就是称赞他爱护百姓的诗。周成王去世之后,召公奭继续辅佐周康王,为开创四十年刑措不用的"成康之治"做出了很多贡献。《毛诗序》云:"《甘棠》,美召伯也。召伯之教,明于南国。"②《史记·燕召公世家》记载"召公之治西方,甚得兆民和。召公巡行乡邑,有棠树,决狱政事其下,自侯伯至庶人,各得其所,无失职者。召公卒,而民人思召公之政,怀棠树,不敢伐,歌咏之,作《甘棠》之诗。"召伯能够体恤民间疾苦,不劳民伤财,不打搅人民的正常生活,为人民排忧解难。人民爱戴召伯,就连他曾经休息过的甘棠树都小心爱护,不忍心砍伐、毁坏,简直到了爱屋及乌的程度。

《大雅·民劳》诗云:

> 民亦劳止,汔可小康。惠此中国,以绥四方。无纵诡随,以谨无良。式遏寇虐,憯不畏明。柔远能迩,以定我王。
> 民亦劳止,汔可小休。惠此中国,以为民逑。无纵诡随,以谨惛怓。式遏寇虐,无俾民忧。无弃尔劳,以为王休。
> 民亦劳止,汔可小息。惠此京师,以绥四国。无纵诡随,以谨罔极。式遏寇虐,无俾作慝。敬慎威仪,以近有德。
> 民亦劳止,汔可小愒。惠此中国,俾民忧泄。无纵诡随,以谨丑厉。式遏寇虐,无俾正败。戎虽小子,而式弘大。
> 民亦劳止,汔可小安。惠此中国,国无有残。无纵诡随,以谨缱绻。式遏寇虐,无俾正反。王欲玉女,是用大谏。

---

① 蓟,今北京。
② 十三经注疏整理委员会:《十三经注疏·毛诗正义》,北京大学出版社 1999 年版,第 77 页。

《民劳》一诗是召穆公为讽谏厉王而作。诗篇的每章都以"民亦劳止"开头,强调人民已经很辛苦了。可见这在周厉王时期是一个非常严重的社会问题。"汔可小康""汔可小休""汔可小息""汔可小愒""汔可小安",要让人民稍稍喘口气,稍稍休息,稍稍安定。使民休息是对于百姓来说最基础的生活保障。只有使人民得到喘息的机会,才不会把人逼到无路可退的境地。只有爱护百姓才能使统治稳固。这首诗体现出浓厚的民本思想,对后世影响极大。后世民本思想有了更加丰富的发展,比如"民为贵,社稷次之,君为轻"(《孟子·尽心下》),"君者,舟也;庶人者,水也。水则载舟,水则覆舟"(《荀子·王制》)。

2. 重视农业

周族以农业起家,因此历来十分重视农业的发展。后来殷周革命之际,周人看到殷商贵族不知稼穑之难,饮酒败德,断送江山。这使周族统治者高度警戒,恭敬勤俭,体恤民间疾苦。《小雅·天保》诗云:"民之质矣,日用饮食。群黎百姓,遍为尔德。"日用饮食是人民最为基本的需求,要让人民解决温饱问题,才能感念君王的恩德。为了体现对农业的重视,促进农业的发展,周王每年都会在春季率领群臣百官亲耕籍田,实行籍田之礼①。《礼记·月令》云:"乃择元辰,天子亲耕耒耜,措之于参保介之御间,帅三公、九卿、诸侯、大夫,躬耕帝藉。"籍田之礼分为两部分,一部分是周王在立春或立春后的吉日举行祼鬯祈谷之礼,一部分是周王率领官员农夫到王的籍田,做亲耕劝农之举。

《周颂·噫嘻》是周王祭祀上帝、先公先王之后,亲自率领百官、农夫播种农作物,举行籍田之礼的诗。周王郑重地向百官和农夫宣告自己已经向神明沟通好,得到他们的批示,可以举行籍田之礼了。紧接着描写周

---

① 籍田之礼不仅行之于王朝,亦行之于诸侯国。天子、诸侯都行此礼。

王训示田官,勉励农夫全面耕作,迅速开发私田,耕完三十里地,展现了万人耕作的浩大场面。诗篇记录周王亲耕籍田,体现了对农业的重视;同时记录了周初农业生产和农业典礼的具体情况,非常具有史学研究价值。

《小雅·甫田》写周王巡视春耕生产,因为"省耕"而祈求粮食生产有"千斯仓""万斯箱"的丰收。诗篇为周王祭祀土地神、四方神和农神的乐歌。周人的农神为后稷,始播百谷,教民耕种。土地神为地方保护神。田祖为叔均,后稷之孙,始作牛耕。诗篇描写大田广阔无际,每年都能生产很多粮食,农民解决了温饱问题。我(周王的祭官或农官)到南亩去巡视,亲自锄草疏松土地,庄稼大获丰收。粮食装满了器具,又准备了羊羔,一起献祭给土神和四方神。庄稼长得这么好,我召集农夫一起来庆祝,击鼓、奏瑟、弹琴,载歌载舞地祭祀农神。周王来到大田,农妇送饭过来,给周王品尝馨香的饭菜。周王的粮食堆满了高高的粮仓,他和农夫们一起喜气洋洋地庆贺。

《小雅·大田》描写周王督察秋季收获,因为"省敛"而祈求今后更大的福祉。诗篇依次描写春耕、夏耘、秋收。首先,在春季精选上好的粮食种子,把农具修缮一新,到地里进行耕种。其次,等到夏季庄稼已经长得很高,但是杂草也有很多,想让庄稼能够在秋天结出累累硕果,就必须为它清除虫害,这里主要采用火攻的方法为庄稼除害。在前面已经有播种精选的粮食种子、为粮食除害等前提下,又遇到了好天气,凉风习习,小雨绵绵。可以说是天时地利人和,只要等着丰收就可以了。到了秋天庄稼硕果累累,这里有还未收割的庄稼,那里有散落的庄稼,不要把它们全都收藏起来,而是故意留在地里,让那些鳏寡孤独的人拾去,以便解决他们的温饱问题。最后,周王前来视察农事活动,农妇们带着饭菜来到田间地头请周王品尝。摆上黄牛、黑猪、小米、高粱献祭给神明,请求神明继续赐予福祉。

《周颂·良耜》是周王在秋收之后为答谢社稷神而举行的祭祀,是在西周初期成王、康王时期农业大发展的背景之下产生的。这首农事诗与

《小雅·大田》的叙述手法非常类似,都是描写春耕、夏耘、秋收、祭祀的整个过程。在春天,人们带着锋利的农具、各色的种子,来到田间地头耕种。农妇带着热气腾腾的饭菜送过来。夏天,众人齐心协力清除杂草,庄稼长得更加茂盛。秋天,庄稼已经成熟了,人们挥舞着镰刀开始收割,粮食堆积如山,装满了所有仓库。于是杀掉大公牛,用来祭祀社稷神。

3. 疏通民意

《大雅》之《板》《荡》《民劳》等都反映出厉王对人民实行严厉控制。《国语·周语·邵公谏厉王弭谤》云:"防民之口,甚于防川。"川犹不可防,而口又甚之。厉王的暴政最终导致自身覆亡。

关于《大雅·板》《毛诗序》认为此诗是凡伯"刺厉王"之作。西周从夷王时期开始就逐渐走向衰落。厉王时期朝纲大坏,民不聊生。《国语》记载"邵公谏厉王弭谤",就是对厉王暴虐无道、控制言论的真实反映。厉王对敢于在国内议论朝政的人采取监视和屠杀的手段。但是"防民之口,甚于防川",对于人民的言论应该积极鼓励,进行疏导,否则就会导致大川决堤。诗人以清明时期的政治情况与周厉王执政的情况作对比,意在讽刺周厉王的弊政。周厉王纵情享乐,无所作为,不能听从忠言,广泛纳谏,严厉控制人民的言论,到了无可救药的地步。诗人劝说周厉王改变政令,优待人民,向厉王陈述"天之牖民,如埙如篪,如璋如圭,如取如携。携无曰益,牖民孔易"①,应当注意疏通提携民众,注重因势利导,对民众的疏导要像吹奏埙篪那样悦耳,对民众的提携要像佩带璋圭那样时时留意。最后诗人还把人民比喻为国家的城墙,提醒厉王善待人民,不要使城墙毁坏,否则自己将无法生存。

---

① 程俊英《诗经译注》解释为:老天诱导众百姓,如吹埙篪和音响,如玄圭配玉璋,如提如携来相帮。培育扶植不设防,因势利导很顺当。

4. 视民如子

"民之父母"一词始见于《尚书》。《尚书·泰誓上》云:"惟天地万物父母;惟人万物之灵。亶聪明作元后,元后作民父母。"天地是万物的父母,人是万物的精灵,真正聪明的大君是人民的父母。《诗经》也出现了"民之父母"一词,见于《大雅·泂酌》"泂酌彼行潦,挹彼注兹,可以餴饎。岂弟君子,民之父母"。"行潦"是否可以用来祭祀神灵,主要取决于酌者是否有诚心。君王能否统治天下,主要取决于他是否和乐爱民。对于那些远土之民,君王只有施以仁义、视民如子,才能使他们感恩戴德地前来归附。

《秦风·终南》一诗提示统治者修德爱民。《史记·秦本纪》记载:"平王封襄公为诸侯,赐之岐以西之地。其子文公,遂收周遗民有之。"《终南》大约作于那时。秦公来到秦地,人民担心他不是爱民之君,于是提醒他终南山"有条有梅""有纪有堂"。条,是柚子;梅,是梅树;纪,是枸杞;堂,是棠梨。民众们说终南山物产丰饶、气象万千,但是只有修德爱民的君主才能与这名山相配。

二、爱国情怀

《孔子诗论》用"忠"字来概括《小雅·节南山》的诗义,"《节南山》,忠",记录周幽王时期尹氏执政暴虐不公,一位忠臣直言敢谏、忧国忧民。其他诗篇也多次反映了忠于国家、热爱国家的爱国主义精神。

(一) 邦国认同

在后世皇权专制时代,爱国主义精神体现出"忠君"与"爱国"相统一的特点。但是在周代尚未形成统一的多民族国家,忠君与爱国并未对等。

这时的爱国主义精神更多地体现为对邦国的归属感,其次是对周王朝的归属感。

周代,统一的多民族国家尚未真正建立,周王室对诸侯国的控制力比较弱,各诸侯国只是承认周王共主地位的相对独立的政治实体。因此这一时期的爱国精神首先表现为对邦国、乡土宗族的热爱。《鄘风·载驰》就是表达这种思想情感的名篇,诗云:

> 载驰载驱,归唁卫侯。驱马悠悠,言至于漕。
> 大夫跋涉,我心则忧。既不我嘉,不能旋反。
> 视尔不臧,我思不远。既不我嘉,不能旋济。
> 视尔不臧,我思不閟。陟彼阿丘,言采其蝱。
> 女子善怀,亦各有行。许人尤之,众稚且狂。
> 我行其野,芃芃其麦。控于大邦,谁因谁极?
> 大夫君子,无我有尤。百尔所思,不如我所之。

此诗应当作于卫文公元年,即公元前659年。《左传·闵公二年》记载:"冬十二月,狄人伐卫,卫懿公好鹤,鹤有乘轩者,将战,国人受甲者,皆曰'使鹤'……及狄人战于荥泽,卫师败绩。"卫被狄人占领以后许穆夫人焦急万分,星夜兼程赶到漕邑吊唁邦国的安危,写下此诗。当许穆夫人听到卫国灭亡的噩耗之后,立即启程奔赴漕邑,但是还没到目的地,她的丈夫许穆公便派大夫前来劝阻她。许穆夫人被阻挠不能返回卫国,心急如焚,一会儿登上高山纾解愁闷,一会儿采摘草药贝母以发散抑郁。许穆夫人一路上考虑着如何拯救祖国。"控于大邦"指的是向齐国汇报狄人灭卫的情况,请求他们出兵。可见许穆夫人是一个颇有主张的人,她的救国之心得到了充分施展。根据清代魏源《诗古微》考证,《诗经》中许穆夫人的作品有三篇,除这一篇之外,《邶风·泉水》《卫风·竹竿》也都是许穆夫人的作品，尤以《鄘风·载驰》的思想性最高，在激烈的矛盾冲突中表现出强烈的爱国主义精神。

《无衣》诗云：

岂曰无衣？与子同袍。王于兴师，修我戈矛。与子同仇！
岂曰无衣？与子同泽。王于兴师，修我矛戟。与子偕作！
岂曰无衣？与子同裳。王于兴师，修我甲兵。与子偕行！

诗篇是一首为了保卫家国而发誓奋勇杀敌的战歌，表现了秦人对于邦国的热爱和对周王朝的认同。当敌方兵临城下，战士们毫不胆怯，忘却了个人的生死，以大局为重，与周王朝的命运共兴衰，喊出"王于兴师，修我戈矛，与子同仇""王于兴师，修我矛戟，与子偕作""王于兴师，修我甲兵，与子偕行"这样的口号，展现了周王朝一呼百应的强大号召力，以及将士们的英雄主义气概和爱国主义精神。诗篇采用一问一答的方式，"岂曰无衣？与子同袍。王于兴师，修我戈矛，与子同仇"，塑造了一种跌宕起伏、对比强烈、态度干脆、语气坚决的表达效果，传达出强烈的爱国主义情怀和震撼之美，极具情绪的感染力，因此这首乐歌在外交活动上被引用，出现在短兵相接的外交场合。《左传》记载公元前506年，吴国军队攻陷楚国的首府郢都，楚国大臣申包胥到秦国求援，"立依于庭墙而哭，日夜不绝声，勺饮不入口，七日，秦哀公为之赋《无衣》，九顿首而坐，秦师乃出"。秦哀公赋诗《无衣》，一则表示将出兵帮助楚国，一则以此诗鼓舞将士们的士气。于是秦师出兵，一举击退了吴兵。可以想象，在秦王誓师的时候，此诗犹如一首誓词，对士兵们来说是最鼓舞人心的动员令。

周王朝的势力范围被称为"天下"。《小雅·北山》云："溥天之下，莫非王土；率土之滨，莫非王臣。"四海之内、天下苍生尽为周王所有。《诗经》中表示"天下"概念的还有"万邦""四海"等语汇。"万邦"一词出现7

处,"四方"一词出现 31 处。比如《周颂·桓》:"绥万邦,屡丰年。天命匪解,桓桓武王。保有厥土,于以四方,克定厥家。"《大雅·棫朴》:"勉勉我王,纲纪四方。"《诗经》中那些忧国忧民的政治讽谏诗如《大雅》中的《板》《荡》《抑》等体现出对天下的深深忧虑、对周王的殷切劝诫。《诗经》爱国主义精神体现为对邦国的热爱、对天下的热爱。到后世专制皇权时代,国家是一家一姓之国,忠君与爱国实现统一,爱国就是听命于专制君主。

(二)调和忠孝

有周一代战争频仍,士卒群体为保家卫国奔走效力,出现了大量的征战诗,如《小雅·采薇》:

> 采薇采薇,薇亦作止。曰归曰归,岁亦莫止。
> 靡室靡家,猃狁之故。不遑启居,猃狁之故。
> 采薇采薇,薇亦柔止。曰归曰归,心亦忧止。
> 忧心烈烈,载饥载渴。我戍未定,靡使归聘。
> 采薇采薇,薇亦刚止。曰归曰归,岁亦阳止。
> 王事靡盬,不遑启处。忧心孔疚,我行不来。
> 彼尔维何?维常之华。彼路斯何?君子之车。
> 戎车既驾,四牡业业。岂敢定居?一月三捷。
> 驾彼四牡,四牡骙骙。君子所依,小人所腓。
> 四牡翼翼,象弭鱼服。岂不日戒,猃狁孔棘。
> 昔我往矣,杨柳依依。今我来思,雨雪霏霏。
> 行道迟迟,载渴载饥。我心伤悲,莫知我哀!

年复一年,又到岁暮,这位戍卒经历了长久的征战生活。"靡室靡家,狁之故",因为外族侵入,不得不离开家乡参加战争。恋家思亲的情感和为国赴难的道义互相交织。这种矛盾情感是存在于戍卒群体中的普遍现象。为了抚慰战士们的心灵、调和忠孝矛盾,统治者将许多征战诗谱乐而歌,赞美人们为祖国的付出,比如《小雅·四牡》《小雅·皇皇者华》等。

《小雅·四牡》诗云:

> 四牡騑騑,周道倭迟。岂不怀归？王事靡盬,我心伤悲。
> 四牡騑騑,啴啴骆马。岂不怀归？王事靡盬,不遑启处。
> 翩翩者雏,载飞载下,集于苞栩。王事靡盬,不遑将父。
> 翩翩者雏,载飞载止,集于苞杞。王事靡盬,不遑将母。
> 驾彼四骆,载骤骎骎。岂不怀归？是用作歌,将母来谂。

小官吏远出行役,奔波劳苦。翩翩飞动的雏①鸟尚可随时停留休息,而小官吏却奔走不息,没有归程。因为王事未尽,所以征夫"不遑将父""不遑将母",无法奉养双亲。

《小雅·皇皇者华》诗云:

> 皇皇者华,于彼原隰。駪駪征夫,每怀靡及。
> 我马维驹,六辔如濡。载驰载驱,周爰咨诹。
> 我马维骐,六辔如丝。载驰载驱,周爰咨谋。
> 我马维骆,六辔沃若。载驰载驱,周爰咨度。
> 我马维駰,六辔既均。载驰载驱,周爰咨询。

使臣在外"周爰咨诹""周爰咨谋""周爰咨度""周爰咨询",广博咨

---

① 雏,即鹁鸠,一种孝鸟。

询。"我马维驹,六辔如濡""我马维骐,六辔如丝""我马维骆,六辔沃若""我马维骃,六辔既均",使臣时刻以君命为念,奔走驰骋。周代统治者将《小雅·四牡》《小雅·皇皇者华》等歌曲纳入诗集,谱乐而歌,广泛传唱。劳使臣时演奏《四牡》,遣使臣时演奏《皇皇者华》。讴歌人们的付出,慰藉他们忠孝难全的心灵。

三、笃行实干

《诗经》"笃"字共12处。其义有三:一是敦厚笃实,躬行实践。比如"笃公刘"(《大雅·公刘》)。二是厚重,形容体型胖大,或者吉庆、灾祸等厚重。比如"彼其之子,硕大且笃"(《唐风·椒聊》);"则友其兄,则笃其庆"(《大雅·皇矣》);"旻天疾威,天笃降丧"(《大雅·召旻》)。三是语助词,无义。比如"长子维行,笃生武王"(《大雅·大明》)。其中第一义的躬行实践是周族创业精神的集中体现。

武王克商以前的周族被称为"先周"。《大雅》中的《生民》《公刘》《绵》《文王有声》《大明》《皇矣》等"史诗"生动体现了先周君王躬行实践带领周人崛起的历程。《生民》记载后稷"诞实匍匐,克岐克嶷,以就口食。艺之荏菽,荏菽旆旆。禾役穟穟,麻麦幪幪,瓜瓞唪唪"。后稷充分开发自己的农业天赋,投入农业实践中,带领周族逐渐兴起。《公刘》记载公刘带领周族迁豳,亲力亲为,带领族人进行城市建设。《绵》记载古公亶父带领周族迁岐。"古公亶父,来朝走马;率西水浒,至于岐下……乃慰乃止,乃左乃右,乃疆乃理,乃宣乃亩。自西徂东,周爰执事。"正是古公亶父迁岐的重大决策和行动,初步奠定了灭商建国的基础。《文王有声》记载了文王的功绩,他伐犬戎,伐密须,伐耆国,伐邘,伐崇,由岐山迁都于丰,使周族达到足以与商分庭抗礼的地步,为灭商奠定了坚实的基础。正是因为躬行实践的创业精神,使周族从偏于一隅的"小邦周"逐渐崛起,并取代"大邦殷",建立周王朝。

(一) 笃公刘

《史记·周本纪》记载先周世系为:后稷—不窋—鞠—公刘—庆节—皇仆—差弗—毁隃—公非—高圉—亚圉—公叔祖类—古公亶父—季历—昌。公刘是周族远古首领,是《诗经》记载继后稷之后的又一位周族开国人物,他的主要功绩是带领周人迁豳①。《大雅·公刘》是歌颂公刘迁豳的史诗,上承《大雅·生民》,下接《大雅·绵》②。关于公刘迁豳的缘由,历来众说纷纭。杨宽概括出三种说法,"第一种说法认为由于扩大农业生产。《史记·周本纪》说:'公刘虽在戎狄之间,复修后稷之业,多耕种,行地宜',因而迁移。第二种说法认为由于自己'变于西戎'而迁移。《史记·匈奴列传》说:'夏道衰而公刘失其稷官,变于西戎,邑于豳'。第三种说法认为由于避乱、避难而迁移"。杨宽认为后面两种观点都不可信。第二种说法将不窋失去稷官而窜于戎狄之说附会到公刘身上;第三种说法从全诗看完全没有逃窜的意味。因此只有第一种"发展农业说"最为可信。《公刘》一诗的内容正如《史记·周本纪》所云:"公刘虽在戎狄之间,复修后稷之业,务耕种,行地宜。自漆沮渡渭,取材用。行者有资,居者有蓄积。民赖其庆,百姓怀之,多徙而保归焉。周道之兴自此始,故诗人歌乐思其德。"

《大雅·公刘》诗云:

---

① 豳,今陕西旬邑、彬县一带。
② 《生民》称颂后稷,《绵》称颂古公亶父。《大雅》中的六首史诗《生民》《公刘》《绵》《皇矣》《文王》《大明》分别赞颂后稷、公刘、古公亶父、王季、文王、武王的高尚德行与赫赫功业。

笃公刘,匪居匪康。乃场乃疆,乃积乃仓。乃裹餱粮,
于橐于囊。思辑用光,弓矢斯张,干戈戚扬,爰方启行。
笃公刘,于胥斯原。既庶既繁,既顺乃宣,而无永叹。
陟则在巘,复降在原。何以舟之?维玉及瑶,鞞琫容刀。
笃公刘,逝彼百泉,瞻彼溥原,乃陟南冈,乃觏于京。
京师之野,于时处处,于时庐旅,于时言言,于时语语。
笃公刘,于京斯依。跄跄济济,俾筵俾几。既登乃依,
乃造其曹。执豕于牢,酌之用匏。食之饮之,君之宗之。
笃公刘,既溥既长,既景乃冈,相其阴阳,观其流泉。
其军三单,度其隰原,彻田为粮。度其夕阳,豳居允荒。
笃公刘,于豳斯馆。涉渭为乱,取厉取锻。止基乃理,
爰众爰有。夹其皇涧,溯其过涧。止旅乃密,芮鞫之即。

诗篇每章都以"笃公刘"开头。《正义》云:"此篇言'笃',犹《生民》之言'诞',以公刘君厚爱其民,叹其能厚,故每章言'笃',以冠'公刘'之上。"[1]《生民》讲述后稷播种五谷养育万民,对于人民来说有诞生之功。《笃公刘》讲述公刘亲力亲为,带领人民建设豳地,具有笃行实干的品德。诗篇记载了公刘迁豳的整个过程,为了更好地发展农业,公刘不敢安居享福,而是带领人民带上充足的食物和兵器,有计划地向豳地进发。公刘登上山坡,降到平原,实地勘查,工作非常细致和周密。公刘奔波在泉水、原野、高山之间,最终选定建都地点。公刘定都之后大摆筵席,宴请诸友。《礼记·礼运》云:"夫礼之初始诸饮食。"公刘利用宴会中尊敬族长和宾客的礼节,使族人树立尊卑长幼观念,建立起社会的秩序。公刘合理安排

---

[1] 十三经注疏整理委员会:《十三经注疏·毛诗正义》,北京大学出版社1999年版,第1112页。

军队营地、耕作田地、居住用地,对国都进行了整体规划。公刘带领人民进行建设,渡水取材,营建宫室。使得豳地物庶民丰,人口逐渐稠密,周族兴旺起来。诗篇重点塑造了公刘这位人物形象。他深谋远虑,具有开拓精神。他本来可以在邰地安居享乐从事农业,但是他"匪居匪康",不敢安居享乐,而是亲自观察土地之宜,带领人民开辟环境更好的豳地。作为部落之长,他很有组织才能,精通领导艺术。出发之前他进行了精心的准备,等到一切准备做好之后才开始行动。到了豳地之后亲力亲为,不辞劳苦,勘查地形,规划建设,得到了群众的拥护。

  周族的兴国史由诸多君王共同完成,后稷开创农业文明,公刘建立雏形国家,古公亶父将周族正式带入国家阶段,王季、文王奠定灭商基础,武王完成克商大业。可以看到,公刘在其中发挥了重要的奠基作用。陈子展云:"公刘建立京师,当是周人有城邑之始;亦即周人由原始文化进入文明之始;由氏族社会向奴隶社会迈进之始也。"[①]周族的始祖后稷虽然以农事受封立国,但那时毕竟是游牧民族。公刘迁豳之后建立京师,稳定下来发展农业,使周族由游牧民族转变为农业民族;由氏族部落转向国家阶段。从迁豳到定都,公刘亲力亲为,事必躬亲。《论语·卫灵公》云:"言忠信,行笃敬,虽蛮陌之邦行矣;言不忠信,行不笃敬,虽州里行乎哉。"笃行实干的品行是开拓事业的重要品质。正是因为公刘具有笃行实干的品行,才能带领周人迁移定都,白手起家。"笃"德是周族兴盛的精神支撑,是周族创业精神的集中体现,是中华民族生生不息精神的重要体现。

(二) 太王迁岐

《大雅·绵》诗云:

---

① 陈子展:《诗经直解》,复旦大学出版社2015年版,第543页。

绵绵瓜瓞。民之初生,自土沮漆。古公亶父,陶复陶穴,未有家室。

古公亶父,来朝走马。率西水浒,至于岐下。爰及姜女,聿来胥宇。

周原膴膴,堇荼如饴。爰始爰谋,爰契我龟,曰止曰时,筑室于兹。

乃慰乃止,乃左乃右,乃疆乃理,乃宣乃亩。自西徂东,周爰执事。

乃召司空,乃召司徒,俾立室家。其绳则直,缩版以载,作庙翼翼。

捄之陾陾,度之薨薨,筑之登登,削屡冯冯。百堵皆兴,鼛鼓弗胜。

乃立皋门,皋门有伉。乃立应门,应门将将。乃立冢土,戎丑攸行。

肆不殄厥愠,亦不陨厥问。柞棫拔矣,行道兑矣。混夷駾矣,维其喙矣!

虞芮质厥成,文王蹶厥生。予曰有疏附,予曰有先后。予曰有奔奏,予曰有御侮!

诗篇以绵延的瓜瓞起兴,比喻周王朝的世代传承。周族是一个农业国家,土地是最为基本的生产资料,能否占有并支配广袤的土地是农业国家能否发展壮大的重要因素。对于周族来说,它历史上五次著名的迁徙从根本上说都是对于肥沃土地的追求。古公亶父迁岐也不例外。诗篇描写古公亶父带领周人从豳地迁往岐山,开国奠基。进而写周文王继承古公亶父的事业,击败昆夷,建立国家制度,使周族进一步壮大起来。因此本诗是一部周人的民族史诗。周人原先居住的豳地遭到游牧民族昆夷的侵扰,人民难以安定生活,因此古公亶父带领周人迁岐。这片辽阔的草原非常肥沃,即便是长出的苦菜都带有甜蜜的乳汁味道。人们怀着对于新生活的向往投入了对国家的建设,刻龟占卜测定吉凶,选定地址开始建造。诗篇有对周人建设家园的细节描写,找来司空管理工程,找来司徒管理人丁和土地,由他们带领着建造新房。拉开长长的绳墨,竖起夹板建造土墙,建成的宗庙十分端庄。铲下泥土倒进筐子里,倒土的声音轰轰作响,噔噔地倒土,噌噌地削墙,许多城墙同时动工,场面非常浩大。在周都建立城门,城门十分高大雄壮。建立宫殿的正门,正门十分威严。建造好土台作为祭坛,人们虔诚地祈祷祭祀。人们走出窑洞兴高采烈地安家定宅,在地面上建造房屋,这是一个质的飞跃,是周人过上安定生活的开始,是周族兴盛的迹象。接下来描写文王继承古公亶父的事业,成功地击退昆夷的入侵,化解了虞、芮两国的纷争,吸引了大量贤才前来效力。自豳地迁移到岐山,古公亶父带领周人出发、定宅、理田、建房、造庙,周文王化解虞芮之争、击退昆夷、招纳贤士,洋溢着周人对新生活的热爱,对发展国家的热情,呈现一派欣欣向荣景象。

四、勤政思想

《诗经》"勤"字出现 2 次,见于《豳风·鸱鸮》"恩斯勤斯,鬻子之闵斯",《周颂·赉》"文王既勤止,我应受之"。

(一) 忧患意识

《诗经》多次出现表示珍惜时间的"夙夜"一词,比如"夙夜匪解,以事一人"(《大雅·烝民》),"夙夜匪解,虔共尔位"(《大雅·韩奕》),"成王不敢康,夙夜基命宥密"(《周颂·昊天有成命》),"我其夙夜,畏天之威"(《周颂·我将》),"庶几夙夜,以永终誉"(《周颂·振鹭》),"维予小子,夙夜敬止"(《周颂·闵予小子》)等,歌颂或劝勉统治者夙兴夜寐、勤于政务。

《唐风·蟋蟀》诗云：

蟋蟀在堂,岁聿其莫。今我不乐,日月其除。
无已大康,职思其居。好乐无荒,良士瞿瞿。
蟋蟀在堂,岁聿其逝。今我不乐,日月其迈。
无已大康,职思其外。好乐无荒,良士蹶蹶。
蟋蟀在堂,役车其休。今我不乐,日月其慆。
无以大康。职思其忧。好乐无荒,良士休休。

诗篇是岁末时节劝人勤勉的作品。由蟋蟀从野外迁到屋内联想到时光的流逝,天气逐渐寒冷起来,季节交替,转眼已经到了年末。古人常用季节性昆虫来表现时序的更替,比如《豳风·七月》云:"七月在野,八月在宇,九月在户,十月蟋蟀入我床下。"时光过得如此之快,诗人不由得发出感慨。他宣称要及时行乐,不然就会浪费了这大好的时光。同时追求享乐也应当有度,不能只顾眼前享乐,要有忧患意识,勤勉向上,认真承担自己的工作,不能荒废事业。后世许多文人也都赞赏这种既平和又勤勉的人生观,比如杜甫一边感慨"莫思身前无穷事,且尽生前有限杯"(《漫兴九首》),一边立志"致君尧舜上,再使风俗淳"(《奉赠韦左丞丈二十二韵》);陶渊明一边吟唱"且极今朝乐,明日非所求"(《游斜川》),一边扬言"脂我名车,策我名骥,千里虽遥,孰敢不至"(《荣木》)。

(二) 勤勉于政

《诗经》记载了从西周初期到春秋中叶的历史,最晚到周定王时期。根据郑玄的《诗谱序》分析,年代最晚的诗是《陈风·株林》,时值周定王时期。在这漫长的历史过程中,周族展现了兴起、发展、壮大、繁荣、衰落、复兴、崩溃等不同态势。每当社会处于上升发展期、复苏期,大多有君王勤勉于政;每当社会处于衰败期、崩溃期,大多有君王骄奢淫逸。

　　公刘、文王、武王、成王、康王、宣王时期是《诗经》记载的君王勤政、社会上升发展的历史时期。公刘是周部落豳国的创建者。《大雅·公刘》记载公刘带领周族由邰迁豳①。公刘本在邰地从事农耕,他匪居匪康,不图安逸,带领人民开辟环境更好的豳地。到豳地后公刘登高山下平原,涉溪泉至原野,勘查地形。开辟田地,建造房屋,大小事务莫不躬亲。使豳地物庶民丰,周族兴起。文王勤政爱民,礼贤下士,广泛包罗人才。拜姜尚为军师,问以军国大事。伐密伐崇,建都于丰,发展农业,爱护百姓。《诗经》称赞他"勉勉我王,纲纪四方"(《大雅·棫朴》),"文王既勤止,我应受之"(《周颂·赉》)。文王时期奠定了雄厚的实力,到了武王时期便能一举克商。"文王有大德而功未就,武王有大功而治未成,成王承嗣,仁以临民,故称昊天焉。"(《新书·礼容下》)武王没有等到国家大治便撒手离去,稳定大局的重任落到成王和周公身上。周公平定三监之乱,制礼作乐,归政成王。成王勤政,真正实现社会大治。"维予小子,夙夜敬止"(《周颂·闵予小子》),"成王不敢康,夙夜基命宥密②"(《周颂·昊天有成命》),反映了成王勤奋不已的为政态度。穆王之后周族由盛转衰,历经几世衰乱接近崩溃。直到宣王继位,看到王室生存之艰难,发愤图强,勤勉为政,力挽狂澜。《小雅·庭燎》云:"夜如何其?夜未央,庭燎之光。"天还没亮的时候宣王已经上朝了。诸侯百官也及早入朝等待朝会。在宣王的带领下,朝中出现了许多勤政之臣,比如《大雅·烝民》"夙夜匪解,以

---

① 周始祖后稷被封于有邰(今陕西武功),至十代孙公刘由有邰迁豳(今陕西邠县),到文王祖父古公亶父(即周太王)又从豳迁到岐(今陕西岐山),文王由岐迁都于丰(今陕西西安北沣水县),周武王建都于镐京(今陕西西安西南沣水东岸)。

② 基命宥密,制定政令宽大安定。

事一人"的仲山甫,《大雅·崧高》"亹亹①申伯,王缵之事"的申伯,《大雅·韩奕》"夙夜匪解,虔共尔位"的韩侯。宣王时期君臣上下勤勉为政,创造中兴之世。历代勤政之君共同促进了周族的发展壮大。

《小雅·庭燎》诗云:

> 夜如何其?夜未央,庭燎之光。君子至止,鸾声将将。
> 夜如何其?夜未艾,庭燎晣晣。君子至止,鸾声哕哕。
> 夜如何其?夜乡晨,庭燎有辉。君子至止,言观其旂。

诗篇描写周王朝宫廷早朝的景象,表达君王勤于政务的主旨。君王在夜半时分就已经不能安眠,急于视朝。看到外边有了光亮,知道庭燎已经燃起来了。听到鸾声叮当作响,知道诸侯们已经早早入朝等待召开朝会了。宣王勤于政务,纲纪严明,带领官员勤于职务,稳定政治,因此能够成就中兴局面。

勤勉为政尚且难以保证国家长治久安,如果逍遥游燕那么便距离国家衰亡不远了。桧国是西周时期位于溱洧之间的一个小国,在今天河南省密县的东北部,周平王东迁之后很快就被郑武公所灭。《桧风·羔裘》一诗记载了当时桧国的国家面貌,诗云:

> 羔裘如濡,洵直且侯。彼其之子,舍命不渝。
> 羔裘豹饰,孔武有力。彼其之子,邦之司直。
> 羔裘晏兮,三英粲兮。彼其之子,邦之彦兮。

这是一首政治讽刺诗。即便身为大国之君,如果不能勤勉于政,尚且

---

① 亹亹,勤勉。

不能维护长治久安,更何况当时桧国国力弱小,周边大国正在虎视眈眈,情况不容乐观,国家已经到了风雨飘摇之际。但是即便在国家生死存亡的紧急关头,桧国国君仍然浑然不知,逍遥游燕。他穿上皮袄游逛在朝堂之上,皮袄闪闪发光非常美丽。现在国家处于危亡之际,这美丽的服饰不能给人带来一丝美感的喜悦,只能让人看到国君的昏庸。钱澄之《田间诗学》云:"《论语》:狐貉之厚以居。则狐裘燕服也。逍遥而以羔裘①,是法服为嬉游之具矣。视朝而以狐裘,是临御②为亵媟③之场矣。先言逍遥,后言以朝,是以逍遥为急务,而视朝在所缓矣。"④桧国国君贪于游燕、忽视治国,最终导致灭亡。

五、明辨是非

"哲"字的金文为"𣅀"或"𣂤"。从心,表示心灵思维。折声,表示决断。或增"目"字,强化思路明晰之义。因此"哲"字的初始义为思路明晰,处事决断。《诗经》"哲"字共12处,义为明智,常用于三种情况:

一是明晓政治局势。

"维此哲人,谓我劬劳,维彼愚人,谓我宣骄。"(《小雅·鸿雁》)

"邦国若否,仲山甫明之,既明且哲,以保其身。"(《大雅·烝民》)

"靡哲不愚,庶人之愚,亦职维疾,哲人之愚,亦维斯戾。"(《大雅·抑》)

二是使用人才。

"民虽靡膴,或哲或谋,或肃或艾。"(《小雅·小旻》)

---

① 羔裘,古时诸侯、卿大夫的朝服。
② 临御,皇帝治理国政、坐朝、临幸某地。
③ 亵媟,轻慢。
④ [清]钱澄之:《田间诗学》,黄山书社2014年版,第336页。

"哲夫成城,哲妇倾城,懿厥哲妇,为枭为鸱。"(《大雅·瞻卬》)

"宣哲维人,文武维后。"(《周颂·雝》)

三是区分谗言与忠言。

"其维哲人,告之话言,顺德之行。其维愚人,覆谓我僭。"(《大雅·抑》)

(一) 招贤纳士

人才是国家长远发展的重要力量。荀子在《荀子·君道》中指出,国君不能仅凭一人之力治理浩瀚的国土,必须有便嬖左右替他"窥远收众",当他游览安逸、疾病死亡时要有卿相为他抵挡变乱,与诸侯国交涉时要有人为他斡旋千里之外。因此国君需要有亲信近侍、卿相大臣、勇谋之士。"无便嬖左右足信者谓之暗,无卿相辅佐足任者谓之独,所使于四邻诸侯者非其人谓之孤,孤独而晻谓之危。国虽若存,古之人曰亡矣。"(《荀子·君道》)

《诗经》论述了人才的重要性。《大雅·板》"价人维藩,大师维垣,大邦维屏,大宗维翰",有贤臣良将、大国大宗的层层护卫,才能保证国家的长治久安。《大雅·抑》"无竞维人,四方其训之",使四方前来归顺依靠的正是人才的力量。《小雅·鹤鸣》"鹤鸣于九皋,声闻于野,鱼潜在渊,或在于渚,乐彼之园,爰有树檀,其下维萚,他山之石,可以为错",鹤是善于鸣唱之鸟,生活于沼泽之中,贤者就像鹤一样虽然身处幽远之地,但是依然能够声名远播。

《诗经》讲述周文王善于招贤纳士。周文王曾经重用殷贵族知识分子辛甲,《左传·襄公四年》记载辛甲从殷商奔逃到周地,被任命为太史,于是重用殷贵族知识分子做史官成为周王朝初期的常见现象。殷商史官有载其图法归周者,《吕氏春秋·先识览》记载:"殷内史向挚见纣之愈乱迷惑也,于是载其图法出亡之周,武王大说以告诸侯。"《诗经》大量诗篇称颂周文王广纳贤才,比如《大雅·棫朴》云:"芃芃棫朴,薪之槱之。济济辟王,左右趣之。济济辟王,左右奉璋。奉璋峨峨,髦士攸宜。淠彼泾舟,烝徒楫之。周王于迈,六师及之。"国家有如同棫朴一样繁盛的贤才,文士与武士辅佐周文王的祭祀与征伐,可谓文武齐备,万众归心。《大雅·绵》云:"予曰有疏附,予曰有先后,予曰有奔奏,予曰有御侮。"文王身边有亲附之臣,有参政之臣,有奔走效力之臣,有抵御外侮之臣,共同维护统治。

中国自古就有访贤传统。《礼记·月令》云:"季春之月……勉诸侯聘名士,礼贤者。"季春之时周王勉励诸侯慰问名士、礼遇贤人。《鄘风·干旄》就是一首征聘隐贤的诗,诗云:"孑孑干旄,在浚之郊。素丝纰之,良马四之。彼姝者子,何以畀之?孑孑干旟,在浚之都。素丝组之,良马五之。彼姝者子,何以予之?孑孑干旌,在浚之城。素丝祝之,良马六之。彼姝者子,何以告之?"根据《左传·闵公二年》记载,公元前660年狄人灭卫,齐桓公率领诸侯伐狄救卫,立文公,建都楚丘。卫文公发奋图强,授方任能振兴卫国。《干旄》可能就是卫文公初立之时招贤纳士的诗。素丝、良马是古代聘任贤臣惯用之物。在对贤人赠以素丝、良马的情况下,文公仍然觉得不足以表达诚意,发出"何以畀之""何以予之""何以告之"的感慨,可以看到文公求贤若渴的殷切心情。

不能因一己私怨而大肆挥霍国家的人才资源。《郑风·清人》诗云:

清人在彭,驷介旁旁。二矛重英,河上乎翱翔。
清人在消,驷介麃麃。二矛重乔,河上乎逍遥。
清人在轴,驷介陶陶。左旋右抽,中军作好。

《左传·闵公二年》云:"郑人恶高克,使帅师次于河上,久而弗召,师溃而归,高克奔陈。郑人为之赋《清人》。"郑文公十三年狄人侵卫,卫在黄河以北,郑在黄河以南,郑文公害怕狄人渡河侵入郑国,就派他厌恶的大臣高克带领清邑的士兵到河上去防御。时间久了,郑文公也不把高克的军队召回,任由军队在驻地无所事事,最终溃散,高克也逃到陈国。方玉润《诗经原始》云:"唯郑文公恶高克,而使之拥兵在外,此召乱之本也。幸而师散将逃,国得无恙;使其反戈相向,何以御之?"①诗篇《清人》表面上是讽刺高克溃散而逃,实际上是斥责郑文公狭隘昏庸,因一人之怨而大肆挥霍国家兵力。

(二)亲贤远佞

《荀子·修身》云:"非我而当者,吾师也;是我而当者,吾友也;谄谀我者,吾贼也。"统治者要分辨善恶,取法师者,听从友者,拒斥谄者,公正地任免官吏。《诗经》中多次出现"陟降"一词,义为升降,也就是官位的任免。比如《周颂·闵予小子》"念兹皇祖,陟降庭②止",《周颂·访落》"绍庭上下,陟降厥家",《周颂·敬之》"无曰高高在上,陟降厥士,日监在兹",都是劝勉统治者公正任免。

周厉王时期斥逐贤良导致国家衰败。《大雅·桑柔》《大雅·荡》是批判厉王不能任贤的诗。《大雅·桑柔》"告尔忧恤,诲尔序爵",劝诫厉王忧虑国事,授官任能。《大雅·荡》"女炰烋于中国,敛怨以为德。不明尔德,时无背无侧。尔德不明,以无陪无卿",讽刺厉王跋扈无道,不能区分贤臣和奸臣,得不到良臣的辅佐。

周幽王时期不能任用贤臣导致国家灭亡。《小雅·正月》《小雅·小旻》《大雅·瞻卬》是批判周幽王不能任贤的诗。《小雅·正月》云:"其车既载,乃弃尔辅,载输尔载,将伯助予。"车装满货物后丢掉两旁的挡板,等到

---

① [清]方玉润:《诗经原始》,中华书局2021年版,第160页。
② 庭通"廷",公正。

货物掉落时才寻求帮助。车比喻国家，辅比喻贤臣，载比喻治理国家。讽刺周幽王忽视贤臣，等到国家发生动乱才明白人才的重要性。《小雅·小旻》"民虽靡膴，或哲或谋，或肃或艾"，劝诫周幽王任用智慧、谋虑、恭肃、有治理之才的贤士。《大雅·瞻卬》批判幽王宠幸褒姒，任用奸佞，败坏朝纲。

《论语·颜渊》云："举直错诸枉，能使枉者直。"任用有德之人可以使政局清明。《尚书·周书·君奭》记载周公称赞周文王重用五位有德之臣，五位大臣"彝教"永不停歇地辅助教化，才使文王之德广布于天下。

（三）从谏如流

《诗经》中有大量刺谗诗，代表性的有《大雅》的《民劳》《板》《荡》《桑柔》《瞻卬》《召旻》；《小雅》的《节南山》《正月》《十月之交》《雨无正》《小旻》《巧言》《巷伯》等。以上诸诗大多产生于西周末期、东周初期政治幽昧时期，以厉王、幽王时期为多。

1. 周厉王时期的刺谗诗

周厉王是西周第十位君主。周厉王宠信荣夷公，任用荣夷公做卿士，掌管国家大事。荣夷公贪财好利，劝说周厉王实行专利政策，独自占有山林川泽，损害了贵族阶层的利益。众所周知，西周初期便已经开始实行了分封制度，各个诸侯国之内的领地及其资源属于各诸侯国所有。但是周厉王的专利政策却将资源收归国有，贵族占有的山林川泽都要向周王缴纳赋税。这直接损害了贵族阶层的利益，违背了周代共享山林川泽的制度，因此周厉王遭到了诸侯们的强烈反对。

周厉王严格控制言论又得罪了国人阶层。西周时期平民阶层分为两种，居住在城里并且有固定居所的人被称为"国人"，他们虽然也受到剥削和压迫，但是由于与贵族阶层还保持着某种血缘关系，因此在一定程度上拥有某些参政议政的权利,也有服兵役的义务。另一种居住在城外,以种田为生的人被称为"野人",他们地位低下,但是能够组织家庭,不会被随意杀戮。其中,国人是城邑的中坚力量。因为周厉王暴虐成性,奢侈专横,因此国人都纷纷议论他。召公向周厉王进谏说:"百姓不能忍受暴虐的政令。"周厉王知道之后勃然大怒,让巫师监督国人,听到有议论周厉王的国人,就把他抓来杀掉。如此一来,议论的人越来越少,大家都不敢随便议论。甚至国人走在路上见到熟人也不敢说话问候,只能用眼神来交流。"国人莫敢言,道路以目"说的就是此事。这时国人对周厉王的积怨已经很深。有一个人站出来说要杀死周厉王,其他国人也纷纷响应,就这样国人暴动发生了,受到惊吓的周厉王仓皇逃跑到彘地,一直老死在那里。从周厉王逃跑一直到死去的十四年时间里,都城一直都没有周天子统治,而是由共伯和摄政,这也进一步导致了西周王权的衰落。周厉王逃跑到彘地,人们便来都城寻找他的儿子,想要将他杀掉以除后患。周厉王的儿子姬静无奈之下跑到召公家里,召公为了保护太子姬静,就让自己的儿子假冒姬静,国人杀掉了召公的儿子,姬静得以存活下来,他就是后来继位并实现西周中兴的周宣王。

《大雅·板》诗云:

> 上帝板板,下民卒瘅。出话不然,为犹不远。
> 靡圣管管,不实于亶。犹之未远,是用大谏。
> 天之方难,无然宪宪。天之方蹶,无然泄泄。
> 辞之辑矣,民之洽矣。辞之怿矣,民之莫矣。
> 我虽异事,及尔同寮。我即尔谋,听我嚣嚣。
> 我言维服,勿以为笑。先民有言,询于刍荛。
> 天之方虐,无然谑谑。老夫灌灌,小子蹻蹻。
> 匪我言耄,尔用忧谑。多将熇熇,不可救药。

天之方懠。无为夸毗。威仪卒迷,善人载尸。
民之方殿屎,则莫我敢葵。丧乱蔑资,曾莫惠我师。
天之牖民,如埙如篪,如璋如圭,如取如携。
携无曰益,牖民孔易。民之多辟,无自立辟。
价人维藩,大师维垣,大邦维屏,大宗维翰。
怀德维宁,宗子维城。无俾城坏,无独斯畏。
敬天之怒,无敢戏豫。敬天之渝,无敢驰驱。
昊天曰明,及尔出王。昊天曰旦,及尔游衍。

此诗是凡伯谴责周厉王施政昏昧、不听劝谏的诗。从周夷王时期开始,西周政权就逐渐衰落下去。周厉王时期更加昏庸腐败,朝纲大坏,致使人民苦不堪言。《国语》曾经记载"邵公谏厉王弭谤"一事,就是对其暴虐无道行径的真实反映。正如邵公所言,周厉王时期大肆屠杀议论朝纲的民众。"防民之口,甚于防川",越是严厉控制人民的言论,越会激发人民的怨愤。此诗的创作时间应该是在国人暴动将厉王驱逐出镐京之后,共和执政之前的时期。诗篇详细讲述了劝谏的原因、目的以及具体内容。面临岌岌可危的局面,厉王依然纵情享乐,胡作非为,姿态傲慢,听不进臣子们的忠言劝谏,把臣子们的忠言当作儿戏,严厉控制人民的言论,到了无以复加的程度。诗人劝说周厉王改变政令,缓和关系,使人民摆脱苦难,自得其乐地生活。诗人劝谏道,对于国人的疏导要像吹奏埙篪那样悦耳,对于民众的提携要像佩带璋圭那样时时留意。人民犹如城墙,只有修建好城墙,统治才能更加安全。如果毁坏城墙,那么自己也将面临灭亡的威胁。此诗《板》与另外一篇《荡》都以讽谏周厉王而著称,其言辞之恳切,感情之激切,使诗篇具有了后世谏书的作用,以至于"板荡"一词成了形容政局混乱、社会动荡的专用词,对后世影响极为深远。比如李世民的诗文"疾风知劲草,板荡识诚臣"(《赐萧瑀》)就来源于此。

《大雅·荡》是召穆公劝谏周厉王不要暴虐无道的作品。诗篇假托周文王的口吻,感叹商纣昏庸残暴,在夏桀身死国灭之后重蹈覆辙走向灭亡,以此借古讽今,劝告周厉王实行德政。诗篇斥责厉王实施暴政,政令邪僻,贪财好利,霸占国家的财富,听信谗言,迫害忠臣,纵酒败德,奢靡无度,荒废政事,不能学习祖先流传下来的治国之策,导致国家日益衰败,大祸临头还浑然不知,这样必将招致毁灭性的灾难。诗篇最后指出"殷鉴不远,在夏后之世",出自《尚书·召诰》"我不可不监于有夏,亦不可不监于有殷"。殷商没有吸取夏桀灭亡的教训而走向了灭亡,如果厉王不吸取殷商的教训也将很快走向灭亡,警示之意犹如暮鼓晨钟,振聋发聩。

2. 周幽王时期的刺谗诗

周幽王姬宫湦是西周王朝的第十二任君主。周幽王贪婪腐败,不问政事,导致政治腐败。任用奸佞的虢石父为卿士,执掌政权,贪财好利,引起百姓的强烈不满。公元前771年犬戎攻入西周都城镐京,杀死周幽王,西周灭亡。周幽王腐败无能,再加上西周晚期内部和外部积累的各种综合因素,共同导致了西周的灭亡。周幽王成为西周王朝最后一任君主,标志着西周的终结和东周的开始,中国历史进入一个新的历史时期。

《小雅·巷伯》是周幽王时期极具代表性的刺谗诗。诗人是寺人孟子,"寺人""巷伯"都是宦官的通称,"孟子"是其名。诗人可能是一位因谗言获罪而遭受宫刑成为宦官的人。东汉班固曾在《汉书·司马迁传赞》里称司马迁为"《小雅·巷伯》之伦"。诗篇以织锦起兴,引申出谗人的形象。谗人非常善于组织美丽动听的语言,就像那紧密交织的锦缎一样。谗人滔滔不绝挑拨离间的丑态就像灾星"簸箕星"一样。诗人痛恨地要把谗人扔给虎豹豺狼,扔到大漠边疆,扔到天上,满腔怒火汹涌澎湃,到达了全诗的高潮。诗人在诗篇的末尾留下了自己的名字,使此诗成为《诗经》

中为数不多的拥有作者姓名的作品。诗篇是一首直抒胸臆的刺谗诗,把巧言善辩的谗人形象刻画得惟妙惟肖,对谗人进行了无情的诅咒,对谗人当道、贤人受害的不公正现象进行了猛烈的抨击。谗言的危害是极大的,造谣中伤、污蔑陷害在政治斗争中是最常见的伎俩,常常与是非、荣辱、兴衰、利害等直接相关,而且成本极小,效果明显。因此因为谗言而造成的悲剧在历史上不断上演,无数正直善良的人因为谗言的伤害而如草木般凋零。

关于《小雅·巧言》一诗,《毛诗序》云:"《巧言》,刺幽王也。大夫伤于谗,故作是诗也。"①诗篇是一个受到谗言伤害的官吏劝谏上位者不要听信谗言的诗。与其他的刺谗诗不同,这首诗重在劝谏上位者不要听信谗言,认为上位者喜欢听信谗言是导致谗言泛滥的根本原因,谗言祸乱朝政的根本原因不在于进谗者而在于信谗者,因为只有上位者相信谗言的时候它才能发挥作用。所谓"流言止于智者",如果上位者是一个聪明睿智的人,他便不会去理会那些谗言。正因为上位者喜欢窥探秘密,听信道听途说,间接鼓励了谗人。谗言如同鸦片,听起来非常美丽新奇,但却隐含着巨大的祸患,如果没有自制能力,便会被谗言误导,做出错误的举动,带来不好的结果。因此上位者应当主动提高屏蔽能力,打压那些喜欢进献谗言的人,提倡光明磊落的政治风气,使贤人得到重用。如此方能创造清明的政治环境,谗言也就无从兴起了。正如《荀子·解蔽》所云:"君人者周,则谗言至矣,直言反矣,小人迩而君子远矣……君人者宣,则直言至矣,而谗言反矣,君子迩而小人远矣。"君主隐蔽周密,谗言就会兴起;君主开诚布公,信言就会兴起。上位者应当明辨忠奸,广纳善言。《荀子·大略》云:"迷者不问路,溺者不问遂,亡人好独。"迷路是因为不打听方

---

① 十三经注疏整理委员会:《十三经注疏·毛诗正义》,北京大学出版社1999年版,第754页。

向,溺水是因为不询问良途,国亡是因为君王闭目塞听。此诗虽然是从个人遭遇入手,但却并未陷入个人恩怨的狭小视角,而是上升到谗言误国、上位者如何更好地创造清明政局的高度。诗篇不仅感情充沛,而且具有普遍的历史意义与价值,对于治国理政有重要的启发意义。

3. 周平王时期的刺谗诗

周平王就是周幽王的儿子宜臼。西周末年周幽王残暴无道,得到褒姒以后生子伯服。不久之后周幽王废掉申后与姬宜臼,立褒姒为后,以伯服为太子。姬宜臼逃跑到申国,申侯联合缯国和犬戎进攻周幽王,周幽王最终被犬戎所杀。公元前770年晋文侯、郑武公、卫武公、秦襄公等以武力护送周平王到达洛邑,东周开始。平王东迁之后周王室的权力已经式微,周王是名义上的天子,实际上已经丧失大部分的主权,需要看诸侯们的脸色行事。周平王在内忧外患中度过了五十年,于公元前720年去世。

《大雅·抑》是周平王时期的刺谗诗。周平王时期施政不当,王室衰微,诸侯坐大,《王风·君子于役》《王风·扬之水》等就是讽刺周平王"君子行役无期度""不抚其民,而远屯戍于母家"之作。《大雅·抑》一诗的作者是卫武公,他是周朝的元老,历经周厉王、周宣王、周幽王、周平王四朝,亲眼看见了周厉王被流放、周宣王中兴、周幽王覆灭、周平王执政等阶段。周平王在位时卫武公创作此诗,此时卫武公已经是八九十岁高龄的老人,看到自己辛苦扶持培养起来的周平王如此昏庸腐败,导致政治黑暗,他不禁悲从中来,写下这首劝谏诗。诗篇指责周平王德行败坏,沉迷酒色,只知道吃喝玩乐,不关心国家政务,不效法先王之道。诗人劝谏周平王应当勤于国事,为人民作出表率。应当整顿军务,建造兵器,以应对临时发生的敌情。应当带领百姓遵守法度,以防止发生祸乱。应当注意自己的言语,谨言慎行,温和有礼。应当对上天怀有敬畏之心,不愧屋漏,以接受上天监督的心态去做事。应当修养美好德行,行为谨慎,仪容端正,投桃报李,对人友好。应当认真听取忠言劝谏,学习先王旧章,防止出现更多错误。诗篇说道,普通人的愚蠢是因为天资愚笨,而聪明人的愚蠢令人难以置信。卫武公认为周平王不是一个天资愚笨的人,但是现在却不明事理,昏庸败坏,即将断送周王朝的基业。这里体现的不仅是对周平王一人感到失望,更是对周厉王、周幽王以来国运艰难的深深忧虑。

六、追求平等

周代的政治制度主要包括封建制、分封制、宗法制等。周朝的政治制度以封建制为主,划分为天子、诸侯、卿士、士民四个等级。天子居于统治地位的顶端,统管全国。诸侯们分别管辖各自封地内的事务。卿士是天子和诸侯的官员,负责处理国家政务。士民是普通百姓,在人员数量构成上占绝大多数,是社会的基础部分。封建制指的是天子授予诸侯以一定规模的土地和相当数量的人民,诸侯向天子进贡物品,同时在必要时刻承担为天子和国家出兵的义务。官制是天子任用的官员,他们分别负责不同的政务,确保国家外交和内部治理的顺利进行。分封制是将国家划分为诸侯国、封邑两个层级,通过封爵和领地的分配,使周王能够控制和管理全国各地的贵族领主。宗法制则是周朝社会层面的基本制度,以血缘为纽带,以家族为核心,通过宗法制实现权力的传承和家族秩序的维护。封爵制度根据个人在国家中的地位和功绩的不同,被封为公、侯、伯、子、男等爵位,爵位的高低决定了一个人在社会中的权力和地位。

周朝的政治制度以封爵制度为基础,通过分封制和宗法制的实施,实现周王对社会的有效控制和管理。这种政治制度在中国历史上产生了深远影响,成为后来封建社会政治制度的基础。但是,周代的等级制度即礼的部分主要是对人的角色地位进行划分,最终形成等级制度,它在维护社会秩序的同时也蕴含着深刻的矛盾。这种制度虽然明确规定了不同阶层的社会责任和权力,使其各司其职,构建起清晰的社会秩序,但是导致了社会的不平等,限制了底层人民向上层涌流的渠道,加剧了社会的不平等。尤其是在土地所有制方面,由于土地要归贵族所有,农民被迫成为贵族的附庸,受到贵族的剥削和压榨,他们的生存和发展受到了极大的限制,久而久之,积怨已久的阶级矛盾隐含着巨大的不安定因素。《诗经》体现出在宗法分封制度下因血缘而出现身份等级的层级差异,剥削与矛盾广泛存在于统治阶级内部、统治阶级与被统治阶级之间、王畿与诸侯国之间。

(一)统治阶级内部矛盾

周代的政治组织形式以及社会结构是按照宗法制度组织起来的,官员又分为卿、大夫、士三个层级,形成按照血缘亲疏来规定地位尊卑的等级森严的秩序结构,层级之间不可逾越。士处于统治阶级的最底层,常常处于被役使和压迫的地位。

《小雅·北山》诗云:

> 陟彼北山,言采其杞。偕偕士子,朝夕从事。王事靡盬,忧我父母。
>
> 溥天之下,莫非王土;率土之滨,莫非王臣。大夫不均,我从事独贤。
>
> 四牡彭彭,王事傍傍。嘉我未老,鲜我方将。旅力方刚,经营四方。
>
> 或燕燕居息,或尽瘁事国;或息偃在床,或不已于行。

或不知叫号,或惨惨劬劳;或栖迟偃仰,或王事鞅掌。
或湛乐饮酒,或惨惨畏咎;或出入风议,或靡事不为。

此诗描写周朝一位士人怨恨大夫分配工作劳逸不均,揭露统治阶级上层腐朽,下层怨愤,蕴含极大的内部矛盾。士的工作非常繁重,从白天忙到黑夜,四处奔走不息,为了做好工作尽心竭力,提心吊胆。而大夫安逸舒适,只管发号施令,饮酒作乐。士发出"大夫不均,我从事独贤"的怨愤。不同生活状况的对比描写体现了统治阶级内部鲜明的矛盾对立,暴露了宗法等级社会的不公和隐患。等级森严、任人唯亲的宗法等级制度势必造成上层腐败,下层怨恨。等到积累的矛盾越来越深,便会激化甚至最终分崩离析。

(二) 统治阶级与被统治阶级的矛盾

周代人口政策是国野分治。王城以内称为"国中";王城以外相当距离的周围地区称为"郊"。以王城为中心连同郊在内称为"国";"郊"以外地区称为"野"。国人属于统治阶级,有国家公民性质,承担军赋、兵役、力役。野人属于被统治阶级,是劳动者,要无偿耕种籍田①。此外,野人还要出贡赋与力役,提供贵族所需要的牺牲,提供在野的一切物产。《齐风·东方未明》一诗就描写井田制度之下尖锐的阶层对立。诗云:"东方未明,颠倒衣裳。颠之倒之,自公召之……狂夫瞿瞿。"役人酣睡之际突然

---

① 井田制下的土地分两部分,一部分由野人进行集体耕作,称籍田或公田;一部分平均分配于各户,称私田。如《小雅·大田》"雨我公田,遂及我私"就反映了这种土地制度。"好是稼穑,力民代食。稼穑维宝,代食维好。"(《大雅·桑柔》)反映了农民耕种土地、统治阶级代食的剥削制度。"籍礼"是贵族以礼的方式在籍田上监督庶人进行无偿劳动,以确保"籍"的剥削制度。

听到监公的催促,役人手忙脚乱地把衣服都穿反了,迅速开始劳动,还要接受监工严厉的监督。另外,统治阶级与被统治阶级之间的矛盾在《魏风》中表现得最为突出。魏国地狭民贫,人民生活困苦,对于剥削的反抗与呐喊也最为强烈。《魏风》中的《伐檀》《硕鼠》《葛屦》等都是揭露统治阶级腐败性的代表之作。

《魏风·伐檀》描写一群伐木者在砍伐檀树制作马车时,想到统治者不种庄稼、不打猎却占有这些劳动果实,非常愤怒,于是你一言我一语地提出了责问。诗篇充满了劳动者对统治者的讽刺和对现实社会不平等性的强烈斥责。伐木者把砍伐的檀树运到河边,看到清澈泛着涟漪的河水不由得心生赞叹,大自然的美真是令人愉悦,伐木者有了片刻的欢愉。但是这种欢乐只是短暂的,由于伐木者忍受沉重的剥削与压迫,长年累月地被束缚在无休止的劳动中,他们并没有像这汩汩流淌的河水一般的自由,于是激起了内心的不满和愤恨。所有劳动成果全被霸占,自己一无所有,不禁提出严厉的责问:"不稼不穑,胡取禾三百廛兮?不狩不猎,胡瞻尔庭有县貆兮?"揭露了统治阶级不劳而获的剥削本质。

《魏风·硕鼠》是一首公认的控诉剥削的诗作。诗人直呼奴隶主剥削阶级为贪婪可憎的大老鼠、肥老鼠。老鼠长相丑陋又性喜偷窃,用它来比喻贪婪的剥削阶层很是贴切。统治阶层被供养多年,却不能给奴隶们一点恩惠,甚至连一点安慰也没有,揭示了统治阶级和被统治阶级的尖锐对立。统治阶层不劳而获,贪得无厌。奴隶们不堪忍受统治者的剥削,幻想逃到"乐土""乐国""乐郊",那里财产公平,互不侵占。郭沫若在《中国古代社会研究》中指出:"阶级的不平等已经发现了,然而怎么办呢?'燕燕居息、出入风议'的人听他们永远'燕燕居息、出入风议'吗?或者是'惨惨劬劳、靡事不为'的自己永远甘于'惨惨劬劳、靡事不为'吗?这样的生活实在受不下,这是应该找一个解决的方法的。解决的方法有了!是什么呢?这便是三十六计走为上计。起初满以为一逃到外国去便可以免受压迫剥削的痛苦了,哼!哪里知道竟出乎意料!耗子是随处都有的,乐土纵找遍天下都寻找不出!"①奴隶们想要找到没有剥削的可以安居乐业的地方,但在当时的社会中只是一种美好的幻想和憧憬。

《魏风·葛屦》描写一位贫穷的缝衣女和她的贵族女主人之间的对立。缝衣女穿着用麻绳编制的破旧凉鞋,无法抵御寒冬。双手纤细、弱不禁风的缝衣女辛勤地为主人缝制衣服。她的贵族女主人穿衣打扮非常高贵,气度傲然,对缝衣女不理不睬,自顾自地拿起簪子悠闲地梳妆。缝衣女的贫穷卑微与贵族女的养尊处优代表的不仅是个人的遭际,更是两个阶层的差异。

贵族统治阶级认为攫取农人的劳动果实是天经地义的事。《大雅·桑柔》云:"好是稼穑,力民代食。稼穑维宝,代食维好。""力民代食"指官府役使人民劳动,霸占他们的劳动成果。诗人芮良夫劝诫厉王重视稼穑,使人民勤劳耕种以供养官府,认为官吏坐吃是正道。可以看到,统治阶级认为役使人民、剥削果实是天经地义的事。这就是当时统治阶级与被统治阶级之间尖锐的对立和不可调和的矛盾,被统治阶级苦不堪言,难以为继;被统治阶级却继续横征暴敛,唯恐不足。

(三)王畿与诸侯国的矛盾

周公平定三监之乱以后实行分区经营,封建姬姓大国鲁、齐、卫、燕,监视东方小国。距离镐京较近的各国称为"小东",较远的称为"大东"。为加强控制,从镐京到东方修筑战略公路"周道""周行",向东方运输军队和军用物资,把贡赋和财富运回西方。《小雅·大东》就是描写西周统治者通过周道压榨东方人民的诗。

---

① 郭沫若:《中国古代社会研究》,商务印书馆2011年版,第166页。

第七章 | 《诗经》之政治美德

《小雅·大东》诗云：

有饛簋飧，有捄棘匕。周道如砥，其直如矢。
君子所履，小人所视。眷言顾之，潸焉出涕。
小东大东，杼柚其空。纠纠葛屦，可以履霜。
佻佻公子，行彼周行。既往既来，使我心疚。
有冽氿泉，无浸获薪。契契寤叹，哀我惮人。
薪是获薪，尚可载也。哀我惮人，亦可息也。
东人之子，职劳不来。西人之子，粲粲衣服。
舟人之子，熊罴是裘。私人之子，百僚是试。
或以其酒，不以其浆。鞙鞙佩璲，不以其长。
维天有汉，监亦有光。跂彼织女，终日七襄。
虽则七襄，不成报章。睆彼牵牛，不以服箱。
东有启明，西有长庚。有捄天毕，载施之行。
维南有箕，不可以簸扬。维北有斗，不可以挹酒浆。
维南有箕，载翕其舌。维北有斗，西柄之揭。

《逸周书》记载："辟开修道，五里有郊，十里有井，二十里有舍。""周道"又称"周行"，将贡赋和征敛的财富运回西方。这条周道对东方各小国来说如同一条吸血管道，西周统治者通过它压榨东方人民。《小雅·大东》一诗就是对这种剥削现象的揭露和抨击。织布机上的布帛被掠夺一空，小民穿着单薄的破草鞋，难以抵御凛冽的寒冬，而贵公子们还在通过周道来榨取人民的财富。西方的人民生活富裕，穿着奢华的服饰，而东方小国的人民只能吃苦耐劳，忍受剥削。东方进献美酒，周人还嫌弃不好喝。东方进献佩玉，周人还嫌弃它不够长。在对比描写中反映了西周统治者与东方小国之间不平等的经济政治地位。诗人面向星空展开丰富的联想。织女星织不成布帛,牵牛星拉不动车辆,早上的启明星、晚上的长庚星都是有名无实。毕星在大路上张网,徒劳无功。整个运转的星河都不能为东方小民解决困苦。簸箕星不能扬米糠,南斗星不能舀酒浆,它们都是徒有虚名。簸箕星张开大口,吐着长长的舌头。斗星向东举着柄儿,作攫取之状。面对周朝统治者搜刮财富、劳民伤财、贪得无厌等问题,诗人郁结于心,形诸笔墨愤慨激昂。通篇运用对比和暗喻,由现实人间写到虚幻星空,由虚幻星空联想到搜刮与剥削,描写了东方人民遭受沉痛压榨的图景,抒发了诗人反抗剥削的激烈情绪。描绘了一幅王政不公、匹夫抗争的社会画卷。

第八章 |《诗经》之普适德性[①]

- 一、仁爱精神
- 二、友爱精神
- 三、报德思想
- 四、和谐理念

[①] 本章部分内容发表于《社会科学研究》2021年第6期和 *Journal of Linguistic Studies* 第3期。

第八章 | 《诗经》之普适德性

在《诗》的时代,有一些德性观念不仅适用于个人修养,也适用于社会治理。这些德性在绝大多数人之间达成了共识,成为约定俗成的理念,体现出普适性。它们不仅有助于个人品德的提升,也有助于社会的和谐与进步。

一、仁爱精神

"仁"的甲骨文为"𠔽",由人、二组成,表示二人亲爱。《诗经》"仁"字共2处。第一处,《郑风·叔于田》"岂无居人?不如叔也,洵美且仁",《诗集传》云:"仁,爱人也。"[1]第二处,《齐风·卢令》"卢令令,其人美且仁",《毛传》云:"有美德,尽其仁爱。"[2]两处"仁"都为"爱人"之义。《诗经》仁德精神是建立在人性觉醒基础上对他人的关爱。

(一)人性觉醒

《诗》的时代,人的价值凸显。殷周革命使人认识到个人主观能动性的作用。人性而非神性更多地进入人对自我与世界的认知,人性得到高扬。《诗》对人殉制度的批判突出地反映了这种现象。殷人盖房要杀活人奠基,房柱、房门、窗子、房梁等建筑结构的地下都要埋葬活人,以便为房子祈福。比如商代21号宫殿遗址共用641个人奠基。到了周代取消使

---

[1] [宋]朱熹:《诗集传》,中华书局2011年版,第63页。
[2] 十三经注疏整理委员会:《十三经注疏·毛诗正义》,北京大学出版社1999年版,第348页。

用活人奠基,而是用歌唱的形式来赞美宫室。

《小雅·斯干》小河流水清清,终南林木幽幽,宫殿的选址环境非常优美。捆紧木框筑泥墙,用力夯土通通响,可见建筑的结实耐用。宫室阻隔风雨野兽,是君子的好住处。建筑宫室非常端正,如同人的站立,笔直如同利箭,好像鸟儿展开翅膀,雄鸡张开羽翼,体现出宫室的线条之美。兄弟们一起住在宫室之中,和睦团结,其乐融融。《斯干》歌颂宫室落成,将关注点放在宫室的功能构造以及对人的使用价值,诗作显现一派风和日丽景象,与殷商时期的建造相比,已经全然没有了血腥之气。

人殉是古代以活人陪葬的制度,它出现于原始社会末期,盛行于殷商,西周以后渐趋灭绝。《秦风·黄鸟》是批判秦穆公以人殉葬的诗,诗云:

> 交交黄鸟,止于棘。谁从穆公?子车奄息。维此奄息,百夫之特。
> 临其穴,惴惴其栗。彼苍者天,歼我良人!如可赎兮,人百其身!
> 交交黄鸟,止于桑。谁从穆公?子车仲行。维此仲行,百夫之防。
> 临其穴,惴惴其栗。彼苍者天,歼我良人!如可赎兮,人百其身!
> 交交黄鸟,止于楚。谁从穆公?子车针虎。维此针虎,百夫之御。
> 临其穴,惴惴其栗。彼苍者天,歼我良人!如可赎兮,人百其身!

《左传·文公六年》记载"秦伯任好卒,以子车氏之三子奄息、仲行、针虎为殉,皆秦之良也。国人哀之,为之赋《黄鸟》"。春秋时期秦穆公去世之后选择以活人殉葬,《黄鸟》就是时人哀叹三位贤才(子车氏三位大夫奄息、仲行、针虎)为秦穆公殉葬而作,体现出对人殉制度的控诉,对秦穆公的憎恨。"交交黄鸟,止于棘",黄雀声音凄惨地鸣叫着落在枣树上,用这种凄凉哀婉的景象营造出悲凉肃杀的氛围。紧接着交代子车奄息、子车仲行、子车针虎三人将为秦穆公殉葬,"维此奄息,百夫之特""维此仲行,百夫之防""维此针虎,百夫之御",三位贤才都是百里挑一的兼有才能与德行的人,而这样优秀的人却要去殉葬。"临其穴,惴惴其栗",面对即将被活埋的墓穴,吓得浑身战栗。诗人在这惨绝人寰的景象面前发出质问,"彼苍者天,歼我良人"!不仅表达出对三位贤才的惋惜,更表达出对人殉制度的强烈抨击。在春秋时代,人殉制度在许多诸侯国都还存在着。《墨子·节葬》云:"天子杀殉,众者数百,寡者数十;将军大夫杀殉,众者数十,寡者数人。"秦穆公时代,人们认识到人殉制度的残酷性与落后性。《黄鸟》一诗就是一个明证。《礼记·檀弓下》记载陈乾昔临死之际对儿子说:"如我死,则必大为我棺,使我二婢子夹我。"其子曰:"以殉葬,非礼也,况又同棺乎?"也说明人殉制度已经不合于新的礼制。

(二)怀柔政策

周人对待前代殷商遗民实施仁爱政策,牧野之战以后分封武庚管理殷商遗民,甚至在武庚叛乱之后,周王室仍然没有残杀殷商遗民,而是再次分封微子管理殷商遗民。从中可以看到周族广阔的胸襟。在灭掉一个朝代之后,能够留下前朝旧民和旧王血脉,使其继续祭祀前朝香火。另外,周分封殷商遗民还有"不斩祀"的宗教观念影响。先民"恐宗庙之不扫除,社稷之不血食"(《国语·齐语·管仲对桓公以霸术》),因此"武王克殷,乃立王子禄父,俾守商祀"(《逸周书·作雒》)。这种怀柔政策在周朝之后的历史更迭中是鲜少出现的。封建帝制时代已经普遍接受了"斩草除根"的理念,对前代遗民大多赶尽杀绝。周王朝的宗庙礼法与宗法分封制度与秦朝之后的封建礼法与大一统制度是截然不同的两种制度文化模式,封建帝制时代在维护权力方面的措施越来越严密,充满血腥暴力。在秦汉以及三国时期,旧王尚可以在交出权力之后获得一线生机。但是两晋之后,几乎所有王朝的更迭都会将旧王遗脉及其官属彻底清除。比如清朝推翻明朝之后,散布在全国的数百万明朝朱姓后裔被屠戮殆尽,明朝遗留的官员也没有得到什么好的下场。康熙四十七年,距离明朝灭亡已经过去了六十四年,康熙还亲自下令处死了一个被称为"三太子"的人。该人据说是朱由检的三皇子朱慈焕,他的真实身份无从确认,并且已经是七十多岁高龄的老人,对清朝的统治已经不存在任何威胁,即便如此他也未能幸存。如果这位老人活在周代,他极有可能会得到一块封地,继续与他的族人生活在一起。周王室的怀柔政策在《诗经》之中有充分体现。诗篇《周颂·振鹭》《周颂·有客》描写微子朝周,周王以礼相待,反映了周族优待遗民、协和万邦的治国理念。

《周颂·有客》诗云:

> 有客有客,亦白其马。有萋有且,敦琢其旅。
> 有客宿宿,有客信信。言授之絷,以絷其马。
> 薄言追之,左右绥之。既有淫威,降福孔夷。

诗篇首章"有客有客,亦白其马"描写微子朝周时所乘的马是白马。因为宋国是殷商之后,殷人尚白,因此微子朝周所乘的是白马。宋国受封于周朝,还能保持殷商的制度习俗,可以看到周王室对殷商遗民保留很大的宽容度,尊重他们的习俗。"有萋有且,敦琢其旅",跟随微子朝周的随从有许多,他们都是经过挑选的品德无瑕之人,可以看到宋国对这次出访的重视。"言授之絷,以絷其马",主人多次挽留来客,甚至想用绳索拴住客人的马。微子一行即将离去,主人为他们饯行。"薄言追之,左右绥之",为他们饯行的有周王朝的群臣百官,可以看到礼仪的周到。"既有淫威,降福孔夷",微子朝周,上天赐予他的福祉还会更多,暗示微子如果能够安心朝服于周,将得到周王室更多优待。

周王朝作为一个时代的开始,被后人称颂怀念不是没有道理的。仁这个概念虽然由后世儒家提出,但真正在国家政治中得以贯彻实施却是在几百年前的周初。周人能以仁爱之心对待前代遗民,在处理多民族关系中实施仁德政治。

(三) 恻隐之心

周族处理人我关系透露出仁爱之风。《小雅·大田》诗云:

> 大田多稼,既种既戒,既备乃事。以我覃耜,
> 俶载南亩。播厥百谷,既庭且硕,曾孙是若。
> 既方既皂,既坚既好,不稂不莠。去其螟螣,
> 及其蟊贼,无害我田稚。田祖有神,秉畀炎火。
> 有渰萋萋,兴雨祈祈。雨我公田,遂及我私。
> 彼有不获稚,此有不敛穧,彼有遗秉,此有滞穗,伊寡妇之利。
> 曾孙来止,以其妇子。馌彼南亩,田畯至喜。
> 来方禋祀,以其骍黑,与其黍稷。以享以祀,以介景福。

诗篇是一首农事诗,描写周王督察秋收,并祈求得到更大的福祉。"彼有不获稚,此有不敛穧,彼有遗秉,此有滞穗,伊寡妇之利"一句使诗的意境得到了升华。大田里散落了许多粮食,而散落这么多粮食没有完全拾取,其实是有良苦用心的,是故意留下让那些鳏寡孤独无依无靠的人捡去糊口,同时又免去了他们吃"嗟来之食"的羞辱。寡妇之拾穗,虽然也从侧面反映了当时贫民生活的无保障和社会制度的不公平不完善,但确

实体现了人与人之间的关怀仁爱。《圣经》波阿斯说:"她①就是在捆中拾取麦穗,也可以容她,不可羞辱她,并要从捆里抽出些来,留在地上任她拾取,不可叱喝她。"路得的命运引发了米勒的灵感,使他创作出油画《拾穗者》,与《大田》的仁爱精神相似,都是恻隐之心的生动体现。

(四) 仁及草木

周是农业国家。《豳风·七月》"六月食郁及薁"②"八月剥枣""七月食瓜"等诗句赞美着大自然对人的恩赐。自然界的阴晴雨雪无不影响着农业丰歉,人与自然之间保持着最密切的联系。"上天同云,雨雪雰雰。益之以霡霂,既优既渥,既霑既足,生我百谷"(《小雅·信南山》),祥云簇生,雪花飞舞,细雨蒙蒙,润泽大地,五谷丰茂,众民以生,表达着对大自然的感恩。

《豳风·七月》诗云:

> 七月流火,九月授衣。一之日觱发,二之日栗烈。无衣无褐,何以卒岁?三之日于耜,四之日举趾。同我妇子,馌彼南亩。田畯至喜。
>
> 七月流火,九月授衣。春日载阳,有鸣仓庚。女执懿筐,遵彼微行,爰求柔桑。春日迟迟,采蘩祁祁。女心伤悲,殆及公子同归。
>
> 七月流火,八月萑苇。蚕月条桑,取彼斧斨。以伐远扬,猗彼女桑。七月鸣鵙,八月载绩。载玄载黄,我朱孔阳,为公子裳。
>
> 四月秀葽,五月鸣蜩。八月其获,十月陨萚。一之日于貉,取彼狐狸,为公子裘。二之日其同,载缵武功。言私其豵,献豜于公。

---

① 此处指路得。
② 郁,蔷薇科小灌木,果实名郁李。薁,野葡萄。

> 五月斯螽动股,六月莎鸡振羽。七月在野,八月在宇,九月在户,十月蟋蟀,入我床下。穹窒熏鼠,塞向墐户。嗟我妇子,曰为改岁,入此室处。
>
> 六月食郁及薁,七月亨葵及菽。八月剥枣,十月获稻。为此春酒,以介眉寿。七月食瓜,八月断壶,九月叔苴,采荼薪樗。食我农夫。
>
> 九月筑场圃,十月纳禾稼。黍稷重穋,禾麻菽麦。嗟我农夫,我稼既同,上入执宫功。昼尔于茅,宵尔索绹,亟其乘屋,其始播百谷。
>
> 二之日凿冰冲冲,三之日纳于凌阴。四之日其蚤,献羔祭韭。九月肃霜,十月涤场。朋酒斯飨,曰杀羔羊,跻彼公堂。称彼兕觥,万寿无疆!

《豳风·七月》是《诗经·国风》中最长的一首,反映了周部落一年四季的劳动生活,涉及衣、食、住、行等各个方面。宛如当时社会生活的一面镜子,春耕、秋收、冬藏、采桑、染绩、缝衣、狩猎、建房、酿酒、劳役、宴飨等无所不写,通过娓娓道来的叙述真实地展现了当时的劳动场面与生活图景,构成一幅西周早期社会男耕女织的风俗画。体现了周人以天地为屋,与自然界生灵为伴的生活景象。和煦的春风照耀着田野,鸟儿婉转地鸣叫,背着筐子的女子们成群结伴地去采桑。农人去狩猎,捕获了狐狸、野猪等兽类。"五月斯螽动股,六月莎鸡振羽。七月在野,八月在宇,九月在户,十月蟋蟀,入我床下。"以昆虫的不同变化反映季节交替,观察之细致会声会影,饶有诗意。再介绍农人在不同季节的主要生活场景,六七月里"食郁及薁""亨葵及菽",七八月打枣子、割葫芦,十月收下稻谷酿制春酒给老人祝寿,年末时节村子里的农人们相互邀饮举酒庆祝。这真是一幅农业生活的真实写照,笔触细腻,按照时间顺序对农事生活进行铺陈,真实熨帖,画面感极强,展现了从春耕到冬藏的整个过程。整首诗展现了周人与自然界和谐共生、紧密依存的关系。《大雅·行苇》说:"敦彼行苇,牛羊勿践履。"勿使牛羊践踏路边初生的芦苇。《诗序》云:"周家忠厚,仁及草木,故能内睦九族,外尊事黄耇,养老乞言,以成其福禄焉。"①以草木之微尚且怜惜,何况对于人则爱之必甚。周人之仁仁及草木,不以物微而轻之。

周人与自然界有着极为贴近的联系。《诗经》多以花鸟草木、鸟兽虫鱼比兴。比如《桃夭》以桃花喻美人、《螽斯》以蝗虫喻多子、《常棣》以常棣喻兄弟、《凯风》以南风喻母爱、《斯干》以鸟翼喻宫室、《鸳鸯》以鸳鸯喻夫妻、《摽有梅》以梅子喻青春。《诗经》几乎篇篇都涉及自然名物。《诗经》用如此多的篇幅写自然名物,反映出古人对自然界的高度重视。王国维曾说:"诗人必有轻视外物之意,故能以奴仆命风月。又必有重视外物之意,故能与花鸟共忧乐。"②《诗经》开创了流传后世几千年的比兴手法,更可贵的是比兴手法背后的人对自然界的爱与关注,这种精神代代相传,形成了中国天人合一的精神传统。

《诗经》仁爱精神建立在人类理性发展的基础之上,重视生命的价值、关注人生的意义。对待外邦柔远能迩,对待弱者怜悯同情。周人仁爱的对象不仅是人,也包括自然万物、天地生灵。

二、友爱精神

"友"字的甲骨文为"𠂇𠂇",金文为"𠂇𠂇",由两只方向相同的手构成,表示两个人组成志同道合的亲密关系。《诗经》"友"字出现23次,共有三

---

① 十三经注疏整理委员会:《十三经注疏·毛诗正义》,北京大学出版社1999年版,第1079页。
② 王国维:《人间词话》,中国人民大学出版社2010年版,第19页。

义。一为朋友,友爱。比如"亦云可使,怨及朋友"(《小雅·雨无正》),"则友其兄,则笃其庆"(《大雅·皇矣》)。既有狭义的朋友之义,又有对恋人、宾客、群臣等的代指。如"人涉卬否,卬须我友"(《邶风·匏有苦叶》)之"友"指女子的恋人。二为动词,亲爱。比如"窈窕淑女,琴瑟友之"(《周南·关雎》),《诗集传》云:"友者,亲爱之意也。"① 三,特指两只兽在一起。比如"儦儦俟俟,或群或友"(《小雅·吉日》),《毛传》曰:"兽三曰群,二曰友。"②

(一) 宴以合好

西周实行的宗法分封制度实际上是周王室对自身利益的一种分割与让渡。以利益让渡为实质的施舍精神便成为王对诸侯、诸侯对卿大夫、卿大夫对士,层层划分统治结构中的精神纽带。施舍体现着分封精神,宴饮又体现着施舍精神。李山说:"对王朝各级贵族而言,分封制的实行是以血亲关系为尺度对王朝既得利益进行的划分,它是一种贵族的分享制……每一次宴饮,都是在以一种'再现'的方式,向与会者们演示着社会的结构原则及其意义,而宴饮诗歌中不断出现的对兄弟人伦、君臣大义的吟咏,其主旨则更在于强调个体对整体的依存,以及整体对个体存在前提的赐予。"③ 宴饮是分封制度的形象化体现,其承载的长幼有序、尊卑谦让等伦理观念适用于宗法分封的政治统治,巩固着周族统治的根基。

《小雅·伐木》一诗展现了以宴饮增进团结的和谐景象。"伐木丁丁,鸟鸣嘤嘤,出自幽谷,迁于乔木"描写丁丁的伐木声,嘤嘤的鸟鸣声。一个

---

① [宋] 朱熹:《诗集传》,中华书局 2011 年版,第 3 页。
② 十三经注疏整理委员会:《十三经注疏·毛诗正义》,北京大学出版社 1999 年版,第 658 页。
③ 李山:《诗经的文化精神》,安徽教育出版社 2016 年版,第 74 页。

伐木者,一个寻找知音的鸟儿,这两个意象在如同仙境一般的山谷中叠加,创造出空灵幽远的仙境,幻化出一个远离现实政治的可以寄托内心苦闷的超然之境。"相彼鸟矣,犹求友生。矧伊人矣,不求友生",就连鸟儿都在寻觅知音,难道人就不需要友谊吗?作为政治家的诗人号召人们起来改变现实,奉献友爱,共同创造美好的社会。接下来描写宴会的具体场景,美酒十分香醇,菜肴非常丰盛,不仅有肥嫩的羊羔,还有许多其他的食物,房屋打扫得非常干净,宴会经过了精心的准备。被邀请来的客人都是长者,有同姓的"诸父",也有异姓的"诸舅"。无论长幼亲疏都应当互相友爱,这个思想也是全诗最为重要的主旨。诗人呼吁人们寻回失去的友谊,"兄弟无远""有酒湑我,无酒酤我",大家和睦欢乐地相处。鼓儿响起来,长袖舞起来,诗篇在载歌载舞的热烈氛围中接近尾声。

关于《小雅·鹿鸣》一诗,《诗小序》云:"《鹿鸣》,燕群臣嘉宾也。既饮食之,又实币帛筐篚,以将其厚意,然后忠臣嘉宾得尽其心矣。"①通过宴饮活动来增进友谊的宗旨是十分明显的。鹿儿在原野上呦呦地叫着,悠然地吃着草。营造出一种轻松愉悦的氛围。紧接着从鹿儿的鸣叫声转到鼓瑟鼓琴的声音。宴会之上歌舞升平,进一步提升了主人和宾客们的兴致。这时有人拿着竹筐上来,把里面盛放的礼物送给宾客。主人向客人们致辞,"人之好我,示我周行",感谢诸位的光临,还请多多指教,赐予大道。"我有旨酒,以燕乐嘉宾之心"点明全诗的主旨,以宴饮活动来悦乐宾客,增进情谊。

《小雅·蓼萧》应当为诸侯朝见周天子时歌颂天子的诗歌。诸侯们纷纷来朝表示归附,周王设宴招待,宾客们作诗以赞美周王。诗篇开头以蓼萧起兴,蓼萧可用作祭祀,在这里表示诸侯们愿意参加周王祭祀活动时的

---

① 十三经注疏整理委员会:《十三经注疏·毛诗正义》,北京大学出版社 1999 年版,第 555 页。

助祭,也就是表示归顺之义。"蓼彼萧斯,零露湑兮",蓼萧之上露水闪闪,暗喻诸侯们受到周王的恩泽雨露。"燕笑语兮,是以有誉处兮",在宴会之上人们谈笑风生,展现出一片祥和欢乐的景象。在朝堂之上,君臣之间囿于等级礼制而有诸多生分,但是在其乐融融的宴饮活动上君臣之间的隔阂暂时消失了,他们相互倾吐着敬贺之情,沉浸在欢乐的氛围之中,拉近了彼此的距离,增进了情感的凝聚。"既见君子,鞗革忡忡。和鸾雍雍,万福攸同",宴会活动结束了,天子准备驾车离去,那威风凛凛的马儿,叮当悦耳的铃声,显示着天子的非凡气度,天子恩泽四海,集万福于一身,宴饮活动在美好的祝福声中落幕。

《小雅·湛露》记录一次夜宴活动。由"湛湛露斯"可以看到正值金秋时节。诗篇有对于宗庙外部环境的描写,"在彼丰草""在彼杞棘""其桐其椅",有杞、棘等灌木,桐、梓等乔木。这些树上挂着累累的果实。参加宴饮活动的宾客们"莫不令德""莫不令仪",具有高尚德行和美好威仪。在金秋时节绿树成荫、果实累累的美好环境中,宾客们觥筹交错不醉不归,展现了一幅温馨的金秋夜宴图。

《诗经》宴饮诗描写了亲朋、君臣欢聚宴享的场面,传递着祥和安乐的气氛,展现了周人对和谐社会、美好生活的追求,体现了"宴以合好"的礼乐文化精神。

(二) 亲仁善邻

《尚书·尧典》云:"克明俊德,以亲九族。九族既睦,平章百姓。百姓昭明,协和万邦,黎民于变时雍。"统治者在把家族和国家治理好的前提之下再将其他各国凝聚起来,使整个天下和谐融洽,这就是"协和万邦"的含义。"协和万邦"的天下理想是在家庭和睦、社会和谐、国家安定的基础上实现整个天下的和谐。它作为中华文化最为核心的价值理念之一,对中华民族的传承发展发挥着重要作用。

周族在成长壮大的过程中始终伴随着处理与周边族群的关系问题。先周在豳地与戎狄相处,在戎狄的步步紧逼之下不得不迁移到岐山一带。在周原一带,周人与羌人诸多联系,互通婚姻,并学习羌人的农业知识。在反对殷商的过程中,周族当然也注重提高军事技能,增强军事能力,多次以武力解决了很多重要问题,但从总体来说,更多的是以团结为主,德化周边的族群,以便共同反对最大的敌人殷商。周人将德政思想贯穿到国家发展过程之中,德化周边民族,攻击最大的政敌,最终推翻了殷商。殷周革命之后,由于周族人数较少,而商民人数较多,因此周族依然采取和平方式为殷商遗民设置封国,并保留他们的文化习俗。可以看到,周人在处理与外族的关系问题上,以德性文化为主导。这并不是说完全不使用武力,而是先进行道德感化,当道德感化不起作用的时候才不得已使用武力。周人建国之后制礼作乐,按照礼乐文化确立的价值准则进行国家建设,这些政策都体现着道德与和平的因素。

西周封邦建国将许多敌对势力纳入周族统治,化敌为友。构建起周邦与万邦、同姓与异族并存的联盟体。异姓族群势力强大,周人一面以武力镇压,一面以柔性手段来收拢,异姓联姻便是友结外邦的一种重要方式。

血缘分封造成姬姓人群单方面势力扩张。利益占有不均使异姓人群难以心悦诚服。因此周人改革长久以来只与姬、姜两姓通婚的制度,并迅速演变到同姓不婚的程度。《礼记·郊特牲》云:"夫昏礼,万世之始也。取于异姓,所以附远厚别也。""附远厚别"性质的异姓联姻使异姓邦族彼此联结,姓族之间结成紧密联系的社会网络。《礼记·曲礼》云:"天子,同姓谓之'叔父',异姓谓之'叔舅'。"天子称同姓诸侯为"伯父""叔父",称异姓诸侯为"伯舅""叔舅"。很大程度上,异姓联姻使不能诚服于周的异姓人群与姬姓实现了亲缘意义上的和解。在这个过程中姓族之间的敌对因素逐渐弱化,紧密交织的亲情因素不断巩固了姬姓统治。

诸侯国之间也以联姻方式互相联结。《鄘风·载驰》写卫国被狄人占领以后许穆夫人力图回卫吊唁之事。许穆夫人原本是卫国人，未出嫁时许穆公、齐桓公都曾向其求婚。许穆夫人要求卫候将其嫁与大国齐，但卫懿公没有听从。十年之后卫被狄人所灭，许国国力弱小无法施援。由此可以看到联姻对于邦国外交的重要影响。

周代的贵族联姻一方面实行同姓不婚制度，一方面实行等级内婚制度，以保持贵族的等级。诸侯、卿大夫要在相同等级内迎娶异姓女子。天子没有与其相配的等级，很多时候求婚于诸侯，王姬下嫁于诸侯。当然，有些不属于同一联盟的邦族认为它们之间的异心如此严重，任何交往都是灾难性的，联姻也是取祸之道，因此便不会缔结婚姻。但是总体而言，联姻把天下人都纳为亲戚，人的交换削弱了家族本位主义，促进了社会凝结。

"友"德培育了日益凝聚、兼容并包的时代风貌，创造了以周邦为主、多邦并存的既开放又团结的统一体。后世集权专制时代则很少像周代姬姓人群那样开放地化敌为友、化友为亲。今天，中华民族由五十六个民族构成，这是一种凝聚的友德。改革开放、缔结友好的国际关系是一种开放的友德，既凝聚又开放的友德珠光重现，在构建新时代和谐的国内国际关系中发挥着重要作用。

三、报德思想

《诗经》"报"字出现17次，其义有三。一，反复，往来。比如"虽则七襄，不成报章"（《小雅·大东》），梭子往来穿梭交织。二，报答。比如"投我以桃，报之以李"（《大雅·抑》）。三，为报恩而举行的祭祀。比如"报以介福，万寿无疆"（《小雅·信南山》）。

（一）投桃报李

《卫风·木瓜》是专论人伦"报"德的诗，诗云：

投我以木瓜①，报之以琼琚。匪报也，永以为好也！
投我以木桃，报之以琼瑶。匪报也，永以为好也！
投我以木李，报之以琼玖。匪报也，永以为好也！

《大雅·抑》有"投我以桃，报之以李"之句，"投桃报李"比喻相互赠答，礼尚往来。相比较而言，《卫风·木瓜》这一篇虽然也有"投之以木瓜，报之以琼琚""投我以木桃，报之以琼瑶""投我以木李，报之以琼玖"之句，进而衍生出成语"投木报琼"，"投木报琼"的使用频率却不能与"投桃报李"相提并论。然而论传颂程度还是《卫风·木瓜》更高。你赠给我水果，我回赠你美玉。回报的东西要比受赠的东西贵重得多，体现了礼尚往来的高尚美德。

（二）报祭活动

中华文明形成初期的生产力水平低下，人的认识能力有限，对许多自然现象无法解释，便认为是神力的作用，因而产生了鬼神崇拜。我国现存最早的祭祀诗产生于《诗》。周人仍有着浓厚的鬼神崇拜意识。人们以祭祀的形式向神灵祈福，或者以祭祀的形式回报神灵的保佑。祭祀天地山

---

① 木瓜、木桃、木李皆属蔷薇科木瓜属，在植物分类系统中血缘亲近却各不相同。木瓜，现代植物分类学仍称之为木瓜；木桃，现代植物分类学称为毛叶木瓜、木瓜海棠；木李，现代称皱皮木瓜、贴梗海棠。

川,报答天地覆载之恩;祭祀祖宗先人,报答亲人养育之恩。即《诗大序·孔疏》所云:"万物本于天,人本于祖,天之所命者牧民也,祖之所命者成业也。民安业就,须告神使知,虽社稷山川四岳河海皆以民为主,欲民安乐,故作诗歌其功,遍告神明,所以报恩也。王者政有兴废,未尝不祭群神,但政未太平,则神无恩力,故太平德洽,始报神功。颂诗直述祭祀之状,不言得神之力,但美其祭祀,是报德可知。"①

"报祭"也称为告祭,是古代的一种祭礼,旨在报答神明的恩德。这一概念最早出现在《国语·鲁语上》中,其中的"报祭"概念指纪念并感恩那些带领民族渡过难关、发展壮大,或者作出其他杰出贡献的人。举行报祭活动的目的一是表达感恩与铭记,一是教育和激励后人奋发有为,因此它带有感恩和传承的双重目的。《诗经》有许多通过祭祀向神明表达感激之情的报祭诗篇。比如《周颂·载芟》《周颂·良耜》《小雅·甫田》《小雅·大田》记载周人在粮食丰收之际,将丰盛的祭品虔诚地献给农业神,感谢它保佑风调雨顺五谷丰登,同时祈求再次丰收。《周颂·思文》以后稷郊祀上天,感恩后稷开创农业,养育万民。《周颂·执竞》歌颂武王开国之功。《周颂·时迈》武王遍祭河山,感恩神灵的保佑使其获得天下。

《周颂·良耜》诗云:

> 畟畟良耜,俶载南亩。播厥百谷,实函斯活。
> 或来瞻女,载筐及筥,其饟伊黍。其笠伊纠,
> 其镈斯赵,以薅荼蓼。荼蓼朽止,黍稷茂止。
> 获之挃挃,积之栗栗。其崇如墉,其比如栉,

---

① 十三经注疏整理委员会:《十三经注疏·毛诗正义》,北京大学出版社1999年版,第18—19页。

以开百室。百室盈止,妇子宁止。杀时犉牡,
有捄其角。以似以续,续古之人。

《毛诗序》云:"《良耜》,秋报社稷也。"[①]诗篇记录了周王在秋季粮食丰收之后为了报答社稷之神而举办的祭祀。诗篇诞生的时代大约是在成王、康王时期农业兴盛发展阶段。诗篇描写了春季耕种、锄草翻土、秋季收获等过程。诗篇以犁头翻动土地的景象开头,一番热火朝天的春耕场面就此拉开序幕。农夫播撒种子,每一颗种子都充满生机与希望。农妇们提着饭篮戴着斗笠来到田间地头,送来热气腾腾的米饭。农夫们头戴草笠,挥动锄杆,清除田地里的杂草。杂草腐烂在田地里,使原本就长势良好的庄稼生长得更加茂盛。紧接着到了收获的季节,农夫们挥舞镰刀收割粮食,把粮食堆积成一座一座的粮垛,粮垛堆积得像城墙一样高。把粮食装到仓库里,装满了大大小小的仓库。接下来就该庆祝丰收了,杀掉一头大公牛,用它来祭祀社稷神,按照古人传下来的礼节仪式做完一道道祭祀仪式。作为一首秋冬报祭的乐歌,此诗以对劳动场面的刻画来表现农人的劳动热情,以对祭祀活动的描写来表现农人获得丰收的喜悦。春耕、夏耘、秋收、冬祭,依照时间顺序逐渐展开,丰富而有条理。

四、和谐理念

中华民族历来有崇尚和谐的精神传统。《诗经》"和"字出现 12 次,指

---

① 十三经注疏整理委员会:《十三经注疏·毛诗正义》,北京大学出版社 1999 年版,第 1361 页。

音乐、味道的平和,或人际关系的和谐。

第一,音乐和谐。

"神之听之,终和且平。"(《小雅·伐木》)

"籥舞笙鼓,乐既和奏。"(《小雅·宾之初筵》)

"肃雍和鸣,先祖是听。"(《周颂·有瞽》)

"既和且平,依我磬声。"(《商颂·那》)

"叔兮伯兮,倡予和女。"(《郑风·箨兮》)

第二,味道和谐。

"酒既和旨,饮酒孔偕。"(《小雅·宾之初筵》)

"亦有和羹,既戒既平。"(《商颂·烈祖》)

第三,情感和谐。

"鼓瑟鼓琴,和乐且湛。"(《小雅·鹿鸣》)

"兄弟既具,和乐且孺……兄弟既翕,和乐且湛。"(《小雅·常棣》)

第四,指挂在车轼上的铃铛。

"和鸾雍雍,万福攸同。"(《小雅·蓼萧》)

"龙旂阳阳,和铃央央。"(《周颂·载见》)

(一) 乐之"和"及其伦理精神

"和"字的殷周金文写作"",从口、禾声,与说话有关。它的异体字"龢"金文为"",表示吹奏用芦管编成的排笛,使不同声部的乐音和谐共振。可见"和"的本义与声音、音乐有关。《诗经》"和"字形容音乐和美之义的多达5处,可见《诗经》音乐与"和"的紧密关系。"《诗》者,中声之所止也"(《荀子·劝学》),《诗》就是和谐音乐所附丽的篇章,《诗》乐最重要的审美原则就是"和"。《诗经》多次出现形容音乐和美的词语"平""肃雍"等。

《诗》乐之和集中表现在《左传·襄公二十九年》所记载季札观乐的"A而不a"结构的评语里。比如《邶》《鄘》《卫》"忧而不困",《王》"思而不惧",《豳》"乐而不淫",《小雅》"思而不贰,怨而不言",《颂》"直而不倨,曲而不屈,迩而不偪,远而不携,迁而不淫,复而不厌,哀而不愁,乐而不荒,用而不匮,广而不宣,施而不费,取而不贪,处而不底,行而不流"。《诗》乐的平和由三个方面来达成。

一是乐音的调和。《诗经》中的"吹笙鼓簧"(《小雅·鹿鸣》),"鼓瑟鼓琴"(《小雅·鹿鸣》),"鼓钟伐鼛"(《小雅·鼓钟》),"笙磬同音"(《小雅·鼓钟》),"箫管备举"(《周颂·有瞽》)等音乐演奏场面都由几种乐器并奏而达成。《国语·郑语·史伯为桓公论兴衰》"声一无听",指声音单一则不堪听闻。《礼记·乐记》"乐之隆,非极音也",指隆盛之乐并非极尽一种声音,而是多种音色融合而形成丰富包容的音乐。这些都体现了追求乐音丰富性的审美倾向。

二是乐与礼的配合。乐属于周代礼乐制度的范畴,有严格的礼制规约。首先是乐器的制作要遵循章法。《国语·周语下·单穆公谏景王铸大钟》云:"是故先王之制钟也,大不出钧,重不过石。律度量衡于是乎生,小大器用于是乎出。"圣王制造乐钟,使其音域合乎一个八度的范围,重量不超过一石,音律标准由此制定,大小乐器都合乎音律标准。其次是音乐的使用要与身份等级相符合。杨宽先生说,《诗经》"所唱乐歌和所用乐器都是有等级的。例如一般招待宾客,有由瑟伴奏的'升歌'[1],也有'笙奏''间歌'[2]'合乐'。如果是天子、诸侯、卿大夫之间的飨礼就要用'金奏',也就是用钟鼓演奏的乐曲"[3]。最后,不同仪式要搭配不同乐曲。

---

[1] 升歌,堂上奏乐而歌曰升歌,亦曰登歌。
[2] 间歌,歌曲与笙曲相间表演时的歌唱部分。
[3] 杨宽:《西周史》,上海人民出版社2016年版,第6页。

比如大射礼歌《鹿鸣》；君王宴饮诸侯歌《湛露》；乡饮酒礼①歌《鱼丽》、笙吹②《由庚》，歌《南有嘉鱼》、笙吹《崇丘》，歌《南山有台》、笙吹《由仪》，合乐《周南》的《关雎》《葛覃》《卷耳》以及《召南》的《鹊巢》《采蘩》《采蘋》。外交用乐更要合于礼。《左传·襄公四年》记载穆叔出使晋国，晋悼公设享礼款待穆叔。乐工演奏《肆夏》《韶夏》《纳夏》三部乐章，穆叔没有拜谢。演唱《文王》《大明》《绵》三支歌曲，穆叔没有拜谢。歌唱《鹿鸣》《四牡》《皇皇者华》三支歌曲，穆叔答谢了三次。子员问穆叔为何不拜大礼而拜小礼，穆叔解释道："三《夏》乐章是天子招待诸侯的，使臣不敢听。《文王》等三支歌曲是两国国君相见时的音乐，使臣不敢听。《鹿鸣》是君王用来嘉奖我们国君的，我怎敢不拜谢呢？《四牡》是君王慰劳使臣的，我怎敢不拜谢呢？《皇皇者华》是君王教导使臣善于咨询的，我怎敢不拜谢呢？"可以看到，在邦国外交等礼仪场合，音乐的使用要与礼制相符合。

三是乐与诗的契合。"诵《诗》三百，弦《诗》三百，歌《诗》三百，舞《诗》三百。"（《墨子·公孟》）《诗》乐都是可以配乐演唱的。一定风格的辞章要匹配相应风格的音乐，因文因义配乐。孔颖达在疏解《风》《雅》《颂》的诗体时指出，不同诗体所搭配的音乐也要随之而异，"诗体既异，其声亦殊"（《诗大序·孔疏》）。③ 国风所配之乐是不同诸侯国的乡土之音；雅、颂则由王朝汇集四方之乐再加以规范，具有宫廷之风。《孔子诗论》云："《颂》，平德也，多言后。其乐安而迟，其歌申而绎，其思深而远，至矣。《大雅》，盛德也……《小雅》，多言难而怨怼者也，衰矣，小矣。《邦

---

① 杨宽在《西周史》中指出，乡饮酒礼是"周代乡学中举行酒会的礼节"。周代实行乡遂制度。乡中居住的是周人，遂中居住的是被征服人群，主要是殷人。因此在乡中举行的乡饮酒礼有促进周人本族团结的意义。
② 笙歌，合笙之歌，吹笙唱歌，奏乐唱歌。
③ 十三经注疏整理委员会：《十三经注疏·毛诗正义》，北京大学出版社1999年版，第12页。

风》其纳物也,溥观人欲焉,大敛财焉。其言文,其声善。"《孔子诗论》将乐与德相互联系,《颂》乐舒展安逸,是平正之德的表现;《大雅》盛德,其乐高下抑扬;《小雅》德衰而小,其乐亦衰;《邦风》无德,仅文辞优美,乐曲悦耳。乐与德之间的联系,实际上是乐与诗文诗义的关系。

"乐"是国家礼乐制度的重要内容,《诗》乐并非只是满足人的耳目之欲,更是德礼精神的寄托,有重要的伦理教化意义。通过乐音的调和、乐与礼的配合、乐与诗的配合,实现乐音的和美。先民认为和美的乐音具有感通鬼神、教化性情、和谐人伦的作用,也就是《诗大序》所云:"正得失,动天地,感鬼神,莫近于诗。先王以是经夫妇,成孝敬,厚人伦,美教化,移风俗。"①

第一,感通鬼神。殷周时代的"天"被赋予人格属性,有听觉。方玉润《诗经原始·商颂·那》引陈氏际泰曰:"声召风,风召气,气召神……心有精气而借声以召之,神无不格矣"。② 揭示了周人"声—风—气—神"这样以声通神的路数。所谓"乐者敦和,率神而从天"(《礼记·乐记》),"以六律、六同、五声、八音、六舞大合乐,以致鬼、神、示"(《周礼·春官宗伯·大司乐》),都反映了周人以乐通神的情况。《诗经》中的祭祀诗大多以和美的音乐感通鬼神。比如《周颂·有瞽》"肃雝和鸣,先祖是听",用田、鼓、鞉、磬、柷、圉、箫、管等多种乐器演奏出和美之乐,供奉先祖。

《周颂·有瞽》描写了周王以音乐祭祀先祖的场面。"有瞽有瞽,在周之庭",盲人乐师站在宗庙的大庭之上。周代有选用盲人担任乐师的制度,根据《周礼·春官·序官》记载,演奏人员有"瞽蒙,上瞽四十人,中瞽百人,下瞽百有六十人",计三百人。盲人乐师们排列在周王朝宗庙的大庭上,这场合乐祭祀活动马上就要开始了。乐师们紧张而又娴熟地摆放

---

① 十三经注疏整理委员会:《十三经注疏·毛诗正义》,北京大学出版社1999年版,第10页。
② [清]方玉润:《诗经原始》,中华书局2021年版,第665页。

好钟架、鼓架。这些用来悬挂各种乐器的架子雕琢着精美的花纹，装饰着各色的羽毛。乐师们又把小鼓大鼓、鞉磬柷圉等放置好。等这些乐器都准备停当，就要准备开始演奏了。箫、管等各种乐器一起吹奏起来，声音既舒缓肃穆又浩大洪亮。祖先神灵前来欣赏音乐，助祭者和客人们也都前来欣赏。音乐非常美好，人们都陶醉其中，直到奏乐结束，人们还久久沉醉，如梦方醒。

在先秦时代，乐与礼紧密相关，与政治生活息息相关。《礼记·乐记》云："乐者，天地之和也；礼者，天地之序也。和，故百物皆化；序，故群物皆别。乐由天作，礼由地制，过制则乱，过作则暴。明于天地，然后能兴礼乐也。"礼与乐都是进行国家治理的重要手段。周武王灭商之后很快病逝，年幼的成王继位，一时难以统御朝政，因此周公辅政。周公开始了制礼作乐的工作，制定一整套礼乐制度，通过各种礼制与相应的乐制来调理社会的秩序，彰显王室的威严，维护社会的和谐。《周颂·有瞽》就是描写合乐祭祀的篇章，诗篇之所以要详细描述合乐祭祀的整个过程以及具体的操作细节，包括各种乐器的摆放、演职人员的一系列动作、各种乐器合奏的场面等，就是要把"始作乐"的盛况表现出来，以展现周天子君临天下的赫赫威严。诗篇不仅展示了周王朝极高的音乐成就，也体现了周人"乐由天作"因而可以沟通人神的宗教观念。

第二，敦化性情。不同风格的音乐对人的性情产生不同影响。"志微、噍杀之音作，而民思忧；啴谐、慢易、繁文、简节之音作，而民康乐；粗厉、猛起、奋末、广贲之音作，而民刚毅；廉直、劲正、庄诚之音作，而民肃敬；宽裕、肉好、顺成、和动之音作，而民慈爱；流辟、邪散、狄成、涤滥之音作，而民淫乱。"（《礼记·乐记》）急促的音乐使人忧虑，和易的音乐使人康乐，粗犷的音乐使人刚毅，廉正的音乐使人肃静，和顺的音乐使人慈爱，放荡的音乐使人淫乱。今天我们已经无法听到原初的《诗》乐了，但从《诗》描写音乐"肃雍""和鸣"来看，《诗》乐大多是肃雍柔和的，因此可以塑造"温柔敦厚"的性情。

第三,和谐人伦。"乐在宗庙之中,君臣上下同听之,则莫不和敬;在族长乡里之中,长幼同听之,则莫不和顺;在闺门之内,父子兄弟同听之,则莫不和亲。"(《礼记·乐记》)音乐使人精神愉悦,在君臣、长幼、父子、兄弟之间增加亲近之感,中和由礼带来的疏离,从而实现"乐统同"的作用。比如《小雅·鹿鸣》旨在明君臣相与和睦之道。"《鹿鸣》废则和乐缺矣",《鹿鸣》一诗可以说是《诗经》当中表现和德最为突出的篇章,其中提到了人们在宴饮中运用音乐来和乐气氛。《诗经》中的许多宴饮诗、祭祀诗都有音乐的出现。想象在隆重的宴饮、祭祀活动中,全体家族成员在雍和的音乐氛围中尊尊亲亲、合族而食,确实可以起到增强亲情、巩固人伦、团结宗族的作用。音乐所具有的对人群的无形的凝聚力是一般的外在强制力无法达到的。孙焘说:"为了实现'和'的理想,周代的礼乐教化试图将政治、道德与广义的艺术融合在一起,在人心中强化一种音乐化的秩序感。"①《诗》乐在丰富而真实的人情发露中培养德行,构建人间的秩序。比如《周南·关雎》《郑风·女曰鸡鸣》都提到了用美好的音乐来和谐人际关系。

《周南·关雎》描写了君子追求淑女的心理过程,思而不得的时候心里非常苦恼,翻来覆去睡不着觉,情意有了回应时很开心,叫人奏起音乐来庆贺,"琴瑟友之""钟鼓乐之",以美好的艺术方式取悦女子,使女子高兴,这是合礼行为,体现了在爱情之中"乐而不淫"的美好品质。在琴瑟钟鼓的欢乐氛围中拉近了彼此的距离,增进了彼此的情感,美满的婚姻就从这里开始了。

《郑风·女曰鸡鸣》描写夫妻之间的甜蜜生活。伴随着响亮的鸡鸣,天亮了。妻子对丈夫说:"快起床吧,鸡都叫了。"睡眼蒙眬的丈夫回答

---

① 孙焘:《中国美学通史·先秦卷》,江苏人民出版社2014年版,第60页。

道:"天还很黑,启明星还在那里闪闪发光,让我再睡一会。"妻子说:"再不起床连鸟雀都要满天飞了,快起床带好弓箭去捕射吧。期待你能够射中野鸭和飞雁,做成美味的菜肴当下酒菜,我们一起举酒对饮,弹琴鼓瑟,享受美好的时光。"听到这些,丈夫开心地说道:"你是这么体贴,我要送给你玉佩以作报答。"夫妻之间浓情蜜意的情感描写达到了艺术的高潮。

周代制礼作乐,利用音乐促进人际和谐。音乐带来继发心理获益,包括情绪性和社会性的心理获益。音乐带来审美愉悦,营造良好氛围。个体更积极地看待自身和他人之间的互动,感受到相互联系的增强。音乐具有共情作用,深入感知自身情绪,带来陪伴感和安慰感,增进社会联结。

(二)味之"和"及其伦理精神

《诗经》记载了殷周时期"以和为美"的饮食理念。"亦有和羹,既戒既平"(《商颂·烈祖》),戒,五味完备;平,味道平和。和羹即是搭配不同调味品制成的味道平和的羹汤。"酒既和旨"(《小雅·宾之初筵》),酒味平和柔美。"旨酒思柔"(《小雅·桑扈》),美酒味道柔和。和羹、旨酒体现了对平和之味的审美追求。

周代已经有了"五味"概念。《周礼·天官·疾医》云:"五味,醯酒饴蜜姜盐之属者,醯则酸也,酒则苦也,饴蜜即甘也,姜即辛也,盐即咸也。此其五味酸、苦、辛、咸、甘也。"《诗经》中的五味料主要有:一、酸,主要取于梅。梅是青梅一类的果实,味酸生津,消异味,多用于调味。如《召南·摽有梅》云:"摽有梅",《尔雅》郭璞注云:"梅似杏实酢,古代和羹之梅。"二、甜,在周代多取于饴,即麦芽糖,对它的记载最早见于《大雅·绵》"周原膴膴,堇荼如饴",饴在当时是一种甜味品。三、苦,大多来源于荼,也就是苦菜。《大雅·绵》云:"堇荼如饴",荼即苦菜。《唐风·采苓》云:"采苦采苦",苦亦为"荼"。四、辛,大多出于花椒、蓼。"椒,树似茱芮,有针刺,其实味辛而香烈"(《诗集传·唐风·椒聊》)。① 花椒在《诗经》中的大量出现,表明它在当时已得到了广泛应用。蓼,一年生湿地草本植物,有许多门类,最常见的是水蓼,叶有强烈辣味。《孔疏·周颂·小毖》云:"蓼,辛苦之菜"。②《诗三家义集疏·周颂·小毖》引洪兴祖《补注》云:"蓼,辛菜也。"③潘富俊说:"在中原地区尚未使用葱、姜、蒜之前,水蓼是煮肉去腥的主要调味料。"④《礼记·内则》云:"濡豚,包苦,实蓼;濡鸡,醢酱,实蓼;濡鱼,卵酱,实蓼;濡鳖,醢酱,实蓼。"时人在烹煮猪、鸡、鱼、鳖等肉类时,已经广泛使用蓼。五、咸,主要取于盐、酱。盐是先民最早、最广泛使用的调味品。《周礼·天官·盐人》记载周代设有"盐人"之职,掌"盐之政令,以共百事之盐"。《尚书·说命下》云:"若作和羹,尔惟盐梅。"可知盐是当时最主要的调味品。《诗经》中出现了用蔬菜与盐做的"蓄",也就是咸菜,见于《邶风·谷风》"我有旨蓄,亦以御冬"。后来在盐的基础上发明了酱,孔子"不得其酱,不食"(《论语·乡党》)反映了周人食酱的饮食习惯。《诗经》中出现了肉酱"醢",见于《大雅·行苇》"醓醢以荐"。

《国语·郑语·史伯为桓公论兴衰》云:"味一无果。"味道单一则俭素乏味。周人注重调和五味。后来五味调和理念在《吕氏春秋·本味》中得到了系统表述:"甘而不哝,酸而不酷,咸而不减,辛而不烈,澹而不薄,肥而不腻。"(《吕氏春秋·本味》)和味也就是甜而不哝、酸而不酷、咸而不冲、辛而不烈、淡而不薄、肥而不腻之味。饮食被周人用于祭祀、宴饮等活动,发挥感通鬼神、敦化性情、和谐人伦、教化礼仪等作用。

---

① [宋]朱熹:《诗集传》,中华书局2011年版,第89页。
② 十三经注疏整理委员会:《十三经注疏·毛诗正义》,北京大学出版社1999年版,第1353页。
③ [清]王先谦:《诗三家义集疏》,中华书局1987年版,第1045页。
④ 潘富俊:《楚辞植物图鉴》,九州出版社2013年版,第175页。

第一，感通鬼神。周代天命观念认为天具有人格属性，有嗅觉，"神嗜饮食"（《小雅·楚茨》），所以周人常用美味献祭神灵。后稷祭祀神灵时"蒸之浮浮……取萧祭脂……载燔载烈……其香始升，上帝居歆"（《大雅·生民》），把米粮蒸得热气腾腾，把香蒿涂上油脂作祭品，用烈火焚烧牡羊，香气徐徐升起，上帝安然享用。《小雅·信南山》云："执其鸾刀，以启其毛，取其血膋①。"周人用牛油加上黄米、高粱放在艾蒿上烧，使香气四溢，祭祀祖先。《商颂·烈祖》记载宋君用"清酤""和羹"祭祀祖先。王质说："此诗，臭也，所言皆饮食也。商尚声，亦尚臭。二诗当是各一节。《那》奏声之诗，此荐臭之诗也。"（《诗总闻》）②可见，周人祭祀多以味道娱鬼神。

《小雅·楚茨》是周王祭祖祀神的乐歌。农夫们清除地里的蒺藜荆棘之后种下黍稷，终于在如今获得了丰收，收获的粮食堆满了整个粮仓。把粮食酿成美酒，做成香喷喷的饭，就能用来祭祀求福了。人们仪态庄重，步履整齐，将牛肉和羊肉涮洗干净，盛放给神灵以表示尊敬。神明们都来享用美食，然后赐福给众人。制作菜肴的大厨小心翼翼地烧烤食物，主妇们勤劳地侍奉在左右，主人和宾客互相举酒庆贺。整个祭祀活动井井有条，人们相处融洽。这时工祝代表神灵致辞：献祭的食物美味可口，神明欣然享用，祭祀活动肃穆工整，非常合乎法度，因此神明要赐给大家以无限的福禄。祭祀仪式完成之后钟鼓齐鸣，主祭人回到原来的位置上去，司仪宣布神明已经喝醉，"皇尸"起身返回。在音乐声中送走了神明和皇尸，把祭品撤下去，人们开始了宴饮活动。在美好的音乐氛围中，人们共同享用祭祀之后的美酒佳肴，叩头祝福。诗篇没有直接描写祭祀菜肴的丰盛，而是通过描写祭祀之前制作菜肴的准备工作，来表达工序

---

① 膋，牛油。
② ［宋］王质：《诗总闻》，中华书局1985年版，第346页。

之繁多，菜品之丰盛。诗篇运用大量篇幅描写宰牛杀羊、为俎为豆的场面。"或剥或亨""或肆或将""或燔或炙"，大厨们采用不同的烹饪手法来制作菜肴，刻画了紧张而又有序、热烈而又盛大的宴饮祭祀场面，体现了祭祀仪式的完备。

《小雅·信南山》描写岁末冬祭也就是"烝祭"的情景。周人以农业立国，周人的始祖后稷因擅长农业而被视为农神，周族非常重视农业发展。为了祈求丰收、庆祝丰收，周人经常举行农业祭祀活动，此诗描写的就是一次年末祭祀活动。首先，诗篇记述以酒食祭祖的情景。田地的疆界非常整齐，农作物长势喜人，曾孙收获粮食，把粮食酿成美酒，用它来祭祀神明并款待宾客，人们接受神明的赐福，祈求保佑健康长寿。然后描写用瓜果腌菜祭祀神明的情景。田地中有居住的人家，旁边种植着脆瓜。把脆瓜腌制一下，用它来祭祀神明。曾孙长命百岁，都是因为受到了上天的保佑。最后描写用清酒祭祀神明的场景。在酒杯里倒满清酒，再献祭赤黄色的大公牛，用刀将公牛脖子下面的毛发分开，取出牛血和脂膏祭祀神明。祭祀活动使用了粮食酿制的美酒、瓜果腌菜、清酒、牛血和脂膏等饮食作为祭品，祭祀活动非常隆重。

第二，敦化性情。《国语·周语下·单穆公谏景王铸大钟》云："声味生气……味入不精，不精则气佚，气佚则不和。"味道影响气血，气血变化性情。《黄帝内经·素问·生气通天论》云："谨和五味，骨正筋柔，气血以流，腠理以密，如是则骨气以精，谨道如法，长有天命。"食物通过影响气血、变化身心，进而敦化性情。周人擅长用和美之味促成温和的性情。《小雅·宾之初筵》云："酒既和旨，饮酒孔偕。"饮用和柔的美酒以使精神愉悦。

第三，和谐人伦。"夫礼之初始诸饮食"（《礼记·礼运》），宴饮活动承载了人伦之间的文明礼仪。"宾之初筵，左右秩秩"（《小雅·宾之初筵》），宾主入座谦让有序。"酌以大斗，以祈黄耇。黄耇台背，以引以翼"

(《大雅·行苇》),宴会之上长幼有序、敬老爱老等理念得到具体的落实,宴饮活动达到了和洽人伦的目的。治饮食、治人伦的原则并无本质区别,它们都是"和"理念在不同领域的运用。儒家圣贤伊尹既精于烹饪、被称为"汤药之祖",又用"调和五味"的理念来治理天下,是治世的良臣。

《大雅·行苇》以路边的芦苇起兴,芦苇绽放新的嫩芽,使人不忍心听任牛羊去践踏它们。对待草木都能有如此仁爱之心,那么对于兄弟亲人就更能互相关爱了,这使得家族宴会充满了欢乐融洽的氛围。紧接着描写宴会的具体情景,摆好酒菜,铺上酒席,侍者们忙忙碌碌,场面十分热闹。主人先来敬酒,然后客人回敬,洗杯换盏,非常殷勤。菜肴十分丰盛,有肉糜、烧肉、烤羊、牛胃、牛舌等不一而足。紧接着比射活动开始了,雕弓很有力度,利箭的质量也非常好,射手们技艺高超,多次射中靶心。失败的射手也能够得到人们的礼遇,因此整个比射活动的参加者都非常开心。主人斟满美酒去敬贺老人,老人行动不便,侍者小心翼翼地搀扶着他,体现了尊老敬老的优良传统。

《小雅·南有嘉鱼》是一篇以美酒宴饮宾客的诗。以游鱼起兴,鱼儿悠然地游动在水中,用鱼和水的融洽表示主人和宾客的亲密无间,塑造了一种亲切、和谐的氛围。鱼群在水中往来穿梭,隐喻众多宾客纷纷前来享受这次隆重的宴饮活动。葫芦藤紧紧地缠在树上,比喻宾客与主人之间的深情厚谊,难舍难分。鹁鸪轻轻地飞翔,成群地落在树上,犹如宾客们纷纷前来奔赴主人的盛宴。良辰美景、美酒佳肴不能不使人兴致勃发。

第四,教化礼仪。宴饮活动传达礼仪与秩序、敬爱与和睦、适度与自持等理念。

《小雅·宾之初筵》以饮酒为题材,首先描写饮酒未醉之时人们尚能注重仪表,举止合礼。然后笔锋一转,描写酒醉之后人们开始胡言乱语,东倒西歪,行为逐渐放浪形骸起来。运用大量笔墨反复描写了醉汉们的醉酒之态,他们手舞足蹈,衣冠不整。讽刺了统治集团纵酒淫乐的荒唐行为,暴露了统治阶级生活腐败、精神糜烂的状况。这道出了全诗的主旨,也就是提倡饮酒适度,行为合礼,注重威仪,在欢快的宴饮活动中提高自制能力,使举止合宜。在中国灿烂的饮食文化中,有着悠久历史、丰富内涵的酒文化几乎成为最具代表性的一个方面。

(三) 乐与味的结合

音乐与宴饮活动往往相互融合,比如《小雅·鹿鸣》诗云:

> 呦呦鹿鸣,食野之苹。我有嘉宾,鼓瑟吹笙。
> 吹笙鼓簧,承筐是将。人之好我,示我周行。
> 呦呦鹿鸣,食野之蒿。我有嘉宾,德音孔昭。
> 视民不恌,君子是则是效。我有旨酒,嘉宾式燕以敖。
> 呦呦鹿鸣,食野之芩。我有嘉宾,鼓瑟鼓琴。
> 鼓瑟鼓琴,和乐且湛。我有旨酒,以燕乐嘉宾之心。

《鹿鸣》是《小雅》之首,是周王宴会群臣宾客时所作的一首乐歌。《诗小序》云:"《鹿鸣》,燕群臣嘉宾也。既饮食之,又实币帛筐篚,以将其厚意,然后忠臣嘉宾得尽其心矣。"[1]诗篇描写了一次宴会的具体情景,传达着追求和谐的社会理念。在空旷的原野上一群小鹿正在悠然地吃着野草,时不时地发出呦呦的叫声,此起彼伏十分悦耳。以此作为起兴营造了一个热烈而又温馨的氛围。紧接着从呦呦的鹿鸣之声转移到对音乐场面的描写,"鼓瑟吹笙",有了音乐的参与,这场宴会更加喜气洋洋了。在欢

---

[1] 十三经注疏整理委员会:《十三经注疏·毛诗正义》,北京大学出版社1999年版,第555页。

快的音乐声中,有人献上用竹筐盛着的礼物,热情地款待宾客。主人向宾客们说:"人之好我,示我周行。"承蒙诸位大驾光临,请多多向我示以大道。"我有旨酒,以燕乐嘉宾之心",主人准备了美酒敬献客人,客人们举杯畅饮。可以看到在这场宴饮活动中有音乐相伴,有美酒共饮,这么精心的准备很好地实现了宴饮活动的宗旨,即"燕乐嘉宾之心",促进人们之间的和谐。

(四)《诗经》"和"德的哲学影响与启发

乐与味首先用于满足人的耳目口腹之欲。如果耳朵听得震耳欲聋、嘴巴吃得啮檗吞针,则咎莫大焉。《诗经》的乐味审美秉持"和"的原则,强调以不同元素的和合共生达至适度、合宜状态,对后世哲学概念"和"的提出具有先导作用。成书稍晚的《国语》一书首次正式提出哲学概念"和"。史伯曰:"和实生物,同则不继。以他平他谓之和,故能丰长而物归之;若以同裨同,尽乃弃矣。故先王以土与金木水火杂,以成百物。是以和五味以调口,刚四支以卫体,和六律以聪耳,正七体以役心,平八索以成人,建立九纪以立纯德,合十数以训百体……声一无听,物一无文,味一无果,物一不讲。"(《国语·郑语·史伯为桓公论兴衰》)史伯认为"和实生物,同则不继"是世界的普遍原则。"和"是不同事物的协调统一,是"以他平他"。而"以同裨同"是把相同的事物叠加在一起,不能产生新事物。史伯正是以声音单一则不堪听闻、味道单一则俭素乏味,来论证和而不同才能发展的道理。其哲学概念"和"与《诗经》"和"的乐、味理念可谓前后相继。

后来晏子论"和同之异"也受到《诗经》乐味"和"理念的启发。《左传·昭公二十年》记载晏子云:"和如羹焉,水、火、醯、醢、盐、梅,以烹鱼肉,燀之以薪,宰夫和之,齐之以味,济其不及,以泄其过。君子食之,以平其心……故《诗》曰:'亦有和羹,既戒既平。鬷假无言,时靡有争'。先王之济五味、和五声也,以平其心,成其政也。声亦如味,一气,二体,三类,四物,五声,六律,七音,八风,九歌,以相成也;清浊、小大、短长、疾徐、哀乐、刚柔、迟速、高下、出入、周疏,以相济也。君子听之,以平其心。心平,德和。故《诗》曰:'德音不瑕'。今据不然:君所谓可,据亦曰可;君所谓否,据亦曰否。若以水济水,谁能食之?若琴瑟之专一,谁能听之?同之不可也如是。"晏子强调"和"就像味道、音乐是由不同元素调和而来,"同"则是相同元素的累加,和同相异。

  周人对乐、味的审美追求致力于"和"的性情、人伦关系的养成。三千年后的今天,《诗经》乐、味审美的"和"理念对培养文明友善的个人,构建和谐包容的社会仍具有极大的现实指导意义。在音乐方面,和谐之美是音乐的最高追求,它使音乐跨越时间、空间而具备永恒的生命力。一首古曲《阳春白雪》万物知春、和风涤荡,唤醒世世代代的冬去春来;肖邦的《夜曲》给全世界的听众带去寂静平和。在饮食方面,中华饮食文化博大精深,五味调和始终是人们孜孜以求的目标,任何一味单独特出都是败笔。宴饮可以融洽气氛、化解僵局、增加话题、促进友谊,应在遵循饮食礼仪的基础上继续发挥其和谐人伦的重要作用。

结　语

　　周代制礼作乐，文风郁郁。然而这个观念根深蒂固，当时的尚武精神则容易被忽视。《诗经》固然有春秋争霸战争中士卒的哀怨，但纵览全书，最震撼人心的却是威武矫健的强国军威、时维鹰扬的大国风貌。对文武王开国之战的赞颂、对宣王南征北战的讴歌、对秦国高尚气力的描绘，无不展示着邦国上升发展时期的昂扬之姿。与其说《诗经》时代尚文，不如说文武兼备。

　　君子贵德，切磋琢磨以成斐然之文采；君子佩玉，以使行动有节、进退有度。品德高尚、威仪抑抑的君子是后世士人的典范。《诗经》内善外美的"淑女"形象是后世女性的典范。但是其含义随着时代变迁而屡有变化，在后世封建男权社会中逐渐蜕变为"贞女""烈女"。

　　受天命观念影响，《诗经》"孝"德有追祀祖先、孝敬父母等含义，与后世儒家孝德有较大区别。"弟"德不仅是血缘亲情，也是宗法分封制度下巩固统治的情感纽带，既是家庭伦理也是国家政治伦理。《诗经》首篇《关雎》体现着"以色喻于礼"的夫妇之道，对于引导恋爱婚姻、构建和谐家庭具有重要的启发意义。孝德思想、弟德思想、夫妇之道，在家国同构的宗周社会有效地维持着家庭与社会的安定，同时这一时期也呈现出家庭伦理与国家伦理密不可分的特色。

　　这一时期形成了"敬德保民"思想，是文德政治最为重要的体现。《诗经》时代尚未形成中央集权的大一统国家，爱国主义精神主要体现为对邦国的热爱，这与后世皇权专制时代"忠君即爱国"有着根本的不同。笃行实践精神是周人从先周时期逐渐兴起、发展、壮大、建立政权的精神动力，是周王朝开国创业时期最为重要的政治理念。勤勉为政、明辨是非是维持统治的重要政治智慧。对地位平等、财富公平的追求是人民对理想政治与美好社会的期待。

《诗经》时代的仁爱精神基于人性之觉醒,柔远能迩,怜悯弱者;感恩天地,仁及草木,不以物微而轻之。仁爱精神在个体身上集中呈现为以施舍精神为核心的"友"德,以感恩意识为核心的"报"德。自天子以至于庶人,未有不须友以成者。《诗经》"和"德基于乐、味之和,致力于实现人神之和、性情之和、人伦之和,催生了后世哲学概念"和"的提出。

《大雅·烝民》云:"人亦有言,德輶如毛,民鲜克举之。我仪图之,维仲山甫举之。"抽象的道德没有物理意义上的重量,因而轻如鸿毛,但是作为一种精神原则却重于泰山。人而无德不足以立世,国而无德不足以安稳。《诗经》教化培养的理想个体合于礼法、温和稳健、进退得宜、明察睿智。《诗经》陶冶的理想社会文而不弱、武而不暴、团结奋发、仁爱和睦。《诗经》教化对德性的陶冶虽是一个潜移默化的过程,但一旦对人的心灵世界产生影响,便可化为持久的人格魅力,稳定的国家风貌。

参考文献①

诗学古籍类:

[1] [汉] 韩婴:《韩诗外传集释》,中华书局 2005 年版。
[2] [清] 胡承珙:《毛诗后笺》,黄山书社 2014 年版。
[3] [宋] 王应麟:《诗地理考校注》,四川大学出版社 2009 年版。
[4] [清] 姚际恒:《诗经通论》,中华书局 1958 年版。

诗学图书类:

[1] 陈战峰:《宋代诗经学与理学》,陕西人民出版社 2006 年版。
[2] 陈致:《跨学科视野下的诗经研究》,上海古籍出版社 2010 年版。
[3] 程俊英:《诗经译注》,上海古籍出版社 2012 年版。
[4] 邓佩玲:《〈雅〉〈颂〉与出土文献新证》,商务印书馆 2017 年版。
[5] 傅斯年:《傅斯年讲诗经》,北京理工大学出版社 2016 年版。
[6] 傅斯年:《诗经十讲》,新世界出版社 2017 年版。
[7] 顾颉刚:《古史辨》,上海古籍出版社 1982 年版。
[8] 郭持华:《从"诗"到"诗经"的解释学考察》,浙江大学出版社 2017 年版。
[9] 何海燕:《清代诗经学研究》,人民出版社 2011 年版。
[10] 洪湛侯:《诗经学史》,中华书局 2002 年版。
[11] 胡淼:《诗经的科学解读》,上海人民出版社 2007 年版。
[12] 胡适:《谈谈诗经·胡适文集》第 11 册,北京大学出版社 1998 年版。
[13] 黄怀信:《上海博物馆藏战国楚竹书《诗论》解义》,社会科学文献出版社 2004 年版。

---

① 脚注文献此处不再重复列出。

[14] 李山：《诗经析读》，南海出版公司 2003 年版。

[15] 李世萍：《郑玄〈毛诗笺〉研究》，知识产权出版社 2009 年版。

[16] 廖群：《诗经与中国文化》，香港东方红出版社 1997 年版。

[17] 刘立志：《汉代诗经学史论》，中华书局 2007 年版。

[18] 刘毓庆、郭万金：《从文学到经学·先秦两汉经学史论》，华东师范大学出版社 2009 年版。

[19] 刘毓庆：《从经学到文学·明代诗经学史论》，商务印书馆 2001 年版。

[20] 刘毓庆：《历代诗经著述考》，中华书局 2008 年版。

[21] 马承源：《上海博物馆藏战国楚竹书》，上海古籍出版社 2001 年版。

[22] 马银琴：《两周诗史》，社会科学文献出版社 2006 年版。

[23] 马银琴：《周秦时代诗的传播史》，社会科学文献出版社 2011 年版。

[24] 邵炳军：《诗经文献研读》，广西师范大学出版社 2010 年版。

[25] 王力：《诗经韵读》，上海古籍出版社 1980 年版。

[26] 王晓平：《日本诗经学史》，学苑出版社 2009 年版。

[27] 王政：《〈诗经〉文化人类学》，黄山书社 2010 年版。

[28] 闻一多：《闻一多诗经讲义稿笺注》，当代世界出版社 2008 年版。

[29] 夏传才：《诗经研究史概要》，万卷楼图书有限公司，民国 82 年。

[30] 向熹：《诗经词典》，四川人民出版社 1986 年版。

[31] 谢晋青：《诗经之女性的研究》，山西人民出版社 2014 年版。

[32] 于浩：《明末清初诗经学研究》，社会科学文献出版社 2023 年版。

[33] 余琳：《〈诗经〉〈楚辞〉与礼俗》，暨南大学出版社 2017 年版。

[34] 俞艳庭：《两汉三家诗学史纲》，齐鲁书社 2009 年版。

[35] 战学成：《五礼制度与诗经时代社会生活》，中国社会科学出版社 2014 年版。

[36] 张建军：《诗经与周文化考论》，齐鲁书社 2004 年版。

[37] 张西堂：《诗经六论》，商务印书馆 1957 年版。

[38] 章太炎：《诗经二十讲》，华夏出版社 2009 年版。

[39] 赵逵夫：《诗经三百篇鉴赏辞典》，上海辞书出版社 2007 年版。

[40] 赵沛霖：《诗经研究反思》，天津教育出版社 1989 年版。

[41] 中国诗经学会:《诗经研究丛刊》,学苑出版社2011年版。
[42] 朱东润:《诗三百篇探故》,云南人民出版社2007年版。
[43] 朱渊清,廖名春:《上博馆藏战国楚竹书研究》,上海书店出版社2002年版。
[44] 邹其昌:《朱熹诗经诠释学美学研究》,商务印书馆2004年版。

普通古籍类:

[1] 金良年:《论语译注》,上海古籍出版社2012年版。
[2] 李民,王健:《尚书译注》,上海古籍出版社2016年版。
[3] 李索:《左传正宗》,华夏出版社2011年版。
[4] 梁涛:《孟子解读》,中国人民大学出版社2010年版。
[5] 罗家湘:《国语注译》,中州古籍出版社2010年版。
[6] 杨天宇:《礼记译注》,上海古籍出版社2016年版。
[7] 杨天宇:《仪礼译注》,上海古籍出版社2016年版。
[8] 杨天宇:《周礼译注》,上海古籍出版社2016年版。
[9] 张觉:《荀子译注》,上海古籍出版社2012年版。

普通图书类:

[1] 陈来:《古代宗教与伦理》,生活·读书·新知三联书店1996年版。
[2] 胡新生:《周代的礼制》,商务印书馆2016年版。
[3] 沈文倬:《宗周礼乐文明考论》,浙江大学出版社2006年版。
[4] 王锷:《三礼研究论著提要》,甘肃教育出版社2007年版。
[5] 王海明:《美德伦理学》,北京大学出版社2011年版。
[6] 肖群忠:《传统道德与中华人文精神》,中国人民大学出版社2019年版。
[7] 谢维扬:《周代家庭形态》,黑龙江人民出版社2004年版。
[8] 杨向奎:《宗周社会与礼乐文明》,人民出版社1992年版。
[9] 张加才:《诠释与建构》,人民出版社2004年版。

［10］张自慧：《礼文化与致和之道》，上海人民出版社 2012 年版。
［11］朱凤瀚：《商周家族形态研究》，天津古籍出版社 1990 年版。

期刊类：

［1］曹刚，唐凯麟：《儒学为什么是人学》，《唐都学刊》2000 年第 4 期。
［2］陈壁生：《经史之间的郑玄》，《哲学研究》2020 年第 1 期。
［3］段钢：《文化精神寻觅与教养主义回归》，《社会科学研究》2008 年。
［4］傅道彬：《〈孔子诗论〉与春秋时代的用诗风气》，《文艺研究》2002 年第 2 期。
［5］傅雪漪：《中国古典诗词的吟与唱》，《音乐研究》1994 年第 3 期。
［6］高瑞杰：《今文经学视域下的孔子圣化》，《孔子研究》2021 年第 3 期。
［7］郭美华：《道德存在的普遍性维度及其界限》，《哲学动态》2019 年第 6 期。
［8］郭清香：《从民族性与普世性看儒家文化的现实意义》，《中国特色社会主义研究》2010 年第 2 期。
［9］郭万金：《〈诗经〉研究六十年》，《文学评论》2010 年第 3 期。
［10］洪树华：《20 世纪"诗缘情"阐释之述评》，《社会科学研究》2004 年第 4 期。
［11］焦国成：《论作为治国方略的德治》，《中国人民大学学报》2001 年第 4 期。
［12］柯马丁：《说〈诗〉：〈孔子诗论〉之文理与义理》，《文学遗产》2012 年第 3 期。
［13］李炳海：《〈诗经〉女性的色彩描写》，《江西社会科学》1994 年第 6 期。
［14］李春青：《文化诗学视野中的古代文论研究》，《文学评论》2001 年第 6 期。
［15］李存山：《〈孔丛子〉中的"孔子诗论"》，《孔子研究》2003 年第 3 期。
［16］李学勤：《〈诗论〉简的编联与复原》，《中国哲学史》2002 年第 1 期。
［17］廖群：《〈诗经〉比兴中性意象的文化探源》，《文史哲》1995 年第 3 期。
［18］刘炳范，赵歌东：《论儒家诗教原则的确立》，《孔子研究》2005 年第 3 期。
［19］刘成纪：《中国传统诗教如何达至公共阐释》，《社会科学战线》2019 年第 2 期。
［20］刘生良：《春秋赋诗的文化透视》，《陕西师范大学学报》2004 年第 6 期。
［21］刘士林："诗化的感性"与"诗化的理性"——中国审美精神的诗性文化阐释》，《上海师范大学学报》2009 年第 1 期。

参 考 文 献

[22] 刘毓庆：《〈诗经〉地理生态背景之考察》，《南京师大学报》2004年第2期。

[23] 牛磊：《中国传统家族文化的现代审视》，《齐鲁学刊》2020年第1期。

[24] 潘纯琳：《译释并举：论钱钟书对中国古代文论术语的翻译方法及其意义》，《社会科学研究》2006年第2期。

[25] 钱志熙：《诗歌史的早期建构及其学术史价值》，《北京大学学报》2019年第1期。

[26] 钱锺书：《诗可以怨》，《文学评论》1981年第1期。

[27] 唐旭东：《〈诗·周南·关雎〉与周代婚礼文化生态》，《厦大中文学报》2020年第0期。

[28] 童庆炳：《文化诗学：宏观视野与微观视野的结合》，《甘肃社会科学》2008年第6期。

[29] 王齐洲：《"诗言志"：中国古代文学观念发生的一个标本》，《清华大学学报》2010年第1期。

[30] 王小盾：《论汉文化的"诗言志，歌永言"传统》，《文学评论》2009年第2期。

[31] 王晓洁：《先秦儒家的政治焦虑与言语态度研究》，《管子学刊》2014年第2期。

[32] 王秀臣：《"诗言志"与中国古典诗歌情感理论》，《文学评论》2014年第2期。

[33] 王岳川：《新历史主义的文化诗学》，《北京大学学报》1997年第3期。

[34] 王正平：《"天人调谐"：中国传统的生态伦理智慧》，《自然辩证法研究》1995年第12期。

[35] 王中江：《从〈诗经〉看儒家伦理与周部族文化的关系》，《湖南社会科学》2012年第2期。

[36] 王洲明：《周代地域文化与〈国风〉的风格》，《山东大学学报》1998年第1期。

[37] 夏传才：《诗经学四大公案的现代进展》，《河北学刊》1998年第1期。

[38] 徐嘉：《礼乐的伦理精神》，《江苏社会科学》2023年第2期。

[39] 徐正英：《"诗言志"复议》，《中州学刊》1999年第6期。

[40] 徐正英：《二重证据法与先秦诗乐学研究举隅》，《北京大学学报》2014年第4期。

[41] 徐正英：《上博简〈孔子诗论〉"文亡隐意"说的文体学意义》，《文艺研究》2014年第6期。

[42] 晏辉：《儒家伦理的现代转换是否可能》，《伦理学研究》2003年第5期。

［43］杨国荣：《经典、经学与经典之学》，《华东师范大学学报》2021年第5期。

［44］杨明：《言志与缘情辨》，《上海师范大学学报》2007年第1期。

［45］杨义芹：《关于"儒教"概念的考察及其思考》，《孔子研究》2010年第4期。

［46］张启成：《明代诗经学的新气象》，《贵州社会科学》1997年第5期。

［47］张霄：《儒家德治方略的现代价值》，《社会治理》2015年第1期。

［48］张志丹：《无伦理的道德与无道德的伦理》，《哲学研究》2014年第10期。

［49］赵伯雄：《〈荀子〉引〈诗〉考论》，《南开学报》2000年第2期。

［50］赵敏俐：《乐歌传统与〈诗经〉的文体特征》，《学术研究》2005年第9期。

［51］赵敏俐：《略论〈诗经〉的乐歌性质及其认识价值》，《陕西师范大学学报》2004年第1期。

［52］赵沛霖：《关于〈诗经〉祭祀诗祭祀对象的两个问题》，《学术研究》2002年第5期。

［53］赵沛霖：《海外〈诗经〉研究对我们的启示》，《学术研究》2006年第10期。

［54］郑杰文：《先秦〈诗〉学观与〈诗〉学系统》，《文学评论》2004年第6期。

［55］郑敏：《中国诗歌的古典与现代》，《文学评论》1995年第6期。

［56］周发祥：《〈诗经〉在西方的传播与研究》，《文学评论》1993年第6期。

［57］周中之：《美好生活的伦理意蕴及其实现的价值引领》，《中州学刊》2018年第10期。

［58］祝敏彻：《论"毛传""郑笺"的异同》，《兰州大学学报》1983年第1期。

学位论文类：

［1］房瑞丽：《清代三家〈诗〉研究》，复旦大学博士论文2007年。

［2］高天：《中西古典文献中的战争叙事——以先秦中国和古代希腊为例》，复旦大学博士论文2010年。

［3］郝永：《朱熹〈诗经〉解释学研究》，浙江大学博士论文2008年。

［4］江林：《〈诗经〉与宗周礼乐文明》，浙江大学博士论文2004年。

［5］孔德凌：《郑玄〈诗经〉学研究》，山东大学博士论文2007年。

［6］李冬梅：《宋代〈诗经〉学专题研究》，四川大学博士论文2007年。

参考文献

［7］吕庙军：《中国古代政治文化符号——周公研究》,南开大学博士论文 2010 年。
［8］毛宣国：《汉代〈诗经〉阐释的诗学研究》,武汉大学博士论文 2007 年。
［9］乔东义：《孔颖达美学思想研究》,复旦大学博士论文 2008 年。
［10］石明庆：《理学诗论与南宋诗学》,南开大学博士论文 2003 年。
［11］王公山：《先秦儒家诚信思想研究》,山东大学博士论文 2005 年。
［12］张洪海：《〈诗经〉评点研究》,复旦大学博士论文 2008 年。
［13］张永平：《日本〈诗经〉传播史》,山东大学博士论文 2014 年。
［14］章原：《古史辨〈诗经〉学研究》,复旦大学博士论文 2004 年。
［15］周乔建：《中国古代文学"教化论"研究》,暨南大学博士论文 2003 年。

图书在版编目(CIP)数据

《诗经》美德论 / 李营营著. -- 上海 : 上海社会科学院出版社, 2025. -- ISBN 978-7-5520-4584-0

Ⅰ. I207.222

中国国家版本馆 CIP 数据核字第 20245MY413 号

《诗经》美德论

著　　者：李营营
责任编辑：叶　子
封面设计：黄婧昉
出版发行：上海社会科学院出版社
　　　　　上海顺昌路 622 号　邮编 200025
　　　　　电话总机 021－63315947　销售热线 021－53063735
　　　　　https://cbs.sass.org.cn　E-mail：sassp@sassp.cn
排　　版：南京展望文化发展有限公司
印　　刷：上海盛通时代印刷有限公司
开　　本：710 毫米×1010 毫米　1/16
印　　张：15
插　　页：1
字　　数：198 千
版　　次：2025 年 1 月第 1 版　2025 年 1 月第 1 次印刷

ISBN 978-7-5520-4584-0/I・562　　　　　定价：88.00 元

版权所有　翻印必究